Saltaré las Olas

ELENA CASTILLO

TITANIA
Argentina • Chile • Colombia • España
Estados Unidos • México • Perú • Uruguay

1.ª edición Marzo 2018

Copyright © 2018 by Elena Castillo Castro
All Rights Reserved
© 2018 by Ediciones Urano, S.A.U.
Plaza de los Reyes Magos 8, piso 1.º C y D – 28007 Madrid
www.titania.org
atencion@titania.org

ISBN: 978-84-16327-49-2
E-ISBN: 978-84-17180-83-6
Depósito legal: B-4.259-2018

Fotocomposición: Ediciones Urano, S.A.U.
Impreso por Romanyà Valls, S.A. – Verdaguer, 1 – 08786 Capellades (Barcelona)

Impreso en España – *Printed in Spain*

A Quico, mi lugar favorito, mi mar en calma, mi amor.

Adiós: dos sílabas que duelen como dos arpones atravesando mi alma.

El sol radiante que calentaba mis días, que los hacía acogedores y conseguía hacer brillar mi parte más oscura, se vio ensombrecido por horribles nubes de tormenta. Un rayo cayó justo en el centro de mi corazón. Todo el amor que había en él quedó calcinado, el que se escribía en mayúsculas, el amor que nunca se reemplaza.

No deja de latir. El corazón no se para ni te desvaneces como la bruma, sino que sigues respirando; y aunque parece que es de manera agónica y forzada, en realidad solo es un acto de rebeldía porque no quieres seguir adelante. Volver a abrir los ojos para mirar un mundo sin aquello que te daba vida, que tengas que ver cómo la nube se aleja y vuelve a brillar un sol en un mundo que ves en blanco y negro. Eso es lo que en verdad hace que cueste respirar.

«Adiós» es un preludio de ilusión, el instante previo al comienzo de algo nuevo, y por eso duele tanto pronunciarlo. Alguien superior ha escrito «fin» en esta historia y, como no puede ser de otra forma, dolorosamente comienza el primer capítulo de una vida que jamás consideré vivir.

Pongo mi cuerpo a merced del viento y que sea el mar quien me guíe hacia un nuevo puerto.

Liam.

1

Aquel final estaba escrito. Esa era la conclusión de la teoría catastrofista, y algo egocéntrica, que Imogen escuchaba con atención de boca de su amiga Ava. Según ella, aquello había sido como una caída de naipes en cadena, que comenzó cuando ambas tenían quince años.

Ese fue el curso en el que Andrew llegó nuevo a su instituto, y mientras Ava lo detestó desde el primer instante, cuando lo vio entrar en el aula atusándose el flequillo, el resto de chicas de la clase suspiraron por él embobadas, incluida Imogen. A los pocos meses, el océano Atlántico también se interpuso entre ellas dos. Ava tuvo que dejar Filadelfia y trasladarse a Dublín porque su familia había heredado una importante suma de dinero, varios inmuebles y un negocio de lanas en Ballymount. Ella se fue mientras él se instalaba en la vida de Imogen como un chicle.

Jamás le confesó a su amiga del alma su animadversión por el pedante Andrew, y eso que continuaron hablando por teléfono casi a diario, desafiando el paso del tiempo y la distancia que las separaba; sin embargo, en cuanto ocurrió lo que ella siempre había temido, que aquel largo noviazgo de adolescencia le rompiera el corazón a Imogen, soltó todo lo que llevaba guardando dentro durante ocho años. Fue una serie de calificativos despectivos que incluían las palabras ególatra, altivo y manipulador, entre otras menos amables. A Imogen no pudo sorprenderle más, y a la vez menos, cada una de las cosas que escuchó. Y le dolió, aunque no por eso dejaban de ser verdades absolutas.

Andrew la había anulado a lo largo de los años, o quizás era más justo admitir que ella se había dejado anular, pues en algún momento, Imogen había dejado de ser ella para ser el molde de sus zapatillas y hacer lo que a él le apetecía. Siempre, hasta convencerse de que lo disfrutaría mientras estuviera con él. Teniendo en cuenta que habían empezado a salir cuando ella comenzaba a descubrir quién era, y que durante aquellos años ella había sido simplemente una sombra, en aquel momento se sentía como alguien sin instrucciones de uso. Flotaba en el mundo como una astronauta por el espacio a sus veintidós años. Y probablemente habría seguido caminando ciega por aquel dudoso sendero del amor si no hubiera descubierto su infidelidad. Quizás la última de una larga lista, quizás la única... para Imogen no había diferencia.

Cuando Ava le propuso mudarse a Irlanda no le pareció una buena idea. Tenía la sensación de que hacerlo sería huir de la vida que conocía, pero Ava había llegado a Filadelfia como un huracán y se había instalado en su apartamento de universitaria dispuesta a tomar el control de la situación. Lo cierto era que Imogen no era capaz de pensar otra alternativa, pero tampoco reconocía como *su* vida aquella situación en la que de pronto se encontraba. Básicamente, su mente no podía tomar decisiones mientras su realidad se convertía en humo.

Ava se había presentado con los planes hechos y la firme decisión de que Imogen los llevara a cabo, lo cual a ella le resultó cómodo. Era como sustituirla por Andrew, pero su amiga no tardó en dejar claro que para nada esa era su intención.

—Nadie te conoce mejor que yo, por lo que sé que solo necesitas un empujoncito. Voy a ayudarte a arrancar, pero luego te quedarás sola, amiga. Tomarás las riendas de tu vida y podrás seguir con el plan, o cambiarlo, o regresar a Filadelfia si es lo que realmente deseas.

Ava era una persona resolutiva e independiente, práctica y con tendencia al éxito. Básicamente, Imogen la veía como su antítesis. Estaba convencida de que ella había sido su mejor amiga porque las románticas siempre necesitan a alguien realista que las mantenga con los pies en el suelo. De una forma maravillosa ambas se admiraban y eran complementarias. Ava se esforzó para convencerla de que aquello era una señal del destino, ese del que tanto había hablado Imogen siempre. Lo había preparado todo para que fuera capaz de decir «hola» a una nueva vida «hecha a su medida», lo que incluía su primer empleo recién salida de la escuela de enfermería y un lugar de ensueño donde vivir no muy lejos de ella. Allí, en Irlanda.

Tan solo debía superar aquella entrevista, y aunque parecía algo fácil, para Imogen no era un trago fácil de pasar. Permanecía con la mirada fija en la pantalla del ordenador a la espera de que se produjera de un momento a otro la conexión. Odiaba tener que usar aquel maldito aparato. Tenerlo delante solo hacía que aquellas imágenes acudieran de nuevo a su mente, las de la traición, las que habían quebrado su corazón como si fuera la cáscara de un huevo. Las de Andrew y aquella comercial de dentífricos posando desnudos y desinhibidos frente a la cámara. Sus expresiones, sus posturas... jamás hubiera pensado que su novio era del tipo de personas que disfrutaban con esas cosas. Por muy listo que fuera Andrew había cometido la estupidez de descargar aquellas fotos en el escritorio del ordenador junto con el resto de las de su teléfono móvil. O quizás las había dejado a propósito, con el fin de que ella las descubriera y rompiera con él. Era una manera efectiva y cobarde de terminar con su relación, y eso sí que le pegaba a su ex.

Sentía un odio feroz por todas las tecnologías desde entonces, a sabiendas de que era algo irracional. De hecho, quería machacar aquel ordenador, hacerlo trizas o tirarlo por la ventana, no volver a usarlo jamás. Pero lo necesitaba y en vez de eso, repiqueteaba con las yemas de los dedos sobre la mesa de madera de la cocina manteniendo a raya su frustración.

—Péinate un poco, Imogen.

—Este es mi pelo, lacio y sin gracia —le contestó a su fiel amiga con la que llevaba una semana compartiendo su todavía apartamento en Penn.

—Tonterías, tienes un tono pelirrojo envidiable, pero ponte algo de maquillaje, que parece que tengas diecisiete años y no sabes lo que me ha costado encontrarte este chollo —la instó con los ojos muy abiertos.

—No me voy a presentar a un concurso de belleza, solo esperan ver que no tengo cara de psicópata. Y mira —sonrió mostrando su reluciente dentadura perfectamente alineada fruto de la ortodoncia que había llevado durante cinco años—, me he lavado los dientes a conciencia.

—Porque... ¿los psicópatas tienen los dientes sucios? —Ava elevó una ceja y arrugó la frente.

—Segurísimo —afirmó.

—De acuerdo. Pero como mínimo desabróchate un botón de la blusa para airear tus encantos, que al menos ese par dicen que tienes veintidós —se rio y avanzó hacia Imogen para recolocarle la delantera.

Ella le dio un empujón y la apartó suspirando al cielo.

—¿Cuánto falta? —le preguntó ansiosa mientras infusionaba un par de bolsitas de té en un enorme tazón verde.

Al mirarla, Imogen recordó el día en que compró aquel juego de desayuno. A ella le habían gustado los tazones rosas de William Sonnoma, pero Andrew, el futuro ortodontista con ínfulas de decorador de interiores, pensó que no estaban en sintonía con los tonos tierra de la cocina de su apartamento. Y como siempre, cedió y terminó comprando los verdes, reconociendo además que tenía razón en cuanto a la gama de colores conjuntados. Pero cada día al desayunar recordaba los rosas con un pellizco de frustración en la boca del estómago.

—Solo un minuto. —Imogen se acomodó en la silla de madera frente al monitor del portátil, comprobó que la cámara la enfocaba bien y que la página de Daft permanecía abierta a la espera.

—¡Ya suena! —Su voz salió débil y asustadiza al oír la llamada entrante vía Skype.

Madonna maulló alarmada y pegó un salto desde el asiento que había a su derecha para volar sobre la pantalla del portátil hasta los brazos de Ava, que estaba apoyada en la encimera. Su amiga se la había regalado como tirita curativa, como si la gata pudiera llenar el espacio vacío en su corazón, pero por el momento lo único que había conseguido era llenar sus piernas de arañazos y volcar el ordenador. La primera decisión que Imogen había tomado, aún sin tener el juicio lúcido, había sido rechazar aquel regalo, aunque viniese de Ava. Se negaba a convertirse en una solterona con gatos, aunque su amiga decía que eso solo te lo podían llamar si tenías más de cuarenta años.

Imogen recolocó nerviosa el aparato, aceptó la llamada con algo de temblor en la mano y enseguida apareció en una ventana grande la imagen bien enfocada de varias personas. Había un chico joven en el centro y otros tres hombres a su lado. En cuanto su altavoz se conectó le llegó un estridente alboroto. El chico miró hacia delante con los ojos abiertos como platos mientras el resto comenzaba a reír.

«Pues empezamos bien si esta es su reacción al verme», pensó Imogen.

Aquello la incomodó, pero recordó la irresistible oferta en Daft. com: «Cuatrocientos euros al mes por una habitación con cama doble y baño interior en un encantador *cottage* sobre los idílicos acantilados de Howth». Por las fotos parecía de cuento, totalmente amueblada, situada en una colina apartada pero cerca a la vez del pueblo pesquero.

En los primeros mails, de los cuales se había encargado Ava mientras Imogen aún se licuaba en lágrimas, se especificaba que su compañero de casa sería alguien que trabajaba en el mundo pesquero, lo que conllevaba largas jornadas laborales desde primera hora de la mañana, e incluso ausencias frecuentes. Aquello implicaba que a duras penas coincidirían en aquella vivienda, ya que el puesto de trabajo como enfermera que ella había conseguido era en el turno de noche. Sonaba tan ideal que, de hecho, a veces dudaba de que aquello encajara en la sucesión de hechos caóticos en los que se había convertido su vida.

El muchacho en el centro de la pantalla parecía bastante joven, más de lo que ella había pensado. Tenía una cicatriz en el mentón y su gesto resultaba agradable, incluso divertido, con aquellos rizos oscuros alborotados sobre unos ojos muy abiertos.

—¿Eres Declan? —preguntó ella elevando la voz para imponerse sobre ese gallinero.

El chico asintió con la cabeza sin despegar los labios, pero al menos el resto guardó silencio y prestaron atención a la pantalla de su ordenador.

—Vale, soy Imogen. Quién si no... —rio un poco y él movió varias veces los labios antes de hablar finalmente.

—Hola, bueno, yo, nosotros... queríamos conocerte *en persona* antes de cerrar el trato. Hablar un poco y ver cómo eras. Como supondrás, tenemos más interesados en el alquiler. —Declan se acercó un poco a su monitor y como acto reflejo ella hizo lo mismo.

—¡Wow! Hay que coger a esta chica, no hay la menor duda. —Uno de los hombres, el que estaba a su derecha, estalló en carcajadas tras decir aquello. Se parecía mucho al que tenía detrás y, en aquel instante, Imogen habría apostado la cabeza a que quien le había pegado un codazo en el costado era su hermano gemelo.

—Sí, gracias por querer hacer la entrevista a distancia. —No se sentía cómoda con todos esos entrevistadores mirándola y riendo de manera absurda, por lo que quiso aclarar los términos—. ¿El piso es solo a compartir con uno, no es cierto?

—Oh, sí, sí... Pero somos familia y nos gusta tomar las decisiones importantes entre todos. —Declan apretó los labios con determinación y los demás movieron la cabeza en sentido afirmativo.

—De acuerdo, entiendo perfectamente lo que dices. Yo también tengo sangre irlandesa y seis hermanos, tres chicas y tres chicos. Una locura —comentó y volvió a reír como una tonta.

Miró nerviosa por encima de la pantalla a Ava, casi tanto como lo había estado en la entrevista de trabajo para la residencia de ancianos. Su amiga levantó los pulgares y luego hizo un gesto para recordarle que siguiera sonriendo.

—Sabes que la única condición es que firmes por un año, ¿verdad?

—Sí, un año es lo que necesito. —Al contestar, sintió un doloroso pellizco de esperanza y vértigo en el corazón.

—La casa está recién reformada, lo hemos hecho todo nosotros mismos, es un sitio fabuloso. Seguro que te encanta: sin Internet ni tecnologías demasiado modernas, como buscabas. —Todos inflaron el pecho con orgullo y ella reconoció que la imagen de aquel conjunto de brazos bien musculados cruzados sobre el pecho impresionaba.

—Estoy deseando verla —sonrió a la pantalla, aunque a su mente acudieron de nuevo las imágenes guardadas en el ordenador.

—Sí, todo está arreglado. Aunque hay línea de teléfono, eso sí —aclaró Declan mientras el resto de la familia sonreía con satisfacción.

—Genial. Bueno, supongo que el teléfono es necesario si vives algo aislada.

—Bien... —Declan miró al frente, pero apartó la mirada del monitor con rapidez. Luego se miraron entre ellos, se encogieron de hombros y asintieron conformes.

—¿Queréis hacerme alguna pregunta más? ¿Os gusta lo que veis u os parezco una psicópata? La verdad es que esta no es la entrevista convencional que se hace a un inquilino. —Imogen rio nerviosa y Ava, se tapó los ojos con las manos.

Como respuesta todos dieron rienda suelta a unas risas demasiado infantiles con aplausos. Todo estaba fluyendo tan bien que Imogen sopesó la posibilidad de que quizás fuera una persona más afortunada de lo que se consideraba. Sonrió y respiró profundamente. Parecía que al menos aquello iba a salirle bien.

—La familia O'Shea tiene un veredicto —anunció Declan—. Yo creo que ya está todo hablado, así que te esperaremos en la casa para darte las llaves.

—Genial. Las cajas de mi mudanza llegarán el miércoles. Solo son dos. Y si no hay retrasos en el vuelo allí estaré el sábado a media mañana. Ahora al menos podréis reconocerme, si es que también vais a recibirme todos allí...

Volvieron a reír y ella sintió que, sin lugar a dudas, estaban en sintonía. ¡Qué buen ojo había tenido Ava! Aquella familia de hombres era encantadora. Declan parecía afable, le habían temblado tanto las cejas durante la entrevista que a Imogen le habían dado ganas de abrazarlo como a un oso de peluche. Incluso llegó a lamentar el hecho de que apenas fueran a coincidir en la casa por su diferencia de horarios.

—Casi todos estaremos, creo que sí —contestó el chico mientras el resto de figuras masculinas coreaban un sí rotundo y animado.

—Genial, pues hasta el sábado, Declan... y al resto.

Imogen se despidió con un baile de dedos y pulsó el teclado para finalizar la conversación. Se levantó de la silla dando saltitos para dirigirse directamente al armario donde guardaba el chocolate. Había estado muy nerviosa durante toda la entrevista y necesitaba disfrutar de aquella pequeña victoria. ¡Tenía casa en Irlanda!

—¿No te han parecido encantadores? Eran tan agradables, alegres y simpáticos... ¡tan irlandeses! —dijo con la boca llena de Maltesers.

—Desde aquí solo se oía una jaula de grillos con tanta risa. ¿Es guapo el tal Declan? —Ava dejó la taza y dio un salto desde la encimera en la que estaba sentada para acercarse a la pantalla de su portátil.

—Parecía un crío, será como compartir piso con un hermano pequeño.

—¿Qué dices? —preguntó extrañada.

Ava se sentó a la mesa del comedor frente al monitor y empezó a reírse como si le acabaran de contar el mejor chiste de la historia de los chistes.

—¿Qué pasa? —quiso saber Imogen dejando de masticar.

—Se ha quedado congelada la última imagen de vuestra llamada —acertó a decir con tono chillón entre unas carcajadas que le impedían respirar de forma adecuada.

—¿Tan feo te parece? —Imogen dejó sobre la encimera la bolsa de chocolates y se aproximó.

—No es eso. De hecho, me parece que Declan está tremendo. Pero es que...

—¿Qué pasa? ¿Por qué te ríes tanto?

Imogen miró por encima de su hombro y sintió cómo la última bola de cereal bañado en cacao se le atascaba.

—En cuanto te han visto no les ha quedado ninguna duda de que tenían que escogerte a ti. ¿Cómo no te has dado cuenta? —Ava aumentó los decibelios de su risa hasta punzarle los tímpanos.

En la esquina inferior derecha del monitor permanecía abierta la pequeña ventana con su última imagen. No sé podía decir que fuera ella porque realmente lo único que se veía era un primer plano de su delantera bien expuesta por el generoso escote que le había formado Ava con su tirón en pico de la camisa.

—¿Cómo narices me ha enfocado la cámara del ordenador ahí? —preguntó horrorizada.

—Supongo que *Madonna* y su salto sobre el portátil justo antes de la llamada es la respuesta. No has debido recolocarte bien frente a la cámara.

—Voy a matar a esa gata. ¡Qué vergüenza! ¿Cómo no me he dado cuenta? Solo les miraba a ellos... Yo estaba bien y luego casi lo tira y... juraría que yo estaba centrada frente a la maldita pantalla.— Su labio inferior comenzó a temblar—. ¿Entiendes ahora por qué quiero alejarme de todos estos trastos? Odio los ordenadores, odio Internet, los móviles, odio mi vida. ¡Odio a esa gata!

—Oh, vamos Imogen, no es para tanto. Ya te he dicho que *Madonna* se quedará conmigo en Dublín ¡Lo importante es que te han elegido y has conseguido la casa!

—¡No me han elegido a mí! ¡Han elegido a estas dos! —gritó señalando su delantera.

No pudo evitarlo, sus ojos comenzaron a humedecerse. Tenía una pasmosa facilidad para dar rienda suelta a sus emociones por el lagrimal, y a aquellas alturas era una costumbre cotidiana. Llevaba semanas sintiendo que lo único que podía hacer era llorar hasta vaciarse por dentro. Pero en su interior había un pozo sin fondo de autocompasión y era incapaz de apartar la gran nube negra con truenos aposentada sobre su cabeza.

—¡No llores otra vez, Imogen! —exclamó Ava con desesperación.

—No puedo evitarlo. Todo, absolutamente todo, me va mal. ¿Cómo no voy a llorar? —Se sentó sobre el regazo de Ava a pesar de que sus piernas huesudas eran el peor asiento posible. Su amiga sabía confortarla.

La amistad de Ava era un pilar estable en su vida, se entendían y complementaban hasta tal punto que era la única persona con la que le apetecía estar después de lo que le había pasado. Su familia la asfixiaba entre algodones y se había quedado sin amigos tras la ruptura con Andrew, ya que en realidad siempre habían sido más amigos de él y se habían decantado a su favor. La posibilidad de escapar de todo con ella era mucho más que un consuelo.

—Venga, vamos a trabajar la actitud positiva. Has conseguido tu primer puesto de trabajo y, además, en un lugar junto al mar con el que siempre soñaste, el de tus antepasados, ¿verdad? —A Ava le encantaba aplicar sus conocimientos de psicología aprendidos en la peluquería.

—Ajá. —Imogen se sonó los mocos con uno de los kleenex sin usar que llevaba dentro de la manga de su larga rebeca gris.

—Vas a estar separada por todo el océano Atlántico de tu sobreprotectora familia, que tendrá que superar el duelo por Andrew sin ti —ironizó Ava.

—No seas mala.

—Vas a vivir a pocos minutos de Dublín y podremos salir de fiesta juntas los fines de semana, ¿verdad?

—Sí, eso desde luego.

—Y, sea por lo que sea, delantera incluida, has conseguido una casa alucinante por una ganga de alquiler, ¿verdad?

—Cierto.

—¡Todo te va increíblemente genial, Imogen!

Tenía que reconocer que Ava conseguía contagiarle un valioso porcentaje de su optimismo. De hecho, se propuso intentar adoptar aquella manera de ver el mundo esperando que a ella también pudiera funcionarle.

Se despidieron de toda la familia de Imogen en el aeropuerto de Filadelfia. Sus padres intentaron retenerla, pero Ava actuó con determinación y no permitió que todo el plan se viniera abajo en el último momento. Hizo lo posible por acortar la despedida avisando del poco tiempo que les quedaba para embarcar. Durante el vuelo la instó a meditar sobre su nueva vida, sin vetos ni pensamientos imposibles porque según ella «nada era imposible» y, sobre todo, porque dada su situación tenía todas las posibilidades al alcance, todas las opciones estaban disponibles. Tan solo tenía que elegir una a una y llevarlas a cabo.

Imogen creía que contaba con mucho tiempo para meditar sobre cómo debía afrontar su vida de ahí en adelante. La visión a través de la ventanilla se revelaba inspiradora, la de un cielo salpicado de algodonosas nubes que, de tanto en tanto, se condensaban en espesos bancos que hacían agitar el Boeing de American Airlines, como si fuera una coctelera en manos de un barman aficionado. Diez horas sobrevolando el gran océano le parecían bastantes, pero por mucho que pensaba...

Por mucho que pensaba en su relación con Andrew no encontraba nada, ni un solo instante de los últimos ocho años, que pudiera ser el causante del devenir de las cosas, el que la conducía a aquella inesperada situación. Y si no sabía en qué había fallado ella, se cuestionaba cómo podía afrontar un futuro en el que no volver a tropezar con la misma piedra.

Al final, aquel acabó siendo un vuelo largo y tedioso con una infructuosa sesión de introspección. Al comenzar el descenso, fijó la mirada en los cristales de la pequeña ventana ovalada para ver las nubes que atravesaban y sintió que el pulso se le aceleraba cuando por fin divisó la isla de color esmeralda. Según tomaba tierra se sintió más cerca del final o, si se forzaba a pensar de forma positiva, del comienzo de todo.

Miró al techo, donde los pequeños pilotos encendidos indicaban que aún debía permanecer con el cinturón abrochado, y puso los ojos en blanco resignada a esperar un poco más. Se deshizo la larga trenza color zanahoria que reposaba sobre su pecho para rehacerla con dedos ansiosos. Estaba nerviosa, aterrada, profundamente triste y a la vez emocionada.

Ava había acudido a su rescate cuando literalmente ella se estaba hundiendo en un mar de autocompasión, había cruzado medio mundo con la intención de lograr llevarla consigo al otro lado y, en aquel instante, estaba roncando con la boca abierta mientras a ella se le encogía el estómago.

Sola, tenía que hacerlo sola. Debía hacerlo sola, y aunque lo sabía, al llegar a Connolly Station para coger el cercanías que la llevaría hasta Howth, se despidió de Ava aguantando las lágrimas.

—En Irlanda no se llora —la amenazó con la mirada.

—Ni una lágrima más —prometió Imogen.

2

Howth la recibió con bruma sobre los tejados de las casas que salpicaban la densa y salvaje ladera de aquel pueblo. Al salir de la estación de tren percibió un fuerte olor a salitre y sonrió al escuchar el simpático graznido de las gaviotas que volaban en círculos sobre algunas embarcaciones. Arrastró la maleta unos metros para echar un primer vistazo a su nuevo hogar: vio el puerto a su izquierda, el paseo ajardinado que lo bordeaba, la colina edificada donde nacía el pueblo a su derecha... Cogió un taxi, cuyo conductor la escrutó por el retrovisor al decirle la dirección y quiso averiguar qué relación tenía con aquel lugar, pero ella no tenía ganas de establecer una conversación con él. Apartó la mirada para descubrir con curiosidad aquel lugar extraño y diferente a Filadelfia en todos los sentidos de la palabra.

Su abuelo paterno había emigrado a América a los diecinueve años con un trabajo conseguido a través de su parroquia en Cork. Se casó con una bonita chica de Pensilvania y ni él ni ninguno de sus descendientes había vuelto a tierras del Éire. Ella era la primera y la emoción era absoluta.

Conforme el taxi bordeaba la colina para dejar el pueblo atrás, y ascendían por el acantilado, los nervios le estrangulaban la boca del estómago, mezcla de alegría y de inseguridad. Era muy consciente de la única y desafortunada «imagen» que todos tenían de ella y aquello seguía abochornándola. Desde su ventanilla podía contemplar el basto océano extendiéndose hasta el confín del alcance de su mirada. La cuesta perdió inclinación y, siguiendo el sendero que colindaba con un muro de piedra que delimitaba el acantilado, llegaron a una explanada sobre la que destacaba únicamente aquella preciosa casita. Reconoció a los hombres de aquella familia apostados delante de la puerta.

En cuanto el vehículo paró, los tres hermanos fueron directos a abrirle la puerta y se ofrecieron serviciales a ayudarla con el escaso equipaje que traía. Eran muchachos altos, corpulentos y sonrientes. Declan parecía menos joven al natural, los gemelos Fynn y Connor hablaban uno por encima del otro sin escucharse entre ellos, y el padre, un señor barbudo con un gorro de lana clavado hasta las cejas, la miraba con lo que adivinaba era un ceño fruncido. Permanecía sentado en un banco de madera que había pegado a la fachada de piedra grisácea, mientras le daba largas caladas a un cigarro y hacía girar la arandela de un manojo de llaves en su dedo índice para atraparlo con el puño una y otra vez. Tras cruzar un par de frases de cortesía con los hijos, Imogen se acercó a él deseosa de que abriera la puerta de la casa para poder entrar, despedirse de ellos y comenzar su nueva vida. Sin embargo, aquel hombre parecía dudar, su mirada era incisiva y mostraba un evidente resquemor.

—Señor O'Shea... —Alargó su mano hacia él y sonrió a pesar de que aquel hombre tosco y maleducado no se hubiese levantado.

—Eres pelirroja —dijo con voz grave.

Imogen abrió los ojos desconcertada. Aquella afirmación no era solo un hecho obvio, sino que había sonado como una acusación despectiva. Ella no acertaba a comprender y miró a sus hijos en busca de una explicación.

—Venga ya, papá... —le recriminó Fynn con las manos sobre las caderas.

—¡Traen mala suerte! —El hombre se alzó ante ella como Neptuno emergiendo del mar. Era más alto que los hijos y redondo como un tonel de whisky.

—Papá, va a alquilar una habitación, no se va a embarcar con nosotros —rio Connor, el otro gemelo, palmeando la espalda de su padre antes de aclararle la situación a ella—. Son solo supersticiones de viejos pescadores, guapa.

Este le quitó las llaves a su padre de las manos y fue a abrir la puerta, pero aquella fría mirada de recibimiento la había trastornado e Imogen no movió un pie para seguirle. Se aproximó al viejo y lo miró directamente a los ojos.

—¿Cómo voy a traer mala suerte a un pescador irlandés? En Irlanda los pelirrojos son el dos por ciento de la población, es el porcentaje más alto del mundo. ¡Sería el país con más mala suerte concentrada por metro cuadrado del planeta!

El hombre arrugó la comisura de los ojos y le mantuvo la mirada un par de segundos antes de girarse mientras exclamaba:

—¡*Fáilte! Ni thanngan ona porth.*[1]

—Lo siento, no hablo irlandés —se excusó. Se sentía molesta, pero al mismo tiempo culpable. Reconoció ese sentimiento y se enfureció aún más por sentirlo.

—No le hagas caso a nuestro padre, él se casó con una pelirroja. —Fynn la invitó a entrar con un gesto de su mano.

Vio cómo el hombre se metía en el coche a esperar al resto de sus hijos para marcharse.

—¡Pero si todos tenéis el pelo oscuro!

—Eso es porque los genes O'Shea fueron más fuertes que los Chonail —apuntó Declan.

—¿Y por qué habéis venido todos menos ella? ¿Dónde está vuestra madre? —preguntó Imogen antes de cruzar el umbral.

—Esa es una historia demasiado larga y supongo que querrás que nos vayamos cuanto antes.

---

1. ¡Bienvenida! No te acerques al puerto. (En irlandés).

Su gesto afirmativo fue contestación suficiente, en verdad Imogen se sentía apabullada con aquella recepción multitudinaria. Hasta que no se fueran no podría sentirse en casa. Echó un vistazo al interior. Era como en las fotografías, pero ahora que estaba en él daba la sensación de ser un sitio más recogido, cálido y acogedor de lo que esperaba. El pequeño recibidor daba paso a un salón forrado de madera oscura en el que destacaba una chimenea insertable de piedra y dos sillones se enfrentaban dejando espacio para una pequeña mesita desnuda. Se fijó en lo desolada que parecía aquella estancia. No había ningún objeto colocado por el mero hecho de decorar, todo lo que veía eran cosas prácticas, como un colgador de llaves con forma de pez o cosas indispensables como los azuzadores para la leña. Pensó que le faltaba un toque femenino a aquel lugar y que Declan debía de ser una persona muy ordenada o que quizás guardaba absolutamente todas las cosas en su cuarto.

—Tu habitación es la de la derecha y como viste en las fotos tienes acceso a tu propio cuarto de baño. Hemos dejado dentro las cajas tuyas que llegaron el otro día. Al fondo está la cocina y el zaguán da a la parte trasera de la casa, donde encontrarás suficiente madera cortada como para no pasar frío el resto del invierno. Hemos instalado un sistema de calefacción cerrado por lo que no tendrás problemas con el humo y toda la casa se calentará en un instante.

Imogen intentó controlar el gesto. ¿La calefacción dependía de una chimenea? Cuando había leído con Ava las características de la casa y apareció la palabra calefacción pensaron en radiadores de gas o aparatos de aire, pero no se les había pasado por la cabeza nada de una chimenea. Al parecer, eso se consideraba también tecnología moderna. Tendría que confesarle a su compañero más tarde que no tenía ni idea de cómo hacer fuego.

—Y eso es todo. Cualquier cosa que necesites, información sobre la casa, el pueblo... lo que sea, puedes llamarnos —aseguró Connor con una sonrisa mientras le entregaba el llavero con forma de trébol de cuatro hojas.

—Muchas gracias, todo se ve genial.

—Pues hasta otra, Imogen.

Los tres hermanos se encaminaron a la salida y le extrañó ver que Declan también se despedía de ella y agarraba el pomo de la puerta para cerrarla.

—¿Tú también te vas, Declan? —le preguntó sorprendida.

El muchacho se paró y la miró confuso.

—Claro, ¿necesitas algo antes de que nos vayamos?

—Pensé que te quedarías para ir conociéndonos. Sé que no vamos a tener la oportunidad de coincidir mucho en casa y como acabo de llegar... —Imogen solo podía pensar en aquella chimenea apagada y en el frío que ya sentía de pies a cabeza.

—No soy yo quien va a compartir la casa contigo, sino mi hermano Liam.

—¿Liam? ¿Quién es Liam? ¿Por qué hablé contigo entonces en la entrevista?

—Es evidente que de los O'Shea yo soy su mejor imagen —rio y recibió algunos abucheos por parte de sus hermanos—. Liam está de viaje, pero llegará dentro de poco. No te preocupes, él es un...

—Un O'Shea, ¿no? —concluyó ella desconcertada.

—Es el más simpático de todos, pero no el más guapo —volvió a reír.

Declan le guiñó un ojo y cerró la puerta. Imogen soltó todo el aire contenido y se abrazó para retener el calor corporal entre sus brazos. Echó un vistazo a su alrededor ya en calma. Apreció las viejas vigas de madera que se cruzaban en el techo a escasos metros de su cabeza. Las ventanas de guillotina aún desprendían olor a pintura fresca y, cuando salió a por un par de trozos de leña, reparó en que la cocina era pequeña pero acogedora. Eligió dos troncos bien grandes y los cruzó pegados al fondo del hueco formado en la pared de piedra. Encontró cerillas en un cajón y arrancó un buen trozo de papel de cocina. Le prendió fuego con cuidado de no quemarse los dedos y lo dejó caer sobre los troncos. La celulosa se consumía tan rápido que no llegaba a tiznar la madera. Probó varias veces, pero cuando el rollo se terminó asumió que aquella noche pasaría frío.

Cogió su maleta y la arrastró por el pasillo hasta la puerta de su habitación. Le habían puesto un cerrojo y en él había introducida una llave que giró para abrir. Asomó la cabeza dentro y descubrió una estancia amplia e igual de neutra que el resto de la casa. Había una cama doble y un escritorio vacío junto a una cómoda alta. Abrió las puertas del armario empotrado y pensó que le sobraría mucho espacio. Había dejado la mayoría de sus cosas en Filadelfia; en realidad, había dejado allí su vida entera. Se asomó por la ventana y vio el terreno que se extendía hasta un banco solitario junto al pequeño muro hecho con piedras, erosionadas por el clima, que se alzaba al borde del acantilado. Se fijó en que la cortina que había apartado con una mano simulaba la red de un barco. Probablemente lo hubiera sido antes de que la colgaran ahí, pensó mientras la soltaba y se sentaba en el banco de madera bajo la ventana. En verdad, todo era precioso. Había belleza auténtica en aquel lugar y se lamentó al sentir que le habría encantado compartir todo aquello con Andrew, aunque él ya no era una persona que quisiera compartir nada con ella.

Cerró los ojos con fuerza y aguantó las lágrimas. Había prometido que no lloraría, pero sentía cómo se le humedecían los ojos de forma irrefrenable. La respiración se volvió errática y gimió de rabia al sentir cómo las mejillas se le empapaban. Ni siquiera era capaz de mantener una promesa. Estaba arruinando la sensación de que allí todo iría bien con aquel llanto, pero no era capaz de parar. Dio rienda suelta al sentimiento de desamparo que sentía y se abandonó a él durante un buen rato hasta que el silencio sosegó su espíritu. Se enjugó los párpados con el reverso del puño de su abrigo verde, del mismo tono que sus ojos, y tomó una gran bocanada de aire. Al hacerlo ladeó la cabeza y descubrió a los lados del banco unas pequeñas estanterías incrustadas en la pared. Acarició el espacio con la yema de los dedos y sonrió. Sabía perfectamente qué colocaría allí. De repente, su ánimo cambió y fue veloz a por la maleta para sacar sus cosas y hacer de aquel lugar extraño su hogar.

3

Entre sollozos y profundos suspiros, que se alternaban con sonrisas al ir descubriendo los rincones de su nueva habitación, terminó de colgar la ropa en el armario. Estaba metiendo el edredón de plumas dentro de su funda cuando escuchó de nuevo la rodada de unos neumáticos aproximándose a la casa y miró a través de la ventana para comprobar que, efectivamente, un taxi, quizás el mismo que la había llevado a ella un rato antes, se acercaba acompañado del coche de los O'Shea. Fue corriendo al baño para mirarse. Su rostro era un claro reflejo de alguien que había estado llorando durante un buen rato con amargura. Decidió que no les abriría la puerta a esos hermanos y se acurrucó bajo la ventana a la espera de que se marcharan.

Que Imogen se encontrara escondida en su propia habitación era para ella una muestra evidente de hasta dónde se pueden escapar de las manos determinadas situaciones. Ellos estaban ahí fuera discutiendo, podía verlos a través de la ventana si corría un par de dedos la cortina. Todos los O'Shea que conocía al completo, y uno más. Escuchó cómo se bajaban del coche y cómo hablaban acaloradamente.

—¡Es que no esperábamos que llegaras hoy!

—¿Acaso tengo que anunciar la llegada a mi propia casa?

—Claro que no, pero esperábamos tener tiempo para contártelo todo.

Imogen echó un vistazo y localizó al que elevaba la voz contrariado. Debía ser Liam, el hermano con el que compartiría la casa, pero se le hacía difícil diferenciarlos porque todos se parecían bastante. Además, él llevaba un gorro de lana igual que el de su padre, del que sobresalía una oscura melena rizada. Una barba poblada cubría la mitad de su cara, lo que hacía todavía más difícil descubrir sus rasgos.

—Esa no es la cuestión. Teníais que habérmelo consultado antes. ¡Es mi casa!

—¡Saldrá bien!

Escuchó abrirse la puerta principal y los pasos de varios pares de pies entrar en el salón.

«Mierda. Mierda. Mierda.»

—¿Imogen? ¿Estás ahí? —Distinguió la voz de Declan, pero no contestó. Lo que menos le apetecía era meterse en medio de una discusión familiar, que todos descubrieran sus ojos enrojecidos o que la echaran a la calle recién llegada.

Tenía firmado un contrato, había colocado ya la mitad de sus cosas en aquella habitación y no pensaba marcharse de allí porque había decidido que nadie volvería a robarle su vida.

—Habrá salido.

—Genial, ya me presentaré yo mismo. En serio, necesito espacio, dadme un poco de tiempo.

—Lo sentimos, Liam.

—Está bien, sé que lo habéis hecho pensando que sería lo mejor para mí. Id a casa.

No hubo más palabras. La puerta se cerró, el coche arrancó y se produjo el silencio. Imogen se mordió los labios, maldijo aquella situación y contuvo el aliento por miedo a que él lo escuchara; pero cuando pasaron cinco minutos y seguía sin escuchar el más mínimo ruido sopesó la posibilidad de que Liam también se hubiera marchado. Se incorporó y, justo cuando se iba a sentar en el saliente bajo la ventana, le llegó el sonido seco de un golpe en el suelo del salón, como si hubieran dejado un macuto pesado sobre las tablas de madera. Volvió a acurrucarse y se tapó la boca mientras se llamaba mentalmente idiota una y otra vez. El sol de principios de enero se escondía por el horizonte, la habitación comenzaba a sumirse en la penumbra y el frío hacía que le castañearan los dientes. Entonces escuchó ruidos de pasos, una puerta que se abría, se cerraba y se volvía abrir. Hasta que no llegó a sus oídos el crepitar de las llamas no tradujo todos aquellos ruidos y movimientos. Su compañero de casa había encendido la chimenea y desde ese instante decidió que le caía genial. Retrocedió con cuidado de no hacer crujir las tablas del suelo hasta apoyar la espalda en la pared más cercana a la chimenea, se abrazó con fuerza y soltó el aire resignándose al hecho de hallarse encerrada en su propio cuarto. No era el comienzo que esperaba. Desde luego, si hubiera hecho caso a Ava y se hubiera ahorrado el llanto, habría podido darse a conocer. Barajó la posibilidad de hacerse la dormida y aparecer en el salón al rato, pero lo cierto era que tampoco estaba segura, tras la conversación que había escuchado, de que Liam quisiera tenerla allí. Parecía una emboscada organizada por sus hermanos y eso la incomodaba, pero no por ello estaba dispuesta a marcharse. No tenía otro sitio al que ir, debía comenzar a trabajar en dos días en la residencia y, si era cierto lo que le habían dicho en la entrevista, su compañero y ella apenas se cruzarían en el pasillo de aquella casa.

Escuchó pasos aproximándose y los latidos del corazón se le dispararon. Volvió a maldecirse, pues para simular que estaba dormida debería haberse tumbado en la cama en vez de estar encogida en un rincón del cuarto. Sintió que se detenía frente a la puerta y se apretó los brazos con fuerza. El pomo de la puerta comenzó a girar.

«Mierda. Mierda. Mierda.»

Sin embargo, antes de hacer saltar el pestillo, el pomo regresó a su posición original y la puerta no se abrió. Sintió un golpe pesado, como si hubiese apoyado su cabeza contra la puerta, y luego los pasos se alejaron hasta perderse al otro lado de la casa. Estaba a punto de moverse cuando el teléfono de la casa sonó y los pasos regresaron.

—¿Hola?... Sí... Sí... ¿Imogen? Debe haber salido porque no está en la casa ahora mismo... Claro, lo comprendo... No se preocupe... Claro... Claro...

Imogen puso los ojos en blanco. Apostaba su cabeza a que la persona con la que hablaba Liam era su madre, que llamaba preocupada porque se había olvidado de avisar que había llegado. Lo que no entendía era porqué tenía que hablar y hablar con alguien a quien no conocía. ¡Ni siquiera ella le conocía aún! Resopló enfadada y contuvo el aire de nuevo.

—Por supuesto, no se preocupe... Yo también me alegro... Sí... Sí... Claro... Se lo diré... Claro... Adiós, adiós.

Liam colgó el teléfono y sus pasos se perdieron hacia la otra punta de la casa. Imogen soltó el aire contenido en los pulmones y en dos zancadas se subió a la cama. ¡Su madre no tenía remedio! ¡Ella no tenía remedio! Y no podía hacer otra cosa que esperar y fingir que dormía. En realidad, los parpados le pesaban y su cuerpo estaba agotado tras el largo viaje. Se envolvió en el edredón y se acurrucó abrazando una almohada esponjosa que, junto con el sedante sonido de las olas que rompían unos metros abajo, a los pies de aquel acantilado sobre el que iba a vivir, la hicieron caer rendida al sueño.

Cuando volvió a abrir los ojos era noche cerrada y a sus oídos llegaba una suave melodía apagada. ¿Una guitarra? ¿Una voz masculina grave y ronca? Tardó unos segundos en reconocer dónde estaba y un par más en deducir que aquella voz era la de Liam y que provenía de fuera de la casa. Salió de la cama y se acercó a un lado de la ventana con sigilo para intentar ver a través de la cortina. Él estaba más cerca de lo que se esperaba, sentado en el banco de madera que había pegado a la fachada de la casa. Su canto apenas era un susurro y la música eran suaves caricias a las cuerdas.

Well I hope that I don't fall in love with you
'Cause fall in love just makes me blue
Well the music plays and you display
Your heart for me to see...

Miraba al frente, a un punto perdido dentro de la infinita oscuridad que dominaba el horizonte. Era difícil distinguir la expresión de sus labios ocultos por la espesa barba, pero en cuanto alzó la cabeza y aquella melena de rizos oscuros cayó atrás, sus ojos quedaron despejados y percibió una punzante mirada de dolor. Imogen sintió que estaba invadiendo un terreno privado y se retiró de la ventana. Permaneció allí escondida, pegada a la pared escuchándole cantar y volvió a sentir deseos de llorar. Sabía que aquella canción no era para ella, pero la hizo suya y, para rematar un día en el que se suponía que todo iba a cambiar, dio rienda suelta a las lágrimas y reconoció que curar un corazón roto necesitaría algo más que un cambio de aires. Necesitaría tiempo. Suspiró y debió de hacerlo demasiado alto porque Liam se levantó, giró su cabeza sutilmente hacia la ventana y ella le adivinó una sonrisa amarga que desapareció tan fugaz como lo hizo él en la oscuridad.

A la mañana siguiente se levantó decidida a presentarse como era debido. En cuanto el sol se asomó por encima del muro de piedra, se apresuró para adecentarse y practicó varias sonrisas ridículas frente al espejo del tocador antes de salir del cuarto. La casa estaba en silencio, pero olía a café y el fuego crepitaba deliciosamente en la chimenea. Escondió las manos dentro de las largas mangas de su rebeca gris y se asomó al salón con los labios estirados, pero allí no había nadie. Miró hacia la cocina, también solitaria y giró la cabeza hacia el pequeño salón, donde tampoco encontró a su compañero de alquiler.

Sus pies avanzaron hacia el origen del aroma tostado y lo que encontró sobre la encimera de la cocina fue una cafetera de latón llena, una taza blanca con un trébol de cuatro hojas cortado dentro y a su lado un papel doblado con su nombre.

Bienvenida. Llama a tu madre.

Liam

Cogió la flor y la nota con una mano y con la otra llenó la taza de líquido humeante. Aquel chico sabía hacer buen café, tenía cuerpo, su aroma era potente y el punto de acidez era perfecto. Aun sin conocerle, ya le había proporcionado un buen fuego en la chimenea y su primera dosis de cafeína del día. Definitivamente, la había hecho sentir en casa. Guardó su obsequio en el bolsillo y, sabiéndose a solas, decidió investigar lo que había en los armarios de la cocina. Descubrió el lugar en el que guardaban la vajilla, los cubiertos y los utensilios de cocina, por lo que cogió del cuarto las pocas cosas de menaje que había traído de Filadelfia para colocarlas en su sitio. En el frigo había mucha fruta y verdura fresca, leche y huevos. No había ningún espacio vacío por lo que se preguntó de qué forma iban a diferenciar sus respectivas cosas. Se encogió de hombros y volvió a salir para inspeccionar el resto. Aquella casa era una maravilla, sus medidas eran perfectas para hacerla acogedora y la distribución de los escasos muebles decapados estimulaba su mente con mil ideas de decoración. Miró hacia el otro lado del pasillo, donde estaba la habitación de Liam y, aunque le tentó abrir la puerta para mirar dentro, decidió respetar su espacio.

Apuró la bebida frente al ventanal del pequeño salón. El sol de Irlanda aquel día brillaba tenue entre nubes grisáceas, pero era suficiente para hacer que el verdor de aquel terreno cobrase vida. Vivir allí y ver aquello a diario debía ser de ensueño, su amiga había hecho un gran trabajo al encontrarle aquel lugar mágico. Agarró el bolso y salió dispuesta a comprar todo lo que necesitaba para comenzar a sentirse libre.

En cuanto llegó al pueblo fue preguntando a todo aquel con el que se cruzaba dónde encontrar las tiendas que buscaba. Le hacía gracia ver a señores con pantalones de tweed y ancianas con un pañuelo anudado al cuello, aunque lo encontró muy práctico para protegerse del endiablado viento que azotaba de forma permanente su melena. Al principio la miraban con curiosidad, quizás porque era difícil saber si solo era una turista más, pero enseguida relajaban la mirada y derrochaban amabilidad. Intentaba localizar alguna tienda donde alquilaran bicicletas, pero al último hombre al que le consultó le resultó muy graciosa la idea.

—¿Y dices que vives en la casa del acantilado?

—He alquilado una habitación a los O'Shea, estaré aquí un año —contestó en el intento de ganarse el afecto de aquel vecino.

—¿Y dices que quieres alquilar una bicicleta? —volvió a preguntar entre movimientos negativos de cabeza.

—Eso he dicho, sí. —Imogen mantuvo la sonrisa a pesar de sentirse interrogada.

—¿Y qué piensas hacer cuando llueva? Aquí llueve unos trecientos días al año, el camino de acceso al acantilado es de tierra y terminarías despeñándote, embarrada o cogiendo una pulmonía al mes. El caso es que yo tengo un automóvil en buenas condiciones que no uso y que terminará echándose a perder en mi garaje. ¿Te interesaría alquilarlo?

El hombre elevó una ceja y se ajustó la visera del gorro de paño que le cubría la calvicie delantera. Imogen lo miró con recelo. Tenía que reconocer que la idea de desplazarse en bicicleta no era muy brillante teniendo en cuenta la localización de la casa, pero parecía que aquel hombre quisiera sacar beneficio de su situación.

—Bueno, tendría que pensarlo. ¿Qué automóvil tiene y cuánto me costaría?

—Un Volkswagen. Ese coche no me ha dejado tirado ni una sola vez en mi vida, te aseguro que el motor está en perfecto estado y te lo dejaría por doscientos euros al mes. —Volvió a elevar la ceja y apretó la mandíbula.

—Ciento cincuenta euros.

—Ciento ochenta —repuso mientras agarraba las solapas de su chaqueta de tweed con firmeza.

—Ciento sesenta y cinco euros.

—Trato hecho. Te lo llevaré esta tarde a la casa del acantilado. —El hombre le ofreció la mano para cerrar el acuerdo y aceptó el apretón—. Entonces, ¿es cierto que Liam O'Shea ha regresado?

—¿Regresado? En realidad, aún no nos hemos visto ¿Lo conoce usted? —preguntó con curiosidad.

El hombre torció la boca en una sonrisa lacónica:

—Aquí nos conocemos todos. Bienvenida, Imogen de Filadelfia.

—Gracias, señor Mulligan. Le veo entonces esta tarde. —Imogen le ofreció la mano y antes de despedirse le preguntó la dirección que debía tomar para llegar a una tienda de comestibles.

Las calles eran estrechas, casi laberínticas y con pendientes inclinadas. En el aire flotaba un permanente olor a salitre que entraba frío en sus pulmones y la hacía estremecer por dentro. No estaba acostumbrada a la humedad del ambiente, sentía la ropa como si la cubriera una fina capa de rocío y el pelo se le estaba empezando a encrespar.

Gracias a las indicaciones llegó a una pequeña tienda de ultramarinos donde compró todo tipo de comida no perecedera, como latas de conserva y comida preparada para congelar. Una de sus asignaturas pendientes en la vida era la de aprender a cocinar. Por fortuna, le ofrecieron un servicio de reparto a domicilio para llevarle toda la compra a su casa.

—¿A la casa del acantilado, dice? ¿Es usted amiga de Liam? —le preguntó la chica que tomaba nota de los datos de entrega en la caja.

—Le he alquilado una habitación —contestó Imogen extrañada al ver lo sorprendida que parecía aquella chica ante la noticia.

—Entonces, ha regresado...

Imogen se encogió de hombros como respuesta y se despidió satisfecha de tener dos puntos menos en su lista de cosas por hacer aquella mañana. El reparto se lo harían por la tarde, por lo que salió dispuesta a tacharlos todos.

Tras varios rodeos y un par de personas más a las que tuvo que pedir indicaciones dio con la librería O'Calahan. Tenía un pequeño escaparate en el que los libros colgaban de cuerdas y unos cartelitos escritos con una cuidada caligrafía los cataloga por géneros. Le pareció muy original y entró animada a comprar.

—¡Hola! —saludó a una chica rubia que sostenía una torre de libros con un equilibrio magistral.

—¡Buenos días! Ahora mismo estoy contigo.

Depositó los libros en una mesa y le regaló la mejor de sus sonrisas a Imogen. Era esbelta, llevaba un traje ajustado a la cintura, al estilo de los años cincuenta, un cuidado moño de bailarina del que no se le extraviaba ni un solo cabello y unos tacones que Imogen calculó serían de al menos cinco centímetros. Verla le hizo replantearse el atuendo simplón que ella había elegido para dar su primer paseo por aquel pueblo costero. Juntó la punta manchada de sus botas australianas de lana, como si así pudiera esconder una sobre la otra, y se atusó el pelo que parecía un deshecho nido de gaviotas. Le entregó su lista con otra gran sonrisa, convencida de que al menos así podría resultar igual de encantadora que ella.

—Quiero todo esto y... —Recordó los huecos vacíos a ambos lados del banco de su ventana y miró a su alrededor con la esperanza de sentir un flechazo por alguna de las portadas que cubrían cada palmo del interior del local—. Y algún libro.

—¿Qué tipo de libro quieres?

—Si te soy sincera, no tengo la menor idea —confesó con tono inseguro.

—Vale —dijo la librera alargando la última vocal, como si se preparara para una misión especial.

Se giró y cogió dos ejemplares de una pila de libros idénticos que tenía sobre el mostrador y, antes de entregárselos, dio la vuelta a una pizarra que estaba de pie en el suelo apoyada en un caballete.

—Estas son dos apuestas seguras. Además, el próximo domingo haremos reunión del club de lectura y charlaremos sobre ellos, por si te apetece venir. Será un debate apasionante.

—Oh, suena bien.

Imogen cogió el ejemplar de *Salvaje* con una mano y *Hacia rutas salvajes* con la otra. Leyó las sinopsis de las contraportadas y, aunque sintió un pellizco en el pecho revelador, pues se sintió identificada con ellas, simplemente se encogió de hombros para aceptarlos.

—Me pongo en tus manos —volvió a sonreír, consciente de que aquello era una señal, y decidió que era el momento de presentarse—. Soy Imogen, acabo de mudarme aquí, a la casa del acantilado.

La librera abrió los ojos, frunció el ceño y luego corrigió el gesto con una sonrisa.

—¿En serio? ¿Vives en la casa de Liam? ¿Ha regresado? —Hizo aquella sucesión de preguntas entonadas con desconcierto.

—Eso parece —le contestó Imogen intrigada por saber de dónde se suponía que había regresado su compañero. Aquella mujer tenía en su cara una expresión que no sabría decir si era de esperanza romántica o si esperaba oír un chisme jugoso.

—Oh, perdona, soy Anna O'Calahan. En cualquier caso, bienvenida a Howth. Voy a prepararte todo esto. Puedes darte una vuelta por las estanterías mientras tanto, si te apetece.

—Genial, gracias.

Imogen giró sus talones y husmeó los lomos de unos cuantos títulos. Lo cierto es que hacía años que no leía, era algo que había perdido por el camino, una parte de su identidad sustituida por alguna de las aficiones de su ex.

—Todo esto pesa mucho, ¿podrás tú sola? —Anna le entregó las bolsas e Imogen hizo el cambio mental de euros a dólares cuando le dijo la suma a abonar.

—No me queda otro remedio. Podré con ellas.

—Dale recuerdos a Liam de mi parte y bienvenida, Imogen.

Recolocó las asas de aquellas pesadas bolsas e intentó descifrar qué escondía aquella mirada al pronunciar el nombre de su compañero de casa.

—Gracias, lo haré. —«Cuando lo vea», completó en su mente.

Imogen se despidió tras echar un último vistazo a la pizarra donde se anunciaba la hora de reunión del club de lectura.

4

Imogen llegó andando hasta el puerto, con la esperanza de encontrar un taxi que la llevara de vuelta a casa con todo lo que había comprado, pero al llegar, se topó con un grupo de turistas que admiraban el lugar con tanto asombro que hizo que ella se detuviera para echar un vistazo. Al fin y al cabo, ella también estaba descubriendo aquel lugar.

Compró un sándwich y una botella de agua en uno de los establecimientos del paseo y se sentó en un banco frente a los barcos del muelle. Los cabos crujían con los pequeños tirones de las embarcaciones amarradas que se mecían con la suavidad de un mar en calma. Hacía frío, pero era soportable bajo los tímidos rayos del sol de media mañana, por lo que se acomodó dispuesta a pasar un rato allí antes de regresar a casa.

Estar en aquel pueblo era raro, pero aún era más extraña para ella la sensación de soledad; de hecho, viniendo de una familia numerosa y tras tantos años formando un tándem inseparable con Andrew, era el primer día de su vida en el que se sentía sola, y reconoció que no era un sentimiento tan aterrador. Daba vértigo, eso sí, pero había algo liberador a su vez en el hecho de saber que, hiciera lo que hiciera, erróneo o acertado, nadie más que ella lo sabría. No habría quien la juzgase, quien la presionara o intentara guiar. Estaba ella allí, sola y sin testigos, afrontando la vida.

Le dio un bocado a su sándwich de salmón ahumado con pepinillos y le supo a manjar de dioses. Quizás era cierto aquello que decían que junto al mar todo sabía mejor. Tenía un día más para poner las cosas en orden antes de comenzar en el trabajo y, por lo pronto, ya había solucionado el tema del transporte, la alimentación e incluso se llevaba un par de libros que le valdrían para algo más que para decorar.

Estaba a punto de levantarse cuando lo reconoció a lo lejos. Llevaba el mismo gorro de lana del que se le escapaban los rizos por detrás y aquel chaquetón de paño oscuro. Andaba entre los pantalanes con paso decidido y al llegar a una pequeña embarcación se agarró de la barandilla y, de un salto, subió a bordo para perderse dentro del camarote.

A Imogen se le pasó por la cabeza la idea de acercarse para saludarlo, presentarse... quizás darle todos los saludos que había ido recolectando para él a lo largo de la mañana, pero al final decidió recoger sus bolsas e iniciar el camino de regreso a pie. No se sentía con ganas de más sonrisas vacías. Necesitaba más tiempo de soledad en el que recrearse.

No fue nada fácil transportar todo aquello cuesta arriba, a merced de las ráfagas de aire que en ocasiones parecían latigazos helados. Imogen sentía que las asas de las pesadas bolsas cortaban la circulación de sus manos, y debía recolocarlas una y otra vez. Cuando llegó a la casa, las dejó en el suelo de la entrada y se fue directa a una chimenea de nuevo apagada. Se maldijo y arrastró la compra hasta su dormitorio. Con suerte, su compañero regresaría pronto y lo primero que haría sería pedirle que le enseñara a hacer fuego. Mientras tanto, para que sus manos entraran en calor, se dirigió a la cocina, cogió una de sus tazas verdes y la llenó de leche para calentar. Dio un giro sobre sí misma mirando a su alrededor y no vio aquel electrodoméstico tan básico para ella por ningún sitio.

«¿En serio? ¿Tampoco hay microondas?»

Volvió a maldecirse y sacó un cazo en el que poder calentar la leche. ¿Quién no usaba microondas en el siglo veintiuno? Aunque bueno, ella había buscado una casa libre de tecnologías y ese era el resultado. La mitad de la comida que había comprado era para hacer en ese invento extraordinario. Por ello, hizo cálculos mentales para ver si podía permitirse comprar uno. Teniendo en cuenta el gasto del alquiler, el inesperado coche y el desembolso que acababa de hacer aquella mañana en las compras, lo veía complicado. Suspiró con resignación.

Cuando consiguió tener entre sus manos una taza humeante se dirigió al que ya era su lugar favorito de aquella casa. Descorrió las cortinas y se sentó con las piernas encogidas para mirar a través de aquella ventana hacia el mar infinito. Estaba agotada. Cerró los ojos y solo cuando la taza cayó al suelo para hacerse añicos despertó sobresaltada.

—Vaya por Dios... —se lamentó.

Fue a por una escoba para recoger los trozos y mientras lo hacía volvió a recordar el día en el que compró aquel juego de desayuno color verde. De pronto sintió un impulso que le ardía por dentro. La cara de Andrew se le aparecía en cada taza y no quería volver a pensar en él, y mucho menos comenzar cada día con un café amargado con su recuerdo. Llevó los trozos dentro de una bolsa a la cocina y los dejó encima de la mesa. Abrió el armario donde había guardado el otro par y sin pensarlo lo estrelló contra el suelo. Sintió cómo se liberaba de una pesada carga que nunca debía haber traído consigo hasta allí. Recogió todos los trozos y cerró con un fuerte nudo la bolsa. Iba a sacarla al cubo de basura cuando escuchó un estridente claxon acercarse por la colina. Dejó la bolsa en la encimera y se asomó para comprobar si se trataba del reparto de comida o de su esperado nuevo medio de transporte.

Un pequeño Volkswagen verde fluorescente paró frente a la casa tras superar los baches del camino. Imogen abrió los ojos y soltó una carcajada. Parecía un saltamontes.

«¿En serio? ¿Verde?»

No le extrañaba que aquel hombre mantuviera guardado aquel trasto en el garaje; de hecho, era probable que solo lo sacara a la calle el día de San Patricio y que lo usaran para el desfile.

—Aquí tienes mi joya más preciada —le dijo el hombre entregándole la llave que colgaba de un llavero con forma de pez.

Imogen apenas podía contener la risa. ¿Su joya más preciada? ¿De verdad?

—Prometo cuidar de él —aseguró, aunque estuvo a punto de decir «del saltamontes».

—Todos los papeles están en la guantera, este es mi número de cuenta y... que sean cien euros al mes. Me he encontrado con Liam y bueno, he considerado que con eso será suficiente. —El hombre se recolocó la visera del gorro y chascó la lengua.

—Oh, vaya, gracias.

Al ver que no se movía, fue a por su chequera y delante de él extendió la cantidad.

—¡Hecho! —exclamó ella con las cejas elevadas al arrancar el papel.

—Excelente. —El hombre recuperó la sonrisa—. Bueno, pues me marcho. Dile a Liam que te he rebajado el precio finalmente, ¿de acuerdo?

Imogen asintió con la cabeza. Todo el mundo parecía tan sorprendido como deseoso de verle mientras que ella estaba encantada de estar sola en aquel precioso *cottage*. En algún momento volverían a coincidir, y en esa ocasión ya no podría esconderse en su habitación, tendría que agradecerle lo que fuera que le había dicho a aquel hombre para que le rebajase el alquiler del vehículo cuando aún no se conocían, además del detalle del café y el trébol.

El dueño de aquel leprechaun se marchó caminando colina abajo y, cuando Imogen lo perdió de vista, se puso al volante.

—¿De verdad? ¡Mierda! —se lamentó poniendo los ojos en blanco. Aquel coche era de marchas y ella no había cogido nunca uno que no fuera automático. Se repanchingó en el asiento y comenzó a reír, con una risa nerviosa que hacía frontera con el llanto hasta que terminó por inclinarse hacia delante accionando sin querer uno de los mandos que activaban el parabrisas. Se serenó y comenzó a respirar al ritmo de las varillas que rozaban sobre el cristal seco.

«Actitud», se dijo. «Aprenderé», se motivó.

Regresó al interior de la casa para sacar todo lo que había comprado en la librería: dos tacos de post-it, tizas de colores y una pizarra para colgar en la cocina, un cuadro de corcho para poner en la pared de su cuarto, chinchetas y los dos libros. Estos últimos estrenaron las pequeñas estanterías interiores del banco de la ventana y no pudo sentirse más feliz con aquello. Al poco rato llegó la compra del supermercado y pegó a cada cosa un post-it con su nombre antes de reorganizar todo el interior del frigorífico.

Imogen esperaba que Liam apareciera en cualquier momento por la casa, pero a las siete se cansó de esperar y abrió una bolsa de ensalada preparada para cenar. Le dejó un mensaje en la pizarra que colgó de un gancho junto al frigorífico, agradeciéndole lo del coche junto con el dibujo de un trébol. A las doce se metió en la cama, buscando el calor del edredón, y sin más compañía que la de Saltamontes aparcado en la entrada.

A la mañana siguiente, se despertó sorprendida por un sol resplandeciente y, consciente de que aquello no duraría mucho, salió de la cama deseosa de sentir sobre su piel algo de calor. Le chocó percibir la casa caldeada y, al mirar por la ventana, el corazón le dio un vuelco.

—¿Dónde está el coche? —preguntó en voz alta al vacío.

No es que quisiera conocer a Liam precisamente en camisón y rebeca, pero el miedo a que le hubiesen robado el coche mientras dormía le pudo. Salió de la habitación y se encontró con la chimenea encendida, pero la casa tan solitaria como cuando se había acostado la noche anterior.

«¿Cómo es posible que no me despertara anoche? ¿Cómo es posible que no le escuchara llegar, ni encender el fuego?»

Imogen se formuló aquellas preguntas desconcertada, pero cuando al salir de casa se topó con el coche aparcado perfectamente en el lateral techado, añadió otra pregunta más.

«¿Cómo es posible que no escuchara el coche?»

Lo cierto era que se sentía más descansada aquella mañana, mucho más que cualquier otra mañana de las últimas semanas, y su mente de enfermera dedujo que quizás aquella latitud conseguía bajar su tensión y concederle por tanto un sueño más plácido y profundo.

Volvió a entrar aliviada al saber que no le habían robado el coche, pero frustrada porque su compañero se le había vuelto a escapar. Aquel chico era realmente escurridizo.

Descubrió su mensaje de la pizarra borrado y otro en su lugar con una letra pulcra y estirada.

He aparcado el coche en el lateral para que no pierdas ni un metro
de vistas al acantilado desde tu ventana.
P.D.: No hay de qué.

Liam

Eso y un post-it con su nombre escrito y pegado en la cafetera con tres dedos de café tibio eran las únicas pruebas de que Liam había pasado por allí.

Dedicó el resto de aquel domingo a practicar alrededor de la casa con Saltamontes. Intentó dormir un poco por la tarde. Sabía que las primeras noches de aquel turno nocturno en la residencia serían duras, pero estaba ansiosa por comenzar en su primer trabajo de verdad.

Llegó a las nueve, una hora antes del comienzo de su turno, a la Lia Fáil Clinic, con la intención de presentarse y hacerse un poco con el lugar. El coche se le caló ocho veces a lo largo del trayecto, pero cuando logró aparcar frente al edificio de ladrillo oscuro se sintió más que satisfecha consigo misma. De hecho, se aplaudió a sí misma y se dedicó la canción que ponían en la radio cantándola sin pudor.

Se presentó en la recepción de aquella residencia clínica y la directora del centro no tardó en aparecer. Era una mujer fría pero educada, y a Imogen le pareció que era diligente y agradable en el trato con el personal. La siguió por los largos pasillos cuyo blanco se agudizaba con la luz que proyectaban los potentes fluorescentes anclados al techo. Ella la escuchaba intentando mantener la mejor de sus sonrisas mientras la que era su jefa se paraba para enseñarle la sala de enfermeras, el lugar donde podría cambiarse y dejar sus cosas, incluso retirarse a descansar en los ratos de guardia en los que no hubiese emergencias que atender. El turno de noche se suponía tranquilo, pero en un lugar como aquel, lleno de gente con todo tipo de necesidades, Imogen sospechaba que no tendría muchas ocasiones para tumbarse.

—Cuando llegue, lo primero que debe hacer es leer las incidencias que hayan surgido en los turnos anteriores y cambiar impresiones con el personal auxiliar del turno de noche. Inmediatamente después, debe comenzar con la primera ronda: administración de medicamentos, control de sueros, vigilancia de sondas, cambios posturales, administración de inyectables... Ya sabe.

La directora avanzaba por los pasillos con paso decidido y recitando el discurso de forma mecánica.

—Ante la más mínima incidencia o agravamiento de algún paciente debe comunicárselo al médico de urgencia para que se active el protocolo. Se hacen tres rondas: a las doce, a las tres y a las seis. A las siete y media deberá redactar el informe con las incidencias para el personal del turno de mañana. ¿Alguna duda, enfermera Murphy?

—Ahora mismo no se me ocurre ninguna, supongo que todo es cuestión de ponerse manos a la obra —contestó. Le habría gustado decirle que prefería que la llamara Imogen, pero se mordió el carrillo en su lugar antes de estirar de nuevo los labios. Quizás era más sensato ver cómo de formales o de cercanas eran las relaciones entre el resto de profesionales.

—Esa sonrisa suya permanente no sé si es un signo de alarma o de entusiasmo. Relájese, mujer. Cualquier duda, no tema en preguntar a las auxiliares, son nuestra primera línea de combate. —La directora le ofreció su mano para despedirse de ella.

—También puede preguntarle a este viejo, señorita. Llevo aquí más tiempo que nadie. Yo ayudé a construir este lugar, ¿sabe?

Imogen se giró para ver al hombre que le hablaba. Era un anciano de tez rojiza y arrugada, con un precioso cabello gris ceniza que se recolocó con la mano al quitarse su gorra de paño para presentarse.

—Soy Owen Turner. A su servicio, enfermera Murphy.

—¡Encantada, Owen! Pero llámeme Imogen, por favor. —Fue incapaz de levantar el frío muro del apellido ante aquel buen samaritano que se ofrecía a ayudar a una recién llegada, sonrojada por el comentario de la directora.

—La dejo bien acompañada. El señor Turner será muchísimo mejor embajador que yo, se lo aseguro. Bienvenida, enfermera Murphy. —A Imogen le quedó claro que con ella era necesario mantener cierta formalidad, pero no le molestó. Al fin y al cabo, era su jefa.

Y así fue. Owen le enseñó a Imogen cuál era la máquina que hacía el mejor café, dónde conseguir bolígrafos y dos atajos para cruzar los pabellones.

—¿No debería estar ya en la cama, Owen? —le preguntó Imogen antes de entrar en la sala de enfermeras para ponerse el uniforme.

—Bueno, en realidad la única que ahora mismo puede regañarme por no estarlo es usted, enfermera del turno de noche. —El señor Turner le guiñó un ojo y se despidió con un pequeño toque en la visera de su gorra.

El personal auxiliar le informó a Imogen de que el día anterior había habido un ingreso, una adolescente llamada Rosie con trastornos alimenticios a la que le habían adjudicado la habitación «celda». A los que acababan allí había que tratarlos como a presos sin privilegios, de ahí su nombre. Imogen lamentó tener que comenzar la ronda justamente por aquella habitación, pero el médico había reclamado a una enfermera. Inspiró profundamente para llenar sus pulmones de aire y su espíritu del valor suficiente con el que poder ayudar y cuidar a todas aquellas personas.

Al llegar se encontró con una escena bastante desagradable. La chica parecía un cadáver, tanto, que su cabeza se veía demasiado grande en comparación con la delgadez del cuerpo, sentada sobre su cama mientras el médico le hacía una revisión.

—Soy la enfermera Murphy, doctor Spencer —dijo a la espalda del profesional al tiempo que le sonreía a la chica.

Ninguno de los dos le contestó. El hombre revisaba sus nudillos enrojecidos, las uñas quebradizas, su cabello empobrecido, la columna amoratada... Imogen aguantó un suspiro y permaneció a la espera.

—Enfermera, póngale un suero para rehidratarla y prepare una sonda nasogástrica de alimentación. La paciente se niega a masticar y su situación es de riesgo.

Cuando escuchó aquello, la chica contestó con rebeldía.

—Lo tengo controlado, no me va a pasar nada.

—Rosie, no puedo ayudarte si no quieres que te ayude —dijo y, al girarse, Imogen descubrió a un médico bastante más joven de lo que esperaba, aunque tremendamente serio.

Imogen subió la manga del camisón médico con el que vestía la chica para ponerle la vía en el brazo y se estremeció al ver que podía abarcarlo entre sus dedos. Se tragó la tristeza que le despertaba la imagen y decidió susurrarle palabras de consuelo, que, si bien no parecían surtir efecto, tampoco eran rechazadas por la chica.

—No me quitéis el teléfono, por favor —suplicó la chica.

—Lo siento, Rosie. Irás recuperando tus pertenencias. Solo tienes que hacer bien las cosas —contestó el médico que, antes de salir de la habitación, miró a Imogen y le dio la bienvenida tras soltar un suspiro.

Imogen terminó exhausta aquella primera noche. Había un ala prácticamente llena de ancianos con gripe, por lo que el control de suero y de temperaturas fue continuo. Además, Rosie solo había parado de llorar para intentar quitarse tres veces la sonda. Imogen sentía que las piernas le pesaban como columnas dóricas, había tomado tantos cafés para mantenerse espabilada que le temblaba el pulso y una de las auxiliares había hecho todo lo posible por hacerla sentir incómoda respondiendo con tono hastiado cada pregunta que le hacía. Cuando salió por la puerta y se montó en su Saltamontes, rompió a llorar. Había disfrutado con su primer día de trabajo, pero a su vez había sido tan real la soledad de algunos ancianos, tan profundo el dolor de algunos pacientes, tan desolador el llanto de Rosie... que se sintió sobrepasada. Volvía a llorar y era algo que no quería hacer, por lo que inspiró profundamente varias veces hasta serenarse. La extenuación hizo que se quedara dormida allí mismo.

5

Imogen se despertó una hora después con un dolor de cuello punzante y un hambre atroz. Perdió la cuenta de las veces que se le caló el motor de Saltamontes ascendiendo el acantilado y, cuando por fin llegó a la casa, corrió hacia la nevera. Se sirvió un vaso de leche que bebió casi sin respirar y eligió una bandeja de comida preparada que tendría que calentar de algún modo en una sartén, pero justo antes de retirar el plástico que la recubría descubrió una olla en los fogones que tenía pegado un post-it con su nombre. A su lado descubrió una nota de Liam:

Espero que tu primer día haya sido satisfactorio. Te dejo un poco de estofado irlandés para reponer fuerzas.

Liam

Imogen sonrió, abrió la tapa y sintió que moría de placer al inhalar la mezcla de aromas que salían de aquella olla. ¿En serio aquel hombre cocinaba tan bien? ¿Y por qué se preocupaba de que comiera sano? No le quedó la menor duda de que Liam abanderaba la hospitalidad irlandesa. Mientras hundía la cuchara en un plato a punto de desbordarse pensó en cómo agradecérselo, pero no se le ocurría nada. No era capaz de cocinar nada más allá de un bizcocho medio crudo o una tarta chamuscada. Así que tendría que buscar otra opción. Una botella de un buen whisky, con eso seguro que no le fallaba a un irlandés. Decidió que cuando despertara bajaría a la ciudad y se la compraría.

Con la tripa saciada se arrastró hasta su habitación, se enfundó en el pijama más calentito que tenía y se sumergió entre las sábanas totalmente agotada para mecer su sueño al ritmo de las olas golpeando metros abajo.

Cuando despertó decidió que era momento de enfrentarse a la llamada temida. Respiró hondo tres veces y descolgó el auricular del teléfono que había en la cocina.

—¿Imogen, eres tú?

—Sí, mamá, pero te oigo estupendamente. No hace falta que chilles solo porque esté en Irlanda.

—¿Así piensas actuar a partir de ahora, Imogen? ¿Dejándolo todo atrás? Si no llega a ser porque tu casero me dijo que habías llegado sana y salva, aquí estaría yo todavía pensando que te has estrellado en el mar.

—¿Se ha estrellado algún avión en el mar este fin de semana?

—¡Imogen, por favor! No seas sarcástica conmigo. ¿Cómo es la casa? ¿Está bien? ¿Y ese hombre, es agradable? Tú cierra con llave la puerta de tu habitación igualmente por la noche.

—Mamá, por la noche estoy en la residencia.

—Es verdad, bueno, tú cierra con llave cuando estés dentro.

—Aún no hemos coincidido, pero está portándose muy bien conmigo. No te preocupes.

—¿Cómo no me voy a preocupar si te has ido al otro lado del planeta?

—Mamá, te tengo que dejar.

—Imogen, te llamaré. Te quiero.

—Mamá... no llores. Estoy bien. Adiós.

Colgó antes de que el llanto de su madre la hiciera sentir culpable por marcharse lejos de ella. Al fin y al cabo, tenía otros cinco hijos de los que preocuparse allí en Filadelfia.

El resto de la semana se sucedió de forma similar, ella adaptándose de forma terrible al horario laboral mientras intercambiaba notas con un compañero de casa al que aún no conocía en persona:

Gracias por el whisky, no era necesario.

Liam

La carne en salsa de whisky es lo más rico que he comido en mi vida. Gracias por volver a dejar comida para mí.

Imogen

No hace falta que sigas etiquetando tu comida. No tengo intención de morir envenenado con todos esos conservantes artificiales...

Liam

La sopa de mariscos estaba de muerte, pero en serio, no es necesario que sigas cocinando para mí.

Imogen

No es molestia, no sé cocinar para uno solo y tienes ocupado todo el espacio del congelador

Liam

Debo confesarte algo: no sé cómo encender la chimenea. ¿Cuántas botellas de whisky quieres a cambio de encontrar un buen fuego cuando regrese del trabajo por las mañanas?

Imogen

Ya decía yo... Empezaba a pensar que compartía casa con una esquimal. Prefiero el agua al whisky, deja de regalarme botellas porque se me agotan las recetas en las que puedo usarlo.

«*No reserves comida para mí mañana, me voy el fin de semana a Dublín.*

Imogen».

La semana había resultado agotadora pero también liberadora de una forma deliciosa. Había dejado de pensar en Andrew. Le estimulaba de una forma infantil la idea de llegar a casa y ver qué le había dejado escrito su desconocido y misterioso compañero, del que sabía poco más que era un pescador que cocinaba de muerte y que tocaba la guitarra. Además, para ser su primer trabajo, sentía que lo estaba haciendo bien y había conseguido establecer una relación cordial con las compañeras y una divertida alianza con el anciano señor Turner. Por si eso fuera poco, aquellas lecturas recomendadas por Anna, la librera, parecían señales del destino. Sentada en su rincón favorito leía todas las tardes un buen rato y podía empatizar con tantas partes de ambas historias que al cerrar el libro se sentía como si hubiera estado viajando con ellos, asimilando sus aprendizajes, y así se enfrentaba con más energía a la jornada laboral.

El viernes había recibido una llamada amenazadora de Ava:

—Tapa tu culo con el vestido más sexy que tengas y tráelo hasta aquí. Esta noche, salimos de fiesta por el Temple.

Durante un par de segundos se dejó tentar con el susurro del mar, calmado y sedante que la invitaba a pasar el fin de semana sentada junto a la ventana de su habitación, enrollada como un canelón en una manta mientras terminaba de leer el segundo libro, pero esa idea bucólica se tambaleaba pues sabía que la soledad terminaba por llevar a su mente hacia recuerdos que quería calcinar: el primer beso de Andrew en aquella pizzería, la fiesta de celebración por el acceso a la universidad, la noche en aquel hotel... Por ello, preparó una bolsa ligera de equipaje y se montó en Saltamontes con dirección a Dublín.

—Vamos a bailar a algún pub —propuso Ava aquella noche de viernes.

—No me siento con ánimos de bailar, ¿no podemos simplemente salir, sentarnos y beber unas cuantas cervezas?

—Imogen, esta es tu nueva vida, ¿recuerdas? Hay que salir, despejar la cabeza y soltar todos los malos rollos bailando, como hacen Meredith Grey y Cristina Yang en *Anatomía de Grey*.

—Ellas bailan en casa con una botella de tequila, no salen a pubs.

—Ya, pero nosotras vamos a elevar su ritual al nivel irlandés.

Ava hizo reír a Imogen y la arrastró de pub en pub durante toda la noche, bailando aunque nadie más lo hiciera.

Durante el sábado, Ava no la dejó respirar ni un minuto. Estaba entusiasmada y quería enseñarle sitios y lugares apropiados en los que podría encontrar un nuevo chico, o al menos, pasárselo bien mientras superaba la ruptura con Andrew. No podía negar que pasear por Dublín era divertido, pero en cuanto ella proponía entrar en algún museo para conocer un poco más la historia de cada rincón, Ava la arrastraba hasta el pub más cercano. Comenzaron con una sidra muy buena en The Grove, echaron un par de partidas al billar junto a un grupo de turistas americanos en The Long Store y disfrutaron de buena música irlandesa en directo en The Porter House, para terminar con un número olvidadizo de pintas de Guinness en Mulligan's.

De vuelta a Howth a primera hora de la mañana del domingo, sentía que aquel fin de semana había sido una total y absoluta pérdida de tiempo. Reconoció que había gastado más cantidad de la necesaria de maquillaje, que su espalda había sido maltratada por los tacones y que había ahogado en alcohol un porcentaje elevado de sus jóvenes neuronas.

Conforme ascendía por las tortuosas curvas del acantilado, la posibilidad de encontrarse por fin con Liam cara a cara le pellizcaba en la boca del estómago. En su mente solo guardaba el recuerdo de un perfil borroso camuflado bajo aquella barba espesa y por un gorro de lana calado hasta las cejas; pero tras aquella semana compartiendo mensajes, se había formado una imagen agradable de él. Su mente romántica incluso había fantaseado con que fuera algo más que eso, y por eso los nervios se habían instalado en su cuerpo ante la incertidumbre de lo que podía encontrar. La posibilidad de llevarse un chasco era más que elevada y no le apetecía perder la ilusión de aquella fantasía tan pronto. Además, estaba demasiado agotada para ser amable y mantener una conversación si sufría la más que probable decepción. Sin embargo, no tuvo que enfrentarse a ningún chasco, porque la casa estaba vacía. Ni siquiera encontró un mensaje en la pizarra junto a la nevera, y aunque los buscó, no hubo post-its con su nombre sobre algún objeto sorpresa.

Con fastidio se resignó al silencio y, tras darse una ducha rápida y comer un bol de leche con cereales, se metió en la cama para dejarse adormilar por los arrítmicos golpes del viento contra el cristal de la ventana de su habitación.

Cuando despertó unas horas después, miró el reloj de su muñeca. Si se daba prisa podía llegar a la reunión del club de lectura. No quería quedarse en casa con la sensación de haber echado a perder todo el fin de semana y, por otro lado, sabía que tampoco le vendría mal conocer a más gente en el pueblo. Se recogió el pelo en una trenza al lado y se puso uno de sus vestidos de lana. No sabía si debía llevar o no los libros al club, por lo que los metió en su bolso más ancho y, tras echar un último vistazo a un sol que comenzaba a ahogarse en la superficie del horizonte, se montó en Saltamontes.

Cuando llegó a la librería ya había un buen grupo de chicas y mujeres de más edad dentro. Estaban alrededor de una mesa en la que había dispuesta una gran fuente con trozos de bizcocho y una tetera de agua hirviendo con la que prepararse infusiones en unas tazas que al parecer todas traían ya de casa. Al verla, Anna fue directa a ella y la recibió con entusiasmo. La presentó al resto del club y volvió a recibir un aluvión de preguntas sobre Liam y su sorprendente regreso a Howth. Aquellas miradas de desconcierto tras su respuesta poco aclaratoria aumentaban su intriga. Entre ellas se miraban como si guardasen un secreto que no querían compartir con ella y solo por eso estaba deseando coincidir de una vez con él.

Tras servirse té en una taza prestada y una porción de bizcocho, comenzaron animadas la reunión para hablar sobre aquellas novelas que narraban las experiencias reales de dos personas que habían decidido alejarse de sus vidas para iniciar un viaje de autoconocimiento y aprendizaje en la naturaleza más salvaje. Algunas estaban con sus ejemplares sobre las piernas y otras aprovechaban el tiempo para tejer bufandas al mismo tiempo.

—Yo he encontrado bastantes similitudes. Por ejemplo, ambos se cambian de identidad. Chris cambia su nombre por Alex Supertramp, y Cheryl pasa a apellidarse Strayed[2]. Y supongo que es porque así es como se sentía antes de partir —apuntó Jane.

—Sí, y ambos escriben de alguna forma sus vivencias en un diario —añadió Tay.

—Gracias a eso tenemos los libros, de hecho. ¿Alguna de vosotras escribe un diario? —pregunto Anna.

Todas excepto Imogen y otra mujer levantaron la mano, y eso produjo risas de complicidad entre las asistentes.

---

2. En inglés significa perdida, extraviada, descarrilada.

Siguieron debatiendo sobre las lecturas que los protagonistas de ambos libros habían elegido llevar durante sus viajes, y sobre las cosas que habían aprendido de esas lecturas.

—¿Y a ti cuál te ha gustado más de los dos, Imogen? —le preguntó Anna.

—Bueno, una parte de mí se identificó al comienzo de la lectura con Alex, porque llegué aquí hace unos días con ganas de alejarme de todo lo conocido, de quién era y de lo que había estado haciendo durante los últimos años. Ambos tomamos esa especie de decisión tras terminar los estudios, una coincidencia... Pero supongo que entiendo a Cheryl. Yo también necesito a la gente, quiero a las personas, no puedo evitarlo. Me gusta ayudarlas, sentirme útil. Soy enfermera y estoy descubriendo que amo mi profesión. Adoro compartir mis penas y alegrías con mi amiga Ava, y poder sentirme ahora parte de este club. Es algo que me alegra, y es una conclusión a la que creo que también llega el chico cuando dice que «la felicidad solo es real cuando es compartida». —Calló un instante y proclamó con pasión su última frase—: Yo quiero encontrar la mejor versión de mí misma, aquí.

Imogen percibió el silencio suspendido en el aire. Todas la miraban con los ojos abiertos y las manos apretadas. Entonces, reparó en que ninguna había proyectado las vivencias de ambos libros en sus propias vidas, solo ella. Se había abierto sin filtros a un grupo de extrañas y las había dejado mudas.

—Todas deberíamos buscar la mejor versión de nosotras mismas. Es una gran conclusión, Imogen, y creo que nos inspiras un poco con ella. —Anna habló por fin y animó a un aplauso general.

—Nosotras también estamos encantadas de que te unas al club, Imogen —añadió Jane.

Aquella misma noche, Imogen cogió lápiz y papel, y se sentó en el tocador. Se miró durante un buen rato en el espejo antes de comenzar a escribir una lista de propósitos, pero en cuanto se dio cuenta de que el primer objetivo ya lo había emprendido, los siguientes salieron de la mina del lápiz como si fueran pájaros retenidos en jaulas durante años. Así realizó una lista que nombró «La mejor versión de mí»:

—Pertenecer a algo
—Perder el sentido del ridículo
—Aprender a hacer algo nuevo, ¿cocinar?
—Asumir un riesgo
—Renovarme por dentro
—Volver a abrir mi corazón

Ella ya había emprendido el viaje, ahora solo debía ir alcanzando las etapas y, como mínimo, ya podía decir que pertenecía a un club de lectura.

6

Tras otra semana de trabajo agotador y otro sábado de salida nocturna desenfrenada con Ava, Imogen regresó el domingo a casa con la
promesa de que al siguiente fin de semana sería su amiga quien fuera a visitarla. Había comenzado a llover y las olas rompían en la pared del acantilado con furia. Imogen podía sentir las embestidas contra las rocas como golpes violentos contra los cimientos de la casa.
Liam no había pasado por allí en toda la semana y esperaba encontrarlo por fin a su regreso de Dublín. Se preguntó dónde estaría metido con semejante tiempo, y su estómago se lamentó al pensar en otra
semana de platos precocinados.

Se acercó a la puerta de su dormitorio y llamó con los nudillos
un par de veces para comprobar que estaba sola. Vio que, a diferencia del pomo de su puerta, este no tenía llave ni cerrojo. La tentación de entrar y echar un vistazo era muy potente, sobre todo después de ese velo de intriga que se había formado a su alrededor tras
su vuelta. Pensó que, o bien no tenía nada que esconder y no era
tan misterioso, o bien que esa accesibilidad a todo lo suyo podía ser
desapego o una generosidad mayúscula. Pero no entraría allí sin su
permiso, y para eso tendría que encontrarse con él en algún momento.

Leyó, durmió envuelta en el edredón, volvió a leer y volvió a dor-
mitar en el sofá del salón helado. Aquel tiempo le impedía salir a
pasear y, cuando se quiso dar cuenta, ya era de noche, una igual de
poco apacible. Se enfundó en su abrigo verde, enrolló la bufanda más

larga que tenía alrededor de su cuello y agarró una bolsita de cacahuetes con miel y un zumo para cenar de camino a la clínica.

La primera ronda fue tranquila, incluso pudo conversar un rato con la auxiliar que estaba empeñada en sonsacarle la historia que la había hecho mudarse a Irlanda. Cuando ya no soportó más el interrogatorio salió con la excusa de ir a por un café, a pesar de tener una máquina en la misma sala de enfermeras.

—Owen, ¿qué hace aquí tan tarde?

—Claire está agitada. Vengo a por un poco de leche caliente, seguro que eso la reconforta —contestó el anciano extrayendo del hueco de la máquina de la sala común el recipiente de plástico humeante.

—¿Claire Annanly? ¿Habitación 53? Si quiere se lo llevo yo, es tarde para que ande por los pasillos. Hace frío y ya tengo demasiados pacientes con gripe. No quiero que usted también caiga.

—Oh, no. Yo estoy como un roble y quiero llevárselo.

—¿Se acaba de sonrojar, señor Turner? —le preguntó divertida Imogen.

—Claire y yo nos conocemos de toda la vida, enfermera Murphy —se defendió elevando una ceja y luego agachó la mirada—, aunque ella ahora no me recuerde. De hecho, se casó con mi mejor amigo.

—Bueno, lo importante es que usted sí la recuerda a ella, y estoy segura de que está en alguna parte de su cerebro si deja que a estas horas de la noche entre en su cuarto para aceptarle un vaso de leche. —Imogen le apretó con afecto el brazo.

—Quizás si me recordara no me dejaría hacerlo. Nunca aceptó bailar conmigo. —Owen se encogió de hombros y sonrió con picardía—. Voy a llevarle esto antes de que se enfríe.

—Y luego a su habitación, señor Turner, ¿entendido? —le ordenó con dulzura—. Y mañana me cuenta esa historia, quiero saber por qué no quería bailar con el que estoy segura que era el hombre más apuesto de Howth.

Owen fue con paso alegre por el pasillo e Imogen prometió ir a ver a Claire de nuevo en cuanto terminara con la ronda. Aquella noche sentía el frío apostado en los huesos, la humedad penetraba por la lana de la rebeca oscura que llevaba sobre el uniforme y cada vez que pasaba junto a un radiador de gas se pegaba a él intentando retener en su cuerpo el calor entre visita y visita a las habitaciones. Pensaba que el frío húmedo de Irlanda terminaría por matarla. Las toses de los enfermos de gripe rompían el silencio como si fueran los truenos de la tormenta que estaba desatada fuera, y eso hacía que muchos de los pacientes no conciliaran el sueño y reclamasen al personal auxiliar. Cuando llegó al pasillo de especial vigilancia se sorprendió al ver a Rosie plácidamente dormida. Se había acostumbrado a escucharla llorar cada noche y a recibir miradas afiladas cuando intentaba consolarla. Sabía que necesitaría tiempo para ganarse su confianza y deseaba conseguirlo. Se quedó en el umbral de su cuarto un rato mirándola. Se sentía sola y perdida, como Rosie, pero al menos ella tenía fuerza para luchar y deseó que los profesionales de aquella clínica supieran imprimir en aquella preciosa adolescente sus mismas ganas de vivir. Un escalofrío recorrió su espalda y buscó otro radiador al que pegarse.

Mientras seguía su ronda, oyó un profundo suspiro. Se acercó al pequeño mirador con vistas a la costa que se abría al final del pasillo y vio a una de las internas de especial vigilancia apoyada en la pared, con la mirada perdida en la oscuridad de un mar que se confundía con las nubes de tormenta.

—¿Moira? ¿Qué haces aquí, cielo? Es muy tarde y hace frío.

A Imogen le tembló todo el cuerpo al ver a aquella chica vestida con un simple camisón, aunque ella no parecía sentir absolutamente nada. Era como un espíritu vagando en la noche, con aquel pelo largo, lacio y tan rubio como las espigas del trigo. Era muy bonita, pero su aspecto era delicado y unas profundas ojeras se marcaban bajo aquellos ojos tristes de bordes arrugados.

—Siento que me ahogo en esa habitación.

—Pero hace mucho frío aquí.

—Yo solo quiero ver el mar. Lo necesito.

Su voz parecía un susurro. Ni siquiera se había girado para hablarle a la cara, y como Imogen sabía que aquella ventana era imposible de abrir, le prometió regresar con una manta. No podía permitir que aquella mujer que anhelaba la muerte la encontrara en aquel pasillo congelado, y mucho menos durante su turno.

Aquella noche fue larga, fría, solitaria y agotadora. Había tantas historias dentro de aquellas habitaciones...

Tras una jornada tan dura Imogen entró en casa como una zombi; ni siquiera tenía ganas de comer, tan solo de meterse en la cama y dormir hasta la noche. Le pesaban las piernas, estaba entumecida y congelada, sentía la cabeza como si se la estuvieran estrujando con dos manos entre sien y sien, y los párpados le pesaban hasta tal punto, que llegó a su dormitorio con los ojos cerrados. Se deshizo de la ropa dejándola tirada en el suelo para enfundarse en el pijama y se desplomó en la cama que sintió como la nube más esponjosa del universo.

Frío. Un agudo y tembloroso latigazo cruzó su columna. No sabía cuántas horas habían pasado y era incapaz de abrir los ojos para mirar su reloj de pulsera. Dolor. Quiso girarse y un calambre retorció los músculos de sus piernas.

«No puede ser. No. No.»

Imogen reconoció en ese instante todos los síntomas de la gripe en su cuerpo y emitió un gemido lastimoso. No tenía fuerzas para levantarse y, de hacerlo, no estaba segura de que las piernas la sostuvieran. Aquel frío intenso que sentía era una señal alarmante de la intensa fiebre que comenzaba a emerger de su cuerpo, y cuando creía que aquello no podía ir a peor, comenzó a toser provocando espasmos que mortificaban su cuerpo con las sacudidas. Dormía un rato y volvía a despertarse con un escalofrío. Las horas pasaban y con esfuerzo vio cómo el sol se escondía en el horizonte a través de la ventana. Debía avisar a la clínica, pero no se veía capaz de llegar hasta el teléfono de la casa.

—¿Imogen?

Ella no paraba de toser, pero al escuchar aquella voz al otro lado de la puerta de su habitación sintió que el aire le faltaba aún más.

—¿Imogen, te encuentras bien? Soy Liam.

—¡No pases! Tengo la gripe —consiguió exclamar medio ahogada.

—Pero ¿necesitas algo? ¿Quieres una aspirina o que vaya a comprarte algo?

Aquella voz solícita la reconfortó. Al menos ya no estaba sola en casa, tenía al encantador compañero de los post-its y, en aquellas circunstancias, le pareció todo un mundo.

—Sí, una aspirina. —Un ataque de tos salió de su cuerpo como si los pulmones fueran a salirle por la boca—. ¡Pero ponte una mascarilla!

A sus oídos le llegó la risa de Liam desde el pasillo. ¿Le parecía gracioso? Aquella gripe era el Bin Laden de las gripes. Jamás en su vida se había sentido peor.

Al rato escuchó girar el pomo de su puerta, pero no tenía fuerza suficiente para abrir los ojos, y eso que llevaba semanas deseando ver por fin la cara de su casero. Con gran esfuerzo entreabrió un ojo y lo vio con un pañuelo atado a la cara sobre el que asomaban unos ojos de un color azul tan suave que parecían transparentes. O quizás solo era efecto de la fiebre. Sintió cómo un brazo la sujetaba por la nuca y abrió la boca para aceptar la pastilla y el vaso de agua.

—Gracias. ¿Puedes llamar a la clínica por mí y decirles que estoy enferma?

Liam asintió y ella volvió a toser y, tras aquel resquicio de lucidez, sintió un profundo bochorno. Desde luego, no podía haberla conocido en peor estado. Ni siquiera llevaba un pijama bonito sino el más viejo y usado, el elástico de la cintura estaba ensanchado. Era sin duda el más cómodo y el más cutre de su cajón.

Imogen dedujo que se había dormido o quizás desmayado porque, cuando recobró algo de consciencia, se vio encima de la cama, destapada, bañada en sudor con un paño mojado sobre la frente. Era noche cerrada a través de la ventana y llovía como si el cielo fuera a desplomarse sobre ellos. Una tormenta eléctrica descargaba su furia en el mar, iluminando la estancia de una forma tétrica, y los truenos eran tan potentes que Imogen temblaba de miedo, preguntándose si aquellas paredes aguantarían en pie.

—Tienes mucha fiebre, pero no te preocupes, estoy contigo y esto se pasará en unas horas.

Liam le sujetó la cabeza y la forzó a beber un trago de agua con otra aspirina. Quiso agradecerle sus cuidados, pero no pudo hablar. Los ojos volvieron a cerrársele y sintió cómo le cambiaba el paño de la frente por otro más húmedo justo antes de volver a perderse dentro de un sueño febril.

La tempestad se desataba rabiosa fuera de la casa y también dentro de su cuerpo. Los cristales de su habitación se agitaban con las embestidas del viento cargado de gotas de lluvia. Las olas chocaban sin tregua metros abajo y sonaban como estallidos de bombas. Así pasó las largas horas de una noche desapacible, fría y confusa, en la que a veces entreabría los ojos y lo veía sentado en la ventana leyendo un libro.

La calidez de la luz del sol sobre su rostro la despertó de una forma dulce. Quiso moverse, pero estaba envuelta por el edredón y este parecía estar relleno con plumas de cemento. Se preguntó qué hora sería, aunque dedujo que llevaba un día entero metida en la cama. Consiguió girarse y abrir los ojos del todo tras varios pestañeos. Vio que estaba sola y soltó un profundo suspiro.

—¡Buenos días, compañera!

Sus sentidos estaban aún embotados, pero aquel saludo hizo que su corazón diera un vuelco. Liam entró sin llamar en su habitación con un cuenco humeante entre las manos y lo que a Imogen se le figuró una sonrisa ladeada tras la espesa barba. Fue incapaz de pronunciar una palabra, tan solo observó cómo se acercaba a ella, depositaba el cuenco que contenía una sopa cuyo aroma llegó de forma deliciosa hasta la nariz de Imogen y después aproximaba la mano hasta su frente.

—Genial, casi no tienes fiebre. Tienes que comer un poco, te ayudaré. Esta sopa podría resucitar a un muerto. Es una receta de familia, algo casi sagrado y mágico.

Imogen movió los labios mientras intentaba encontrar las palabras adecuadas dentro de su mente, pero él se le adelantó de nuevo.

—Oh, claro. Aún no nos hemos presentado formalmente. Soy Liam, aunque puedes seguir llamándome como lo has hecho esta noche... ¿Cómo era? «Maldito irlandés» o «Rey de los muertos», que según he logrado averiguar es el malo malísimo de *¿Juego de Tronos?* y con el que tengo la fortuna de compartir el mismo color de ojos. «Cristalinos», así has dicho que los tenía, pero con un tono mucho más tenebroso.

Imogen quiso excusarse sumida en la más profunda de las vergüenzas porque no recordaba nada de aquellos delirios mientras él parloteaba sin respirar y con evidentes muestras de disfrutar con ello. Pero en lugar de palabras, un ataque de tos acudió a su boca y Liam reaccionó cogiéndola por debajo de los brazos para ayudarla a incorporarse sobre una segunda almohada que había colocado bien mullida a su espalda. Imogen dedujo que debía haberle cedido la suya propia para que estuviera más cómoda y el sentimiento abrumador de gratitud comenzó a burbujearle en el corazón.

—Vamos, toma una cucharada de esto. Llamé a Bertie a primera hora de la mañana para que fuera a la farmacia a por un jarabe que te calmara esa tos. Ese chico puede traerte lo que quieras, cualquier cosa, por un par de euros. Una vez necesité un sensor para el sónar del barco y en media hora ese condenado me consiguió dos.

Imogen abrió los labios y aceptó el jarabe dulzón. Esbozó un intento de sonrisa de agradecimiento y entornó los párpados un par de segundos.

—Ey, no te duermas, tienes que tomar un poco de sopa. No hace falta ni que tengas los ojos abiertos, solo tienes que abrir la boca y tragar.

Pero Imogen los abrió. Quería verle y agradecerle con la mirada todo lo que estaba haciendo por ella. Tomó una cucharada tras otra mientras Liam le contaba anécdotas sobre Bertie, aquel recadero buscavidas, y ella sentía cómo el líquido reconfortaba su cuerpo. Liam gesticulaba mucho. Detrás de aquel enjambre de rizos que envolvía su cara parcialmente cubierta por la barba asomaba un muchacho nervioso y vivaz. Y, aunque no se sentía totalmente consciente, reconoció que su color de ojos parecía el de un cristal biselado, pero contrariamente a lo que podía haberle dicho a causa de la fiebre, en aquel instante le parecieron increíbles y cautivadores.

Entrada la tarde, la fiebre volvió a subirle y las horas de otra larga noche se fundieron entre parpadeos en los que la única visión constante era la figura de Liam a su lado.

Con la luz de un nuevo día, Imogen despertó y miró a su alrededor. No había señales de que Liam anduviera por allí, pero descubrió un post-it en su mesilla de noche. Su compañero se disculpaba por haber tenido que ir a trabajar dejándola sola, pero le informaba de que no había vuelto a tener fiebre desde las cinco y que le tocaba la siguiente dosis de antipirético a las nueve. Sentía que la vejiga le iba a estallar. Con pasos tambaleantes fue al aseo y, al verse en el pequeño espejo del mueble que colgaba sobre el lavabo, vio la necesidad que tenía de darse una buena ducha.

Tras dos días de encierro salió por fin de su habitación. Sus tripas rugieron de placer al descubrir una olla en los fogones con sopa aún templada y, tras llenar el cuenco más grande de la alacena, se acurrucó en el sofá frente a la chimenea encendida para tomarse hasta la última gota. Fuera volvía a llover, el viento se estrellaba contra los cristales y silbaba entre las ranuras de la puerta de la casa. Imogen pensó en Liam. Sabía que era pescador y, aunque desconocía los pormenores de aquella profesión, confió en que en un día así de terrible no se encontrara en alta mar. Repasó las pocas imágenes que su mente había archivado, aquel perfil en la oscuridad el día que llegó mientras tocaba la guitarra, las arrugas de su frente cuando le cambiaba los paños húmedos, la mirada chispeante y cristalina cuando bromeó con ella tras descubrirse por fin cara a cara...

Reconoció que lo echaba de menos. De repente la casa se le antojó demasiado solitaria y deseó que regresara pronto. Por fin estaba aseada, su pelo había dejado de ser una masa apelotonada, su piel olía a gel de coco y lucía un aspecto más decente con aquella larga rebeca gris anudada a su cintura sobre el pijama más presentable que tenía. Esperó con la mirada fija en la puerta principal a que apareciera su cuidador, pero terminó por quedarse dormida, de nuevo hipnotizada con el crepitar de las llamas.

Imogen sintió una mano sobre su frente y se sobresaltó.

—Lo siento, no quería despertarte. Solo quería comprobar si volvías a tener fiebre.

Liam estaba en cuclillas frente a ella. Era de noche y el pequeño comedor estaba iluminado tenuemente por una pequeña lámpara de mesa y por las llamas de la chimenea. Imogen abrió más los ojos y se incorporó en el sofá azorada.

—¡Liam! —Lo miró y sintió cómo su corazón se le desbocaba para soltar un simple y agudo «hola».

Él se levantó para sentarse en la mesa baja de madera frente a ella con las piernas ligeramente abiertas y una sonrisa en el rostro. Junto a él había uno de sus libros, abierto boca abajo, y dedujo que había estado ahí enfrente leyendo mientras ella dormía.

—Hola, Imogen.

Tenía el pelo recogido, por lo que por fin pudo distinguir el contorno de su cara con más claridad. La piel de su rostro parecía curtida por la sal del mar y tenía el tono propio de quien trabaja expuesto al sol, lo que hacía que el color celeste de su iris resaltara aún más. Sus cejas pobladas y puntiagudas, enmarcaban unos ojos alargados que terminaban en unas arruguitas que conseguían hacer que su expresión fuera afable. Descubrió que le daba carácter aquella nariz alargada y que su boca era pequeña pero que parecía más grande al sonreír con esos labios carnosos. Imogen apoyó la cabeza en el respaldo del sofá y pasó a fijarse de forma más amplia en él. Llevaba un jersey oscuro de cuello redondo y unos vaqueros grisáceos que señalaban unos muslos anchos sobre los que había apoyado sus grandes manos.

—Veo que te encuentras mucho mejor —le dijo elevando un poco las cejas.

—Sí, estoy muchísimo mejor. No sé cómo agradecer todo lo que has hecho por mí estos dos días —consiguió decir mientras recobraba el ritmo normal de su pulso.

—No hay nada que agradecer, eres mi inquilina. Ha sido puro egoísmo. Si morías tendría que buscar a alguien nuevo que pagara el alquiler.

—Ah, claro... —asintió ella con seriedad.

—¡Es broma, mujer! —Liam le dio un golpecito con la mano en su rodilla y de pronto el recuerdo de sus manos recorriendo sus extremidades se apoderó de ella.

Aquel hombre había combatido su alta fiebre a base de friegas por sus brazos y a lo largo de sus piernas. ¿Acaso la había desnudado en algún momento? No era capaz de recordarlo, pero aquel sutil contacto, ese gesto de confianza entre dos desconocidos, le hacía pensar que al menos para él su cuerpo no le era tan extraño.

—Sí, claro. Igualmente, gracias. Te has expuesto demasiado, podrías estar ahora mismo incubando tú el virus.

—No te preocupes, yo jamás enfermo, es cosa de familia. Además, si no me equivoco, en caso de contagiarme tengo cerca a una enfermera para cuidarme.

—Una enfermera que te debe una.

—Con que me prestes tus libros es suficiente. Creo que nuestra relación casero-inquilina funcionará bastante bien así —rio Liam levantándose con el ejemplar que había dejado en la mesa.

—¿Te gusta leer? —preguntó sorprendida. No era algo que esperara de él.

—Sí, los pescadores también podemos leer. De hecho, tengo hasta el carnet de la biblioteca —contestó él con una ceja elevada.

—Claro, por supuesto, no quería insinuar...

Liam se rio y la miró con cierta condescendencia.

—¿Has cenado? ¿Quieres que te prepare algo?

—No, gracias, antes tomé sopa y la verdad es que solo me apetece dormir. Creo que voy a meterme otra vez en la cama, mañana debería volver a la residencia.

—Por cierto, tu madre llamó y estuve hablando con ella un buen rato. Tuve que decirle que estabas con gripe —apretó los dientes.

—Lo siento, mi madre es muy pesada —gimió.

—En realidad, me reí mucho con ella. Deberías llamarla cuando te veas con fuerzas.

Imogen se levantó del sofá y quedó a un palmo de Liam frente a frente. Él le sacaba una cabeza y medio cuerpo, olía a salitre y continuaba mirándola con una sonrisa escondida bajo la barba.

—Que descanses, Imogen. Si necesitas algo, esta noche estaré al otro lado del pasillo.

—Buenas noches, Liam.

Imogen dio media vuelta, se abrazó y, arrastrando las piernas que aún le pesaban como columnas, se encaminó a su dormitorio.

—¡Liam! —exclamó de repente, a medio camino—. Me alegra haberte conocido por fin.

—¿Aunque sea un «maldito irlandés con ojos de monstruo»?

Imogen se tapó la cara con ambas manos y soltó un gemido de arrepentimiento.

—Lo siento.

Liam rio y se retiró también a su dormitorio.

Imogen no tardó en quedarse de nuevo dormida, esta vez tan solo con unas décimas más que controladas, pero se despertó cuando la noche estaba avanzada. La tormenta había cesado y Liam volvía a estar fuera, sentado en el banco de la fachada, susurrando aquella misma canción acompañado por la guitarra. Sonrió. Le gustaba su voz, aquella canción que ya no le era desconocida y se había convertido en una parte mágica más de vivir en aquella casa. Se acomodó de nuevo bajo el edredón sin saber si aquello formaba o no parte de un sueño.

7

—¡Buenos días, Imogen!

No esperaba encontrárselo sentado en el banco de la cocina. Untaba miel a una tostada encorvado sobre la mesa de madera maciza y elevó las cejas al saludarla. Enseguida, Liam le señaló el asiento que había frente a él con una sonrisa desenfadada.

—Buenos días, Liam. —Imogen se cruzó la rebeca para esconder el pijama.

Era la primera vez que lo veía cara a cara con la mente totalmente lúcida, y la realidad superaba las fantasiosas ideas que había creado sobre él. No era capaz de adivinarle la edad bajo aquella maraña de rizos y la barba poblada, pero reconoció aquellos preciosos ojos cristalinos y unas facciones más que agraciadas. Llevaba un grueso jersey de lana verde oscuro que probablemente abultaba su silueta como si delante tuviera a alguien capaz de cargar con toneles de whisky.

—No pensaba encontrarte aquí ahora... ¿no trabajas? —preguntó Imogen mientras se acercaba fingiendo confianza. Aceptó una taza de café y rechazó la mitad del pan de Liam.

—Hoy trabajaré de noche, parece que por fin tendremos un día apacible. El mar está tranquilo. —Le dio un bocado voraz a su desayuno y observó cómo ella llevaba a sus labios el líquido tostado—. Se te ve mucho mejor.

—Me siento infinitamente mejor. Muchísimas gracias por cuidar de mí, Liam.

—¡Salgamos a dar un paseo! —exclamó levantándose con energía. Dejó la tostada en el plato como si su hambre hubiese pasado a un segundo plano y se puso a su lado para ofrecerle el brazo como punto de apoyo. Imogen lo miró desconcertada.

—¿Pasear? Estoy aún en pijama —sonrió divertida.

Él se encogió de hombros.

—Pues venga, ponte cualquier cosa. Te sentará bien salir.

Imogen aún no se sentía con muchas fuerzas, pero la opción de salir agarrada del brazo de Liam era demasiado tentadora. Por fin lo tenía delante, tenía la oportunidad de saber quién era, descubriría de dónde había regresado y, con suerte, vería los primeros rayos de sol sin nubes amenazando en el horizonte desde su llegada a Irlanda.

Apuró el café y aceptó la sugerencia con una sonrisa discreta que retenía mucha emoción. Miró a través de la ventana de su dormitorio y descubrió aquel sol prometido patinando sobre la superficie de un mar tan calmo como una balsa de aceite. Se puso unos vaqueros, un jersey blanco que abrigaba su cuello y sus botas rellenas de pelo de oveja australiana. Había descubierto que no eran la mejor opción para vivir en un lugar de terreno enfangado prácticamente siempre, pero aún no se había comprado otras de goma, como las que Liam dejaba siempre en la entrada. Descolgó su abrigo verde y salió, entusiasmada al pensar en lo divertida que resultaría la conversación con Ava por teléfono cuando la llamara aquella noche.

Liam estaba en el umbral de la puerta con una mochila colgada a los hombros.

—Llevo provisiones, recargaremos las pilas cuando lleguemos a Red Rock Beach.

—¿Hasta la playa? —se escandalizó Imogen, a la que aún le temblaban un poco las piernas.

—Es solo un paseíto, te encantará. —Volvió a ofrecerle su brazo y la animó con un movimiento de cabeza.

Imogen se aproximó y se agarró a él rompiendo la barrera que los hacía desconocidos.

—Eres muy persuasivo. Más tarde decidiré si también estás un poco loco, y yo por hacerte caso.

Comenzaron a andar sobre un terreno mojado que convertía la hierba en resbaladiza, por lo que Imogen se aferró con más fuerza al brazo de Liam, quien daba pasos firmes y seguros gracias a que su calzado sí era apropiado. La proximidad era desconcertante para ella, él parecía relajado, como si se conocieran de toda la vida y pasear agarrados fuera algo que hicieran a diario. Liam se puso a parlotear sobre Howth y su faro, de la pesca del salmón y sobre cómo esperaba con ansia la primavera para empezar con la de la langosta. Habló del mercadillo de comida, artesanía y antigüedades que ponían los fines de semana y los días festivos a la salida del DART, y continuó ilustrándola con las curiosidades sobre la vecina localidad de Sutton. Movía el brazo libre mientras daba sus explicaciones como si fuera un guía turístico. Mientras Imogen seguía pareciendo una eterna adolescente con aquella cara redondeada y su estatura recortada, él tenía un aspecto de hombre curtido, enérgico, nervioso, que gesticulaba mucho y reía con facilidad. Mantuvo a Imogen entretenida, casi embelesada y absorta hasta que notó que pisaba arena y que las olas estaban a punto de mojar la punta de sus botas.

—¿Descansamos aquí sentados un rato? ¡Me tienes agotado! —bromeó soltando la mochila a sus pies.

—No puedo creer que me hayas hecho andar tanto. Espero que ahí dentro tengas algún remedio irlandés mágico, como aquella sopa, que me dé energías para poder volver a casa.

Imogen se tumbó para respirar hasta llenarse de aire y sentir cómo el sol templaba sus mejillas. Ladeó la cabeza y abrió un ojo para mirar a Liam. Este la miraba con la sonrisa apretada.

—¿Qué he dicho? —preguntó ella arrugando el ceño.

—No es nada. Podrás volver a casa, estoy seguro.

Ella percibió un tono amargo escondido en su sonrisa al pronunciar la palabra «casa».

—No había tenido la oportunidad hasta ahora de transmitirte la cantidad de bienvenidas que he ido recogiendo por Howth para ti desde que llegué. Todos se sorprendían cuando les decía que te había alquilado una habitación. —Imogen aceptó un emparedado que Liam había sacado de su macuto.

Él no contestó, solo volvió a sonreír con cierto cansancio.

—¿De dónde has regresado? ¿Has estado de viaje? —soltó, consciente de que aquello casi había sonado a interrogatorio. Sentía curiosidad e intuía que, como en los libros que acababa de leer, seguramente habría una historia interesante tras esa ausencia.

—Fuera, pescando por aguas de Canadá, entre otros lugares.

—¿No había buena pesca aquí? —preguntó con gesto inocente en un intento de sonsacarle más información a un parlanchín que de pronto se había vuelto algo esquivo.

—No es eso. Aquí, gracias a la corriente del Golfo, la temperatura del agua se suaviza y puedes pescar prácticamente durante todo el año: rayas, platijas, lenguados, caballas, bacalao... Pero quise marcharme durante un tiempo.

—¿Cuánto tiempo? Ha debido ser bastante porque tu regreso ha sido un revuelo en el pueblo.

—Casi cinco años. He aprendido muchas cosas nuevas. El mundo es el mejor maestro.

—¿Y qué cosas aprendiste? —Imogen le dio un bocado al sándwich de salami con patatas y puso cara de interés.

Liam se atusó la barba un par de veces y cambió de postura para poder verse bien frente a frente.

—Pues, para empezar, me embarqué con una tripulación más numerosa a la que estaba acostumbrado. Éramos seis tripulantes más el patrón Morris. Él se dedicaba a la pesca de palangre, que es algo así como lanzar al mar metros y metros de sedal con anzuelos cada dos palmos. Lanzábamos el aparejo a las siete de la mañana, se dejaba unas onces horas y luego se recogía sin parar hasta bien entrada la noche.

—Trabajar sin descanso.

—Veinte horas diarias. —Liam se encogió de hombros.

—¿Y te gustó? —preguntó exhausta solo de pensarlo.

—No estuvo mal, pero luego pasé a otra embarcación de pesca de centollos. Esa etapa fue más dura. El patrón nos llevaba de un lado para otro en busca de una zona con buena concentración. Estudiaba las antiguas proyecciones de años anteriores, pero casi todos los días eran fracasos absolutos y la moral de la tripulación se venía abajo.

—Debe ser una vida muy dura. Nunca me había parado a pensar en las penurias de los pescadores. Después de esta conversación no volveré a mirar la comida procedente del mar con los mismos ojos.

—¿Te refieres a esas barritas de merluza congeladas que compras o al salmón ahumado empaquetado? —bromeó Liam.

—Y a las sopas de pescado de sobre, también a eso.

Ambos rieron y contemplaron el mar.

—¿Y tú cómo has terminado aquí? —le tocó el turno de preguntar a Liam y ella le miró de reojo.

—Mi bisabuelo era irlandés, uno de los que se fueron a Nueva York en busca de una vida mejor. Toda mi familia siempre ha reivindicado su ascendencia, pero en realidad ninguno ha venido aquí. Lo cierto es que soy la primera.

—¿Querías conocer tus raíces?

—Quería empezar de cero. —Le contestó mirando a otro lado, como si retuviera un secreto—. Mi mejor amiga vive en Dublín. Digamos que los astros se alinearon y me trajeron hasta ti... quiero decir, hasta aquí.

Imogen se atragantó, tosió y Liam se rio mientras le daba golpecitos en la espalda.

—No tiene gracia —se defendió Imogen.

—Sí la tiene. —Liam le ofreció un poco de té caliente de un termo y la animó a seguir hablando para disipar aquel desliz mental.

—¿Sabes lo que tampoco tuvo gracia? —se quejó.

Liam levantó una ceja con curiosidad.

—Lo que ocurrió con la videoconferencia entre tu familia y yo... Lo de la imagen de mis... —Imogen se señaló con los índices el pecho y Liam la miró confuso.

—¿No te lo han contado?

—Te aseguro que si me hubieran contado algo sobre tus... sobre algo de eso, lo recordaría —rio.

Imogen se tapó la cara con las manos lamentando haber sacado el tema.

—Yo no tenía ni idea de que al volver encontraría a una americana viviendo en la otra habitación —le confesó divertido.

—¿No sabías nada sobre lo del alquiler o de mí? —preguntó ella apurada.

—Nada de nada. Pero así son, y es mi familia, no puedo deshacerme de ellos —bromeó.

—Pero sí podías haberte deshecho de mí si no querías a nadie viviendo en tu casa. —Imogen clavó la mirada en sus pies.

—Bueno, tenían buena intención y no puedo negar que el dinero me viene bien. —Liam le dio un suave empujón con el hombro—. Me alegro de tenerte como inquilina, tranquila.

Imogen observó esos ojos sinceros y sonrió.

—¿Sabes? Cuando estabas enferma vi esa lista tuya de «buscar la mejor versión de ti».

Imogen le lanzó una mirada acusadora.

—¡Lo siento, no pude evitarlo! Estaba clavada en el corcho de tu pared —se disculpó y volvió a cambiar de postura para agarrarse a su rodilla doblada.

—Sí, supongo que era inevitable. Es una lista de propósitos. Quiero ser una mujer independiente, excéntrica y decidida. Sola, por mí misma... y para mí misma. —Imogen irguió su espalda para agrandar las palabras.

Liam se sirvió un poco de té y le dio un largo trago mientras la contemplaba a los ojos.

—¿Te gustaron los libros? —preguntó ella, con el corazón disparado ante aquella mirada tan profunda.

Una ligera brisa se coló entre ellos y gotitas saladas llegaron hasta la cara de Imogen que rio con ello. Liam sonrió y rumió la respuesta unos segundos más observando esta vez el vasto mar que se extendía frente a ellos.

—Los dos protagonistas quieren alejarse de sus conocidos porque desean estar solos, pero... Todos estamos solos, pase lo que pase, al final siempre estamos solos. Nadie puede sentir por ti, ni tan siquiera imaginar la forma en la que sientes. Hay que saberlo, asumirlo, aprender a vivir así porque... —Liam hizo una pausa. Había perdido la sonrisa y parecía que las palabras se le atascaban—. Porque vivir es como nadar en el mar. La gente puede darte la mano y mantenerte a flote, que parezca que no te hundes, pero con el tiempo te conviertes en un lastre demasiado pesado y si te sueltan, si tú no mueves los pies y nadas, te ahogas.

A Imogen, aquel mensaje le llegó al epicentro de su alma, por la intensidad con la que aquellas palabras habían salido de la boca de Liam. Quiso saber, quiso meterse dentro de aquella mente, de aquel corazón que, de pronto, parecía atormentado, como el hombre que cantaba de madrugada al otro lado de su ventana, pero Liam volvió a cambiar de semblante en décimas de segundo. Recuperó la sonrisa, se levantó con un salto enérgico y le ofreció la mano para ayudarla a levantarse.

—Deberíamos regresar antes de que refresque.

—Totalmente de acuerdo.

Imogen se sacudió la arena del pelo y de la ropa, y cogió una pequeña piedra que lanzó al mar como solía hacer con sus hermanos cuando veraneaban juntos en Delaware.

—¡No lances piedras al mar! —le recriminó Liam.

—¿Por qué?

—Eso provoca tormentas y oleaje. No es bueno. Es como subir al barco con el pie izquierdo. Son cosas que no se hacen —le explicó Liam como si fuera obvio.

—¿No me digas que tú también crees todas esas supersticiones? ¿Sabes que tu padre por poco no me deja entrar en tu casa por ser pelirroja?

Ambos rieron y emprendieron el camino de regreso a la cima del acantilado con los brazos enlazados, mientras discutían sobre otras supersticiones de marinos que le resultaron hilarantes a Imogen, como la de que las personas con pies planos traían mala suerte si hablaban primero, o reveladoras, como el hecho de que los mascarones de las antiguas embarcaciones fueran figuras de mujeres desnudas porque eso hacía que el mar embravecido se calmara.

8

Tras aquel paseo junto a Liam, Imogen terminó de recuperar la energía de su cuerpo con los restos de su sopa mágica; aunque para su sorpresa, él se marchó de casa justo después, y volvió a ausentarse durante días sin que ella pudiera saber cuándo regresaría. Para evitar pensar en él y en la razón por la que él desaparecía, Imogen se entregó en cuerpo y alma a su trabajo en la residencia.

—¿Cómo se encuentra hoy Claire, Owen? —le preguntó al encontrar a su anciano amigo junto a la máquina de cafés esperando a que cayeran las últimas y perezosas gotas al vaso de plástico.

—Hoy ha tenido visita de sus hijas y eso la desestabiliza. Mientras ellas no paran de repetirle quiénes son, puedo ver cómo ella les sonríe reticente, intentando no parecer grosera pero tan confundida que les intercambia el nombre, y vuelta a empezar... Luego se van, y llora. Pero claro, pobres hijas, también ellas necesitan pasar ese tiempo con su madre y marcharse creyendo que así ella sabe que la quieren.

—Owen, esa enfermedad es tan triste y cruel—suspiró Imogen.

—Sí, lo es. Y no debería afectar a alguien que ha tenido una vida tan maravillosa que recordar. Fíjese usted, bien podía haber perdido yo la memoria por ella. En mi vida no hay nada digno de ser recordado.

—Estoy segura de que eso no es cierto.

—Bueno, ella. En la distancia, la he tenido a ella. Es lo único digno de recordar que me habría dolido olvidar.

—Cuénteme su historia, ¿por qué la preciosa Claire terminó con su mejor amigo en lugar de con usted?

El señor Turner rio para adentro y se rascó la coronilla antes de acomodarse en uno de los sillones de la sala.

—Sean siempre fue un gran orador, se las llevaba a todas de calle. Eso y su metro noventa de altura, imagíneme usted... Yo siempre parecía su contrapunto, treinta centímetros más bajo que él. Pero era muy buen amigo, un hombre de valores, trabajador y ambicioso. Juntos creamos una empresa de construcción. Él tenía estudios, sabía de planos y materiales, por lo que ideaba los proyectos, y yo era quien los construía. Y aunque era el jefe de la cuadrilla, no dejaba de ser un obrero.

—¿Y qué importaba eso?

—Importaba, enfermera Murphy. Él podía ofrecerle mucho más que yo en la vida. Además, la noche en que la conocimos en un baile, ella le eligió a él, y aunque conté más de seis veces en las que él la pisó, no dejó de bailar. Siguió bailando una canción tras otra con él. Vi sus ojos, la forma en que lo miraba y supe que no tenía nada que hacer.

—Oh, Owen, quizás se rindió demasiado pronto —se lamentó Imogen.

—Puede... pero ellos fueron muy felices y formaron una preciosa familia de la que yo he podido disfrutar. Siempre me han acogido como uno más. Para sus hijas soy el «tío Owen». Cuando Sean murió, internaron a Claire, porque ella ya tenía alzhéimer, y yo me vine aquí con ella.

—¿Usted nunca formó una familia?

—No puedes amar a dos mujeres a la vez —le contestó vehemente.

—Ay, Owen, ¿por qué no hay más hombres como usted en el mundo?

Imogen se enlazó a su brazo y lo acompañó hasta su habitación. Al pasar junto al mirador del pasillo se toparon de nuevo con la silueta de Moira pegada al cristal mirando a la oscura inmensidad del océano.

—Pobre muchacha —susurró Owen.

—¿La conocía usted de antes?

—No, yo he vivido toda la vida en Malahide y creo que ella es de aquí. Yo era el único búho nocturno de la clínica hasta que llegó ella. Pude escuchar algo de su historia. Al parecer perdió a un gran amor y aún no lo ha podido superar. Durante el día duerme y por las noches vaga por los pasillos. No habla con nadie ni deja que nadie la vea. Ya sabe que ella intentó...

Owen torció la boca y negó con la cabeza.

—Sí, lo sé... pero intentaremos que no vuelva a hacerlo. Seguro que el equipo de psicólogos consigue sacarla de ese pozo. La vida es bella —proclamó alegre Imogen ante la puerta de su habitación.

—No para todos, no siempre... Pero sí que es corta y hay que aprovecharla porque no sabemos qué nos espera al otro lado. —El señor Turner sonrió de forma teatral antes de santiguarse y pellizcarle bajo el mentón—. Buenas noches, enfermera Murphy.

Su turno terminó con el comienzo de un nuevo día, y no uno cualquiera. Al montarse en su coche sintió la necesidad de hacer algo diferente, le parecía triste pasar la mitad del día de su cumpleaños durmiendo. La opción de regresar a casa para encontrarla vacía casi con total seguridad, la deprimía, por lo que decidió ir a desayunar al West Pier. Se pidió un copioso desayuno completo irlandés y, mientras engullía trozos de pan con beicon y judías, se planteó qué podría hacer para disfrutar de aquel día especial. Ella adoraba las celebraciones. En su familia todo tipo de festejos eran motivo de reunión y no pudo evitar extrañarlos; sin embargo, solo de pensar en las caras de compasión y condescendencia que le habrían puesto aquel año... «pobre Imogen». Rebañó los restos del fiambre negro de aquel plato con doble satisfacción.

—¿Qué es lo que visitan los turistas cuando vienen aquí? —le preguntó Imogen a la camarera.

—Van a ver las focas —contestó risueña.

—¿Focas? ¿Dónde? —Le pareció algo insólito y divertido.

—Por aquí, en el muelle. Está prohibido darles de comer, pero la gente lo hace igualmente si no hay gardas merodeando.

—Pues yo he paseado ya varias veces por aquí y nunca las he visto —comentó desanimada.

—Bueno, no están siempre, no están cautivas. También puedes ir a ver el castillo. No se puede ver por dentro porque es una escuela de cocina, pero sus alrededores son preciosos —dijo con orgullo—. Espera.

La camarera se acercó a la barra y agarró un folleto doblado que desplegó junto a la taza de café.

—Aquí está el castillo —indicó marcando una equis en aquel mapa de Howth—. Cerca están también los restos de la Abadía de Santa María y un dolmen que se llama la Tumba de Aideen, por aquí detrás te cuenta la historia. Y, veamos... un poco más adelante, paseando por el muelle, puedes ver los restos de la Iglesia de Santa María, que no es gran cosa, son restos... y las tumbas del cementerio.

—Genial, creo que con esto tengo la mañana ya ocupada. ¡Muchas gracias!

La camarera se mordió el labio y se dio golpecitos alisando el delantal para preguntarle a Imogen:

—Sí, claro, porque los acantilados creo que ya los conoces. Eres la chica que vive con Liam, ¿verdad?

—Sí, bueno, le he alquilado una habitación—aclaró ella—. Soy Imogen.

—Dale recuerdos de mi parte, de Carol Byre.

—Se los daré, aunque no nos vemos mucho en casa. Tenemos turnos de trabajos incompatibles —explicó. Seguía sin poder descifrar el interés que causaba Liam en todas las mujeres de aquel pueblo que desde que había llegado le mandaban aquellos saludos tan... ¿amorosos?

—Bueno, cuando le veas, dile que se pase por aquí algún día. Le invitaré a una pinta.

Carol se giró con evidente nerviosismo y reanudó su trabajo. Mientras doblaba el mapa, Imogen no pudo evitar pensar que su compañero debía haber sido todo un Don Juan antes de marcharse a navegar por las aguas de Canadá. Bueno, no le costaba entender el motivo por el que podía enamorarlas, era muy atractivo y ella misma había comprobado que su compañía era más que agradable. Liam era encantador y parlanchín. Sin embargo, la imagen que tenía de él no encajaba en el perfil de un seductor mujeriego. Esa mirada suya, a veces esquiva, a veces atormentada, que se perdía un segundo para regresar de nuevo... ¿Qué sabía ella de Liam O'Shea? Tan solo había compartido un sándwich con té y un paseo.

Imogen guardó el mapa en su bolso, dejó propina y, sintiendo los veintitrés años instalados ya en su cuerpo, decidió hacer turismo para, curiosamente, dejar de ser una turista en Howth. Baldosa a baldosa, se haría con aquel pueblo hasta sentirlo suyo.

Cogió el autobús que llegaba hasta el famoso castillo y, ya allí, siguió a una distancia prudencial las explicaciones que un guía daba a un grupo de turistas sobre la historia popular de la pirata Gráine O'Malley.

—En el siglo dieciséis, quiso hacer una visita de cortesía al octavo barón de Howth, pero este le denegó el acceso porque estaba en el trascurso de una cena. En represalia, ella secuestró a su nieto y futuro heredero del título. La pirata consiguió a cambio de ponerle en libertad, la promesa de que las puertas del castillo se mantendrían siempre abiertas a futuros visitantes inesperados. Algo que han mantenido los descendientes del barón hasta la actualidad.

Después dio un paseo hasta el siguiente punto de interés. Frente a aquel monumento megalítico leyó la historia de Aideen, y descubrió que, según contaba la leyenda, aquella era la tumba de la esposa del soldado más fiero de la Guerra de los Tres Reyes, Oscar, el hijo de Oisin. Tras aquel paseo cultural se sintió un poco más sabia, y contagiada por la magia del lugar, regresó al puerto para comprarse una ración de calamares que decidió comer sentada en uno de los escalones del morro. Allí tenía una vista espectacular del islote al que llamaban «El ojo de Irlanda» y que, según decía el folleto manido, era santuario de aves y especies marinas.

No había entablado conversación con nadie durante horas y, al sentirse llena de paz allí sentada frente a la inmensidad del mar, inspiró hasta llenar los pulmones de aquel frío aire marinado con sal. Sintió la libertad de un ser sin ataduras, sintió aquella conexión con la naturaleza de la que hablaban los protagonistas de sus últimas lecturas. Se sintió afortunada. Miró el faro, las embarcaciones, buscó sin éxito a las focas y lloró unas pocas lágrimas emocionada porque todo aquello, en su conjunto, estaba bien. Pensó en Andrew y descubrió con asombro que ya no había rencor. Se había convertido en una sombra del pasado, algo que no tenía cabida allí, ni en aquel maravilloso lugar, ni dentro de ella. Se sentía cansada pero afortunada. Estar sola estaba bien.

Antes de regresar a casa para dormir un poco compró un cupcake y una vela en una pequeña pastelería cuya dueña resultó ser Jane, una de las asistentes al club de lectura, quien le felicitó el cumpleaños. No pensaba renunciar a la posibilidad de pedir un deseo, por lo que ya en casa, sopló con todas sus fuerzas, dio un mordisco arrastrando parte de la crema que cubría el envoltorio de papel y se acostó en la que ya empezaba a sentir como *su* cama.

Estaba a punto de conciliar el sueño cuando llamaron a la puerta y se sobresaltó. Ni siquiera había oído llegar ningún vehículo y, sin embargo, un repartidor en moto estaba ante su puerta con un paquete en la mano.

—¿Imogen Murphy?

—Sí —contestó ella restregándose los ojos.

—Firme aquí, por favor.

Imogen recogió el paquete y, al ver que venía de Filadelfia, por un instante pensó en Andrew. En cuanto cerró la puerta se deshizo de aquella idea absurda y abrió la caja. No pudo evitar que se le escapara un pequeño grito de felicidad. Estaba llena de calcetines altos de lana, gorros y bufandas, una variedad de prendas de abrigo acompañada de una carta en la que habían participado todos sus hermanos con alguna frase de felicitación.

Habría llorado con aquel gesto si no hubiese estado tan adormilada. Se puso un gorro y un par de calcetines altos sobre el pijama y, con aquella pinta espantosa, se quedó apaciblemente dormida.

9

Feliz cumpleaños, Imogen.

Liam

Sobre aquella nota encontró la vela que había usado para soplar su cupcake de cumpleaños y, al lado, atadas con un trozo de cabo trenzado, estaban las dos tazas verdes que ella había roto y abandonado, convertidas en dos maceteros con las piezas pegadas y dos brotes de Shamrock. También había una pequeña hucha de barro que tenía escrito a mano un bonito mensaje: «PARA LOS SUEÑOS CAROS».

Imogen sintió una rabia enorme al ver que él había vuelto a entrar y salir de aquella casa sin que ella se diera cuenta. Las risas, las confidencias compartidas, el calor de aquel brazo firme bajo su mano de camino a la playa... eran pensamientos recurrentes e imparables desde aquel día. Por ello, despertar y encontrar esos regalos hacía que su corazón bombeara con potencia. Aquellas tazas reinventadas eran algo más especial de lo que Liam podía imaginar, y la hizo sonreír y buscar con ansia por toda la casa cuál sería el mejor sitio para ponerlas. Había mucho espacio libre, por lo que las posibilidades eran muchas. Finalmente, se decidió por la ventana de la cocina. Aunque en aquel instante apenas se podía ver la puesta de sol, normalmente por las tardes entraba mucha luz y eso le iría bien a sus nuevas plantas. Esperaba que también le gustaran allí a Liam. Aquella ubicación también facilitaría que no se olvidara de regarlas. Se mordió el interior del carrillo con temor, nunca se le habían dado bien las plantas.

Sin embargo, aquello era un nuevo reto que le proponía la vida y no estaba dispuesta a defraudarse a sí misma.

¡Gracias por los regalos! Me han encantado. Este fin de semana viene una amiga, espero que no te importe y que aceptes cenar con nosotras (por mi cumpleaños, con carácter retroactivo).

Imogen

Le dejó aquel mensaje en la pizarra con la esperanza de que regresara en algún momento antes del sábado. Aquella noche se montó en su Saltamontes, al que tenía ya totalmente domado, y se fue hacia la clínica tatareando sin darse cuenta aquella canción que se colaba a menudo por la ventana de su habitación.

Hizo su primera ronda sin problemas. El brote de gripe estaba superado, el frío era soportable y parecía que los rayos de sol que los pacientes tomaban por la mañana ayudaban a que pasaran mejor noche.

—Enfermera Murphy, quería darte las gracias por el cambio de habitación. Sé que ha sido gracias a usted.

Las palabras de Moira sorprendieron a Imogen, que en ese momento estaba disfrutando de una chocolatina apoyada precisamente en el que había sido su escondite, el mirador. Al ver que aquella paciente, que no se relacionaba con nadie y a la que incluso le llevaban la comida a la habitación porque casi nunca salía de ella, buscaba las vistas del mirador con desesperación, Imogen había decidido interceder por ella para que la cambiaran a una con ventanas que le permitieran ver el mar que ella tanto parecía necesitar.

—No hay de qué. No me pareció que fuera necesario que te escaparas aquí cada noche en busca del mar teniendo en cuenta que en la otra ala se puede ver a través de todas las ventanas. —Imogen le ofreció un poco de chocolate que la paciente rechazó—. ¿Necesitabas algo?

—No, solo te buscaba. Ahora regresaré a mi habitación. Buenas noches.

—Buenas noches, Moira.

Imogen la vio avanzar por el pasillo arrastrando los pasos, los hombros caídos y con el delicado aspecto de una muñeca de porcelana.

—¡Espera, Moira! Te acompaño —dijo antes de que se hubiera alejado demasiado y se acercó con la esperanza de poder entablar conversación—. Sé que no te vas a perder por aquí, es solo que las noches son largas y aburridas. Te agradeceré la compañía.

Percibió el gesto incómodo de Moira, que se abrazó y miró al suelo, aunque aceptó con la cabeza y siguió andando a su lado.

—Puedes llamarme Imogen. «Enfermera Murphy» es tan formal que me hace sentir vieja.

—¿Cuántos años tienes? —preguntó Moira.

—Veintitrés recién estrenados, ¿y tú?

Imogen ya sabía su edad, había leído su expediente clínico, pero solo quería que se abriera a ella de alguna forma.

—Más de cien —contestó con tristeza.

Moira tenía veintiocho años, se había intentado suicidar varias veces y la habían ingresado tres meses atrás, cuando su familia la encontró a punto de conseguir su propósito. Era escalofriante ver a alguien como ella, parecía un fantasma de carne y hueso vagando por el pasillo, con la mirada vacía y la mente perdida en la niebla. Prácticamente tenían la misma edad, pero, sin lugar a dudas, aquella respuesta reflejaba una diferencia en lo más profundo de su alma.

—Soy de Filadelfia y este es mi primer trabajo. Todo es nuevo para mí, pero es fácil empezar algo aquí. La gente es muy agradable y Howth es un lugar maravilloso... excepto por las lluvias torrenciales durante días... —comentó con la intención de hacerla sonreír, pero Moira parecía tener roto aquel músculo facial—. ¿Has visto alguna vez las focas? Todo el mundo dice que hay focas por el muelle, pero todavía no las he visto.

Moira la miró y sus ojos brillaron, como si un recuerdo bonito acudiera a su memoria.

—Sí, claro que hay focas.

—Pues seguiré intentándolo. Probaré suerte desde el acantilado. Vivo en una casita preciosa allí arriba. Quizás lo consiga con unos buenos prismáticos y paciencia.

Imogen percibió el interés que aquello le había causado a Moira y tuvo la esperanza de que quizás si se abría un poco más, ella terminaría haciéndolo.

Cuando llegaron a la habitación, Moira se aferró al quicio de la puerta.

—¿Te encuentras bien? ¿Te has mareado?

—Recuerdo las vistas del acantilado —dijo con dificultad.

Imogen pensó que quizás uno de sus intentos lo hubiera realizado allí arriba y el estómago se le encogió. La ayudó a sentarse en la cama y le dio un poco de agua en un vaso de plástico. Le tomó el pulso, que estaba algo acelerado, y pensó que podía deberse al esfuerzo del paseo.

—Deberías dormir ya.

De repente, Moira la agarró de la mano y la retuvo. La miró a los ojos como si allí pudiera encontrar la respuesta a algo importante y le dio un apretón más fuerte del que Imogen pensaba que aquella frágil chica pudiera dar.

—Gracias, Imogen —susurró. La soltó y se dio la vuelta para perder la mirada a través de la ventana.

En aquel momento, las luces de una pequeña embarcación pesquera cruzaban la oscuridad y, antes de salir de la habitación, descorrió al máximo las cortinas para ampliarle la visión.

Cuando Imogen llegó a casa, fue corriendo hasta la pizarra de la cocina para ver si Liam había aceptado su oferta. Había pasado el resto de la noche imaginando cómo podría ser aquel fin de semana junto a él y Ava, y estaba muy emocionada. Sin embargo, el mundo se le cayó a los pies.

Gracias por la invitación, pero este fin de semana no estaré en Howth. Tú y tu amiga podréis disponer de la casa para vosotras solas.

Liam

Sintió aquello como un rechazo, aunque sabía que podían existir mil motivos justificados por los que él tuviera que ausentarse de nuevo. Pero a pesar de todas esas posibilidades razonables, ella se quedó con la sensación de que él la esquivaba. La mitad de su cerebro le decía que eso era absurdo y la otra mitad mandaba punzantes descargas a su pecho. Mientras se hacía unas tostadas con mantequilla y mermelada de Liam, reconoció que moría por volver a coincidir con él. No quería preguntarse si era prudente dejar que su corazón comenzara a sentir algo, si era demasiado pronto, si estaba preparada, si... si...

Con fastidio se puso el pijama y se acostó con la mirada puesta en la hucha que descansaba sobre el escritorio. No logró conciliar el sueño. Cada leve crujido natural de la madera la despertaba y se le aceleraba el corazón con la posibilidad de que fuera Liam que había llegado a casa. Cuando se desesperó salió de la cama y llamó a Ava por teléfono.

—¿Qué te pasa? ¿Por qué me llamas? ¿Te encuentras mal? ¿Qué ha pasado? —soltó Ava con tono alarmado.

—Hola, no me pasa nada. Solo me apetecía charlar un rato.

—Llevas más de un mes allí y es la primera vez que me llamas, me has asustado —se quejó al otro lado de la línea.

—No te llamo porque siempre te adelantas tú —se excusó Imogen.

—Vale, pero ¿qué te pasa?

Imogen alzó las cejas y negó con la cabeza. Era imposible engañar a su mejor amiga.

—Invité a Liam a cenar con nosotras este sábado y me ha contestado que no estará.

—¿Y? Si nunca está... ¿Qué más da?

Silencio. No sabía qué contestarle. Era cierto: Liam no estaba allí casi nunca, como se suponía que debía ser. ¿Qué más daba? ¿Por qué se sentía tan decepcionada?

—Oh, oh... No me digas que estás empezando a sentir algo por tu casero. ¡Imogen! —Ava sonaba divertida. Aquello no era una reprimenda, sino una exclamación de asombro.

—No digas tonterías, solo me apetecía que le conocieras. Bueno, reconozco que es agradable tenerlo como compañía, pero nada más. No es que sienta algo por él, no le conozco prácticamente, aunque es agradable estar con él. Quería que le conocieras —repitió.

—Imogen, no necesitas mi bendición, aprobación o inspección previa... Si te mola y consigues volver a coincidir con él, haz lo que te apetezca. Obedece a tus instintos.

Se tapó media cara con la mano libre que tenía. Su amiga leía más allá de las palabras que escuchaba y decidió cambiar de tema.

—Ava, ¿te parece si posponemos tu visita a Howth y salimos por Dublín? Me apetece mucho más ese plan que quedarnos aquí encerradas las dos.

—¿En serio? ¡Imogen, quieres salir de fiesta sin que tenga que presionarte? ¡Por supuesto! Tengo un vestido fabuloso en el armario deseando que lo estrene, así que mi visita a tu pueblecito de pescadores puede esperar.

Ava estaba tan emocionada con el nuevo plan que dominó el resto de la conversación hasta que Imogen tuvo que cortar al darse cuenta de que era hora de prepararse para volver a la clínica.

10

Los padres de Ava vivían en una preciosa casita victoriana cerca de Stephen Park, pero ella se había independizado hacía años. Se había buscado un ático al norte del Liffey, y lo había decorado con alfombras de figuras geométricas y un mobiliario con toques de color turquesa y naranja que le daba mucha vida.

—He reservado en Chapter One para celebrar tu cumple. Está todo para chuparse los dedos, aunque habrá que hacerlo con discreción porque es un sitio bastante refinado —rio Ava.

—No hacía falta, mi cumple ya pasó.

—Y lo celebraste sola, así que hoy celebremos tus veintitrés y cuatro días, juntas y por todo lo alto. ¡Además, tengo un regalito para ti!

Ava salió corriendo del coqueto salón hacia su habitación para regresar con una bolsa de M&S. Imogen aceptó el regalo con ilusión, pero antes de abrirlo le dio un abrazo asfixiante a su amiga que tanto le había dado ya.

—¡Ava! —exclamó escandalizada al desenvolver el paquete que contenía una bata de seda y un seductor conjunto de ropa interior de color negro prácticamente transparente a excepción del encaje estratégicamente cosido.

—Tienes que sentirte guapa e irresistible, desde dentro. Aunque no lo creas, luego se refleja en la expresión de la cara, te lo aseguro.

—Pues estrenaré esto ahora mismo, para ir a cenar a ese exquisito lugar. —Imogen abrió los ojos y apretó los labios con emoción.

—¡Y haremos algo también con ese pelo! —dijo Ava en voz alta para que la escuchara su amiga, que había salido disparada al baño con su regalo en las manos.

Antes de cenar se tomaron un cóctel hecho con maestría por Ava en la pequeña terraza de su apartamento. «Para calentar motores», había dicho esta, dispuesta a que aquella fuera una velada inolvidable para su amiga. La noche era espléndida y cada perpendicular de la calle O'Connell era un estallido de animación. Ya en el restaurante disfrutaron del menú recomendado por el chef, que sorprendió cada papila gustativa de sus paladares, y fueron el centro de miradas por sus escandalosas risas.

—Sigamos tirando la casa por la ventana. Vamos a tomar una copa a The Church, o al Dakota. Siempre hay chicos guapísimos allí —rio Ava.

—Yo no quiero ligar con nadie, Ava. Solo quiero pasarlo bien juntas —le advirtió Imogen.

—¡Te encantará! Podemos bailar allí también.

Ava la agarró del brazo e hizo que su paso se convirtiera en una pequeña carrera por las resbaladizas calles del centro de Dublín. Tal y como había prometido su amiga, aquel pub estaba lleno de gente guapa y arreglada que incitaba a meterse entre ella para bailar y dejarse contagiar por la algarabía general. No habían pasado ni dos minutos cuando Imogen se sintió acorralada por un grupo de chicos que se ofreció a invitarlas a una copa y que intentaba bailar con ellas. Ava parecía encantada con aquellas atenciones, pero Imogen no. Sonreía forzada y pronto empezó a sentir que se le cerraba la garganta. Necesitaba aire. Veía aquellas caras enrojecidas, sentía roces furtivos en su trasero y el aliento pesado cerca de su cuello cuando se le acercaba alguno para intentar hablar.

—Ava, ¿qué tal si nos vamos a un lugar más tranquilo? —le rogó agarrándola antes de que llegara a la barra del local para aceptar una de aquellas copas gratis.

—¡Pero si hay un ambientazo estupendo! Esos chicos son guapísimos, la música es genial... ¿No quieres estrenar ese conjunto por todo lo alto? —Ava le guiñó un ojo.

Imogen se sintió culpable por no desear lo mismo que su amiga, pero por muy atractivos que fueran los de aquel grupo, tan solo veía caras desconocidas con las que no le apetecía hablar y mucho menos intimar.

—No, Ava, aún no quiero hacerlo —le contestó con sinceridad.

No fue necesario decir nada más. Su amiga la miro y asintió.

—¡Aparta! —exclamó Ava dándole un pequeño empujón al muchacho que estaba dispuesto a invitarla y agarró a su amiga del brazo—. Es tu cumpleaños más cuatro días, salgamos de aquí ahora mismo. ¿Te apetece un helado?

—¿En febrero? —preguntó ella con los ojos emocionados.

—Ni una lágrima —le advirtió Ava con el dedo amenazador.

—Lo siento.

—¡Un helado! —decidió su amiga sacándola del local con la intención de devolverle la alegría a una noche que aún no tenía por qué terminar.

Pasearon por las calles del centro entre los grupos de gente y volvieron a reír tiritando de frío entre cucharadas de vainilla con caramelo.

—¿Imogen?

Escuchó su nombre repetidas veces, cada vez más cerca, cada vez más fuerte, hasta que al final la voz les adelantó y les cortó el paso.

—¡Declan! —Imogen estuvo a punto de chocar contra su pecho y de tirarle el helado por encima.

—¡Sabía que eras tú! Llevo corriendo detrás de ti un par de calles —reconoció el muchacho resoplando.

—Así que tú eres Declan... —dijo Ava con una ceja elevada de forma sugerente—. Soy Ava, la amiga de Imogen, con quien estuviste hablando en realidad para cerrar vuestro trato de alquiler.

Ava avanzó un paso para interponerse entre ellos y captar la atención de él.

—¿Eran tuyos aquellos divertidos mails? —preguntó él prácticamente embrujado.

—Sí, los mails eran míos. La delantera en la pantalla la de ella, eso sí —rio ella.

—¡Ava! —protestó Imogen cruzando los brazos sobre su pecho.

Al muchacho se le enrojeció la cara y miró a Imogen un segundo antes de volver a fijar los ojos en las pupilas chispeantes de Ava.

—Oh, vamos, no pasa nada, Declan, lo sabemos. Durante la conversación ella no lo sabía, ¿verdad, Imogen? Pero luego nos dimos cuenta y no tiene importancia. ¿No es cierto, Imogen?

La pelirroja se encogió de hombros resignada y apuró el helado antes de preguntarle al muchacho qué hacía por allí solo.

—No estoy solo, estoy con todos en el Barge.

—¿Con todos? —preguntó Imogen a la que se le disparó el corazón.

—Todos los O'Shea, Liam incluido —contestó Declan—. Celebramos la despedida de soltero de mi hermano Connor.

—¡Oh, vayamos, Imogen! Quiero conocerlos a todos.

—¿Qué dices, Ava? ¿No has oído que están de despedida de soltero? —Imogen dio un paso atrás de forma inconsciente.

Liam allí, lejos de Howth, de noche y en condiciones totalmente diferentes a su rutina de mensajes intercambiados. Sentía los latidos desbordados y miró a Ava para censurarla.

—Claro que sí, no he corrido dos calles detrás de vosotras para dejaros escapar. Venid y tomad algo con nosotros. Llevamos todo el día juntos y la diversión comenzaba a estancarse ya —les pidió Declan sonriente, con esa mueca que le resultó tan familiar a Imogen.

Ava accedió de forma instantánea y miró a Imogen:

—Iba a conocer a tu casero este fin de semana y finalmente parece que lo voy a hacer.

—Pero...

No pudo protestar. Sintió cómo la agarraba del brazo y guiaba sus pasos hacia un pub en el que estaba alguien que ella pensaba que la había rehuido, pero que en realidad había tenido un motivo justificado para hacerlo.

—Pero... ¿estáis todos, todos? ¿Incluso tu padre? —preguntó Imogen temerosa de otro frío recibimiento.

—No, él no está. Nadie con más de treinta años, prometido.

¿No más de treinta? Imogen estaba tan nerviosa que dejó pasar ese comentario y volvió a morderse el interior del carrillo; por muy sexy que se sintiera por dentro con su atrevido juego de lencería, aquella sensación no la ayudaba nada en aquel instante. No era el sentimiento que quería ni necesitaba para encontrarse de nuevo con Liam.

Aquel lugar estaba menos concurrido que el pub en el que ellas habían estado. Declan las guio escaleras arriba hacia el night club, donde había un grupo tocando canciones que ella dedujo que debían ser tradicionales irlandesas, pues todos las estaban cantando.

«Alive, alive, oh. Alive, alive, oh.»[3]

Allí estaba el clan O'Shea junto al resto de invitados, alzando enormes vasos de cerveza tostada. Los ojos de Liam la encontraron y, al hacerlo, Imogen vio cómo se alzaban sus cejas y estiraba los labios en una sonrisa divertida. Ese simple gesto electrocutó por completo su cuerpo hasta dejarlo relajado.

—¡Mirad qué he pescado! —anunció Declan.

Ava elevó los brazos y se mostró sin pudor mientras ella elevaba una mano y saludaba. Localizó a Connor y se acercó a él para felicitarle y disculparse por estar allí.

---

3. Letra de la canción sobre Molly Malone, la vendedora de pescado más famosa de Irlanda.

—Lo siento, pero ha sido Declan quien se ha empeñado en que viniéramos.

—¡Yo no lo siento! Ahora tengo con quien bailar —exclamó Finn que agarró por la cintura a la recién presentada Ava.

—Será capullo, ¡me la acaba de levantar! —se quejó Declan.

Imogen elevó los hombros sintiéndolo por él y notó cómo una mano agarraba la suya y tiraba de ella a un lado casi imperceptiblemente.

—¡Qué sorpresa encontrarte aquí!

—Lo mismo digo, Liam. —Imogen inspiró nerviosa.

—¡A bailar!

La arrastró al centro de la pista sin darle tiempo a reaccionar.

—Yo no sé bailar, soy muy torpe —dijo rígida como un poste.

—Pues vamos a por una mejor versión de ti, Imogen.

Ella se deshizo con aquella frase y, sumergida en aquella mirada azul cielo, se dejó guiar bajo ese ritmo que la hizo voltear entre los brazos de Liam durante un par de minutos. Él mantenía una sonrisa abierta y los rizos alocados se descontrolaban como si fueran venas por las que surcaba sangre al ritmo irlandés. Llevaba una camisa blanca con más botones abiertos de los necesarios, lo que dejaba al descubierto un pectoral torneado y con algo de vello.

—Esto no ha sido lograr una mejor versión de Imogen, ha sido una versión vergonzante y arrítmica —se excusó ella agarrada todavía a sus brazos con tensión.

—¿Pero te lo has pasado bien? Aunque sea solo un poquito... —le preguntó con brillo en los ojos.

—Vale, eso sí —reconoció ella sonriente, recolocándose el pelo con ambas manos.

—¿Y hay algo más importante que eso? —repuso con una sonrisa.

Imogen iba a decir algo, pero Liam la soltó y regresó a su asiento junto a sus hermanos.

Imogen buscó a Ava y la descubrió hablando con Declan. Parecían encantados el uno con el otro y de repente sintió que se había quedado sola allí en medio de la pista. Liam hablaba con unos chicos y ella se dio unos golpecitos en la falda de su vestido como si alisara una arruga imaginaria. Se dirigió a la barra y pidió media pinta. Finn se acercó y le dio conversación, le presentó a algunos de los otros hombres, que eran en realidad primos o amigos. Se sentó con ellos y empezó a relajarse entre chistes, a sentirse cómoda entre sus bromas y recordó lo bella que iba debajo de aquel vestido. Miró a Liam, que estaba al otro lado de la sala charlando con una chica, y lo vio con aquella sonrisa suya cautivadora, gesticulando como era habitual en él, y se sorprendió a sí misma perfilando con sus ojos la forma de aquellos brazos que se revelaban por fin gracias a la camisa remangada.

—Un borracho va al juzgado, ¿vale? Y entonces el juez le dice «Usted ha sido traído aquí por la bebida». —Connor los miró a todos para crear suspense—. A lo que el borracho le contesta: «Genial, ¡comencemos!»

Un brindis que desparramó espuma de cerveza envolvió a Imogen, que rio contagiada por las risas absurdas de los demás.

—No les hagas mucho caso, siempre cuentan unos chistes malísimos después de unas cuantas cervezas, y llevamos de pubs desde esta mañana. —Oyó la voz de Liam a su espalda y se giró para poder verle.

—¿Tus chistes son mejores?

—No, son mucho peores.

Ambos rieron y mantuvieron la mirada un par de segundos hasta que Ava se sentó sobre las piernas de Imogen.

—Con que tú eres el misterioso Liam.

Él elevó una ceja y aprovechó para cruzar una pierna sobre otra para hacerle sitio en el sillón de terciopelo granate junto a él.

—¿Soy el *misterioso* Liam? ¿Ya hemos superado lo de *maldito monstruo irlandés?* —susurró al oído de Imogen divertido.

—Claro que lo hemos superado, pero en realidad ahora eres simplemente Liam, mi *casero*.

—Prefiero lo de *misterioso*. —Cambió el peso de su cuerpo para acercarse más a Ava.

—Me alegro de conocerte. Soy Ava, la mejor amiga de Imogen.

La rubia lo analizó con la mirada de forma afilada, pero no era la única. Imogen también lo miró con otros ojos. Sopesó la posibilidad de que en efecto fuera un Don Juan, con aquella mirada pícara, cargada de intriga, y aquella sonrisa contenida, semioculta tras la barba. Su magnetismo era un arma poderosa, ella misma reconocía que había conseguido despertar en ella una atracción que pensaba que sería incapaz de volver a sentir por alguien; o al menos, no tan pronto. ¿Era demasiado pronto? Imogen se lo preguntó mientras Liam y Ava bromeaban bajo su atenta mirada.

Los muchachos que acompañaban a Connor en su despedida seguían cantando, incluso cuando no se sabían la letra. Se insultaban entre ellos como si cuanto más grande fuera el insulto significara que su amistad era más fuerte, y las cervezas corrían de mano en mano como si hubiera un manantial de cebada del que se surtían.

—¡Quiero proponer un brindis! —Finn se hizo con el micrófono del cantante y pidió un minuto de atención—. Querido Connor, mi hermano, mi segundo de a bordo...

—¡Y un cuerno! —bramó el aludido y todos rieron.

—Vas a casarte con Didi y solo Dios sabe por qué te ha elegido a ti cuando yo siempre he sido el gemelo guapo. —El comentario fue recibido con nuevas risas que se mezclaban con abucheos jocosos—. Hermano, solo hay dos cosas por las que tienes que preocuparte en la vida: si estás sano o estás enfermo.

—¡Si estás sano! —pronunciaron todos.

—No hay nada de qué preocuparse —siguió Finn.

—¡Si estás enfermo! —bramaron a coro, por lo que Imogen dedujo divertida que aquello debía ser una especie de ritual.

—Solo hay dos cosas por las que preocuparse: si te pondrás bien o te morirás.

—¡Si te pones bien!

—No hay nada de qué preocuparse.

—¡Si te mueres!

—Solo hay dos cosas por las que preocuparse: si irás al cielo o al infierno.

—¡Si vas al cielo!

—No hay nada de qué preocuparse.

Reían, todos, incluidas Ava e Imogen, que ya no se sentían intrusas en una fiesta ajena.

—¡Si vas al infierno!

—Estarás terriblemente ocupado saludando a tus amigos, por lo que...

—¡No tendrás tiempo para preocuparte! —gritaron todos y, acto seguido, cogieron en volandas a Connor y lo mantearon varias veces.

Imogen miró fijamente a Liam, que acababa de bajar a su hermano y lo abrazaba con unas fuertes palmadas en la espalda. Pareció percibir la mirada de ella y le regaló una sonrisa mantenida en la distancia, un espacio de tiempo que Imogen sintió ralentizado, sostenido y denso como si se hubiera producido entre sus ojos una conexión que transmitía palabras. Entonces, Liam le dijo algo al oído a Connor, se despidió de ella alzando la mano y desapareció escaleras abajo tan rápido como si fuera a apagar un fuego.

Otra vez se escabullía, desaparecía frente a sus ojos y sintió un desconcertante pesar que Ava palió a base de una ronda de chupitos que le pasarían factura al día siguiente.

11

Imogen fantaseó durante los primeros días de aquella nueva semana, las románticas propuestas literarias de aquel mes la incitaban a ello: *Lejos del mundanal ruido,* de Thomas Hardy y *El pájaro espino,* de Colleen McCullough. Dio varias vueltas por el muelle e intentó averiguar cuál sería la embarcación pesquera de los O'Shea. Cruzó los pantalanes con la esperanza de encontrarse con Liam, pero aquella situación no ocurrió.

Terminó por asumir el hecho de que los encuentros con Liam serían inesperados e infrecuentes. Aunque había comenzado la semana con desazón en el pecho, consiguió centrarse en el trabajo e invertir su tiempo libre en las nuevas lecturas del club. Desgastó la suela de sus botas de pelo dando largos paseos por aquel pueblo plagado de atajos, escalinatas y caminos escondidos por los que se perdía hasta llegar a enormes explanadas color clorofila. Los riachuelos subterráneos buscaban con desesperación el mar atravesando la tierra bajo sus pies y alimentando aquel potente color. Aquella unión con lo que la rodeaba era mágica. Se sentía tan a gusto que en el lugar más insospechado sacaba su libro sin necesitar nada más.

Había tanta belleza fuera que tras cada paseo deseaba llevarse una parte de ella al interior de la casa. Imogen compró algunas macetas más, plantó en ellas esquejes silvestres y decoró con ellas las ventanas del salón. Había encontrado una curiosa forma de relajarse al mirarlas, llenándose de la fragancia que desprendían las flores como si fuera un elixir curativo.

Aquel viernes disfrutó del sonido del viento, de la violencia de las olas, de la puesta de sol en aquel acantilado, con sus iridiscentes tonos fuego que se hundían en el mar, y se fue a la clínica, donde se encontró con algo que no esperaba al comenzar su jornada laboral.

—¿Qué le ha ocurrido al señor Turner? ¿Por qué se lo han llevado al St. Michael? —preguntó alarmada al personal de enfermería saliente al revisar las incidencias en los informes del día.

—Creemos que un ictus.

—¿Pero se encuentra bien? —Sintió más preocupación de la que debía mostrar por un paciente, pero Owen había sido su fiel escudero desde el primer día.

—No sabemos nada, pero supongo que sí. De lo contrario nos comunicarían el fallecimiento —respondió con frialdad aquella compañera antipática.

—¡Jesús, María y José! Dios no lo quiera —se santiguó la más veterana.

Comenzó sus rondas con cierta tristeza y, cuando llegó la hora de su taza de café, se dio cuenta de que extrañaba su presencia deambulando por los pasillos. Fue a visitar a Claire con especial interés. Sentía que de alguna forma debía sustituirle, aunque al entrar en la habitación descubrió que ella dormía plácidamente, ajena a la ausencia de alguien a quien no recordaba.

—Enfermera Murphy, ¿podría darme algo para dormir?

Rosie, la paciente con trastornos de la alimentación, la sorprendió en su descanso con los pies en alto sobre uno de los sillones de la sala de enfermeras.

—¿Qué te ocurre? —Imogen recuperó una postura apropiada.

—No paro de hacer el recuento. Intento evitarlo, pero acude a mi mente cada maldito bocado. El pan, los trozos de carne, el número de guisantes, las calorías del yogurt, el suplemento vitamínico... Tengo mucha ansiedad y solo quiero dormir —le explicó con lágrimas en los ojos llenos de desesperación, ya que había comenzado a aceptar comida sólida aquella semana.

—Tranquila, cielo, voy a hablar con el médico y ahora vuelvo.

Imogen regresó con un sedante y un vaso de agua. La chica deambulaba por la habitación como si estuviera haciendo un circuito.

—Ten, Rosie, y métete en la cama. Sabes que a estas horas debes estar en reposo.

Comprobó que se había tragado la pastilla y se quedó con el vaso vacío. La arropó con cariño y, al ir a apagarle la luz, vio sobre su escritorio un libro.

—Algo habrás hecho bien si te han concedido tener esto en el cuarto. ¿Te gusta leer, Rosie? ¿Te gustaría que te leyera un rato?

—¿Querrías hacerlo? —preguntó impresionada.

—Bueno, he terminado mi ronda, y mientras no surja ningún aviso puedo ser toda tuya, siempre y cuando te quedes quietecita y cierres los ojos. Además, creo que nos van a hacer leer este mismo libro en mi club de lectura el próximo mes.

—¿Vas a un club de lectura? ¡Qué peculiar!

—Tú también podrías unirte cuando salgas.

—Podría, si fuera normal.

—Lo serás —le dijo con firmeza—. Aunque no sé si te convendría ir a uno en el que manden leer *Los juegos del hambre*.

Rosie rio y le explicó a Imogen que la trama del libro no tenía nada que ver con trastornos alimenticios. La puso en antecedentes y así ella pudo seguir con la lectura en el punto en el que la chica lo había dejado.

Aquello también la ayudó a no pensar en el señor Turner. A Rosie tardó en hacerle efecto la pastilla poco más de treinta minutos, y para entonces ya era hora de comenzar con la segunda ronda.

Cuando llegó el momento de volver a casa, el día parecía aún confundirse con la noche. El cielo estaba tenebrosamente oscuro, con unas nubes grises que se resquebrajaban con truenos sobre el faro. La temperatura había bajado en picado y los pocos metros que la separaban de su coche los cruzó a la carrera para refugiarse en su interior cuanto antes.

A medio camino comenzó a llover y en minutos las gotas de lluvia se convirtieron en copos de nieve. La subida por el acantilado se le hizo agónica. Temía que las ruedas patinaran sobre el terreno y que por ello terminara despeñándose.

Salió de Saltamontes y corrió al interior enfadada consigo misma. Tendría que haber aprendido a encender la chimenea y tendría que haber hecho la compra. Sus provisiones de comida enlatada se habían terminado y, si seguía nevando a aquel ritmo, se quedaría allí arriba prácticamente incomunicada y moriría de inanición. Recordó al protagonista de *Salvaje* y se maldijo.

Tal como esperaba, la casa estaba silenciosa, solitaria y helada. Sentía congelados los pies y lo último que quería era volver a enfermar, por lo que fue directa a su baño para darse una buena ducha y así entrar en calor. Bajo los relajantes chorros de agua caliente pensó en alguna solución a sus problemas. Podría llamar a Bertie, el chico que Liam decía que conseguía cualquier cosa. Tal vez estuviera interesado en ganar algunos euros a cambio de conseguirle algo de comida congelada, si es que el chico era capaz de llegar hasta allí arriba de alguna forma... Y llamaría a Ava por teléfono para pedirle que mirase en su portátil algún tutorial sobre cómo encender una chimenea para que se lo explicase paso a paso. Tenía que reconocer que los malditos avances tecnológicos tenían su utilidad en determinadas circunstancias.

En cuanto salió de la ducha se enfundó en su jersey de lana más gorda, se puso unos leggins de algodón calentitos y unos calcetines de rombos que le llegaban hasta la rodilla. Se recogió el pelo en dos largas trenzas que cruzó en lo alto de su cabeza y, antes de salir del cuarto, se echó por los hombros el edredón de la cama. Sin perder un segundo salió a llamar por teléfono a sus rescatadores. Pero antes de llegar a la cocina, chocó con Liam.

—¡Dios bendito! —exclamó él.

—¿De dónde sales tú? —increpó Imogen llevándose una mano al pecho.

—¿Qué demonios haces liada con eso? Me has dado un susto de muerte. Parecías, parecías... —Liam resopló, se santiguó repetidas veces y avanzó hacia la chimenea para descargar los trozos de leña que cargaba bajo un brazo.

—¿Una chica muerta de frío? —Imogen le siguió ante la clara evidencia de que por fin habría calor en aquella casa.

—No, solo eras un bulto blanco por el pasillo —le aclaró abriendo los ojos para mirarla de arriba abajo.

Imogen se sentó en el sofá y se tapó hasta la nariz con el edredón.

—¿Acaso eres un irlandés de los que creen en duendes y fantasmas? —se burló ella—. No pienso moverme de aquí hasta aprender cómo enciendes esa maldita chimenea.

Liam se rio y la miró por el rabillo del ojo mientras negaba con la cabeza. Llevaba el pelo recogido en una cola y parecía recién llegado de la calle, pues sus pantalones vaqueros estaban mojados de rodillas para abajo y aún había copos de nieve sin derretir sobre sus rizos.

—No sé qué tiene tanta gracia. He estado varias veces a punto de dejar esta casa sin papel higiénico intentado hacer fuego.

Liam volvió a reír y se giró hacia ella con algo en la mano.

—Mira, Imogen, ¿ves esto? Se llama pastilla de encendido. Ven, acércate.

Ella obedeció y se aproximó a él sin creerse del todo que por fin estuvieran juntos en aquella casa.

—Ponemos estas ramas secas así, colocamos un par de estas entre ellas y encima cruzamos un buen trozo de leña sobre otro. Ten, forma una bola con este trozo de periódico.

Imogen arrugó el papel entre sus manos.

—Y ahora se enciende, ¿no?

Liam cogió una cerilla y prendió con ella una esquina de aquel trozo de papel. Con rapidez Imogen la soltó encima de la madera con miedo de quemarse los dedos.

Él volvió a reír y estrujó otro trozo de papel, que prendió con tranquilidad:

—Mejor si lo metemos debajo.

Como si sus dedos fueran ignífugos, introdujo la bola de fuego entre las ramas. Enseguida las pastillas prendieron y el fuego se extendió por toda la chimenea alimentado por el aire que él aportó con un fuelle.

—¡Fuego! —exclamó de forma primitiva Liam sacudiéndose las manos.

—¡Mi salvador! —respondió ella de forma teatral regresando al sillón. Estaba cansada. Había sido una noche larga de trabajo y sentía cómo le pesaban los párpados, pero no quería dormir ahora que tenía a Liam allí.

—¿Quieres algo para desayunar? —le preguntó él.

—Con una taza de leche caliente sería feliz —Imogen sonrió e hizo parpadear repetidamente las pestañas.

—¿Una noche dura en la clínica? —quiso saber él risueño.

—Un paciente al que le he cogido cariño se ha puesto enfermo. Estoy preocupada por él. Por lo demás, una noche normal.

—Te traigo esa taza, disfruta del fuego mientras.

Liam bordeó el sillón y se dirigió a la cocina.

—¡No esperaba encontrarte aquí! —Imogen alzó la voz para que la escuchara.

—Eso es porque no revisas los partes meteorológicos —dijo él asomando la cabeza.

Imogen miró a través de la ventana, por la que se podía apreciar la crudeza con la que el cielo vertía nieve sobre el terreno. Era evidente que así nadie podía salir a pescar, pero dudaba de que el tiempo fuera lo que hacía que él apareciera o no por la casa. Por eso, no estaba segura de que su presencia allí significara que se quedaría más tiempo del preciso. Con nieve o sin ella.

—¿Entonces, te quedas? —se atrevió a preguntar.

—Bueno, no creo que podamos ir a ningún sitio ninguno de los dos si sigue nevando de esta manera —le contestó entregándole una taza humeante.

Imogen se lo agradeció con una tímida sonrisa que escondía todo el nerviosismo que aquella contestación le había causado.

—¿Puedes decirme algo? —Imogen se acomodó en el sillón tras dar un largo trago.

—Depende de lo que quieras que te diga —respondió él con aquella media sonrisa que conseguía alterar aún más a Imogen.

—¿Cómo consigues llegar, entrar y salir sin que nunca me entere?

—Yo creo que eso es cosa tuya. Quizás se deba a que tienes un sueño muy profundo. No creas que no he pensado más de una vez que te quedabas dentro de tu cuarto solo para rehuirme. —Liam avivó el fuego y se dejó caer en el sofá frente a ella.

—No te he rehuido nunca.

—¿Seguro? ¿Ni una sola vez?

Liam reprimió la sonrisa y fijó en ella su mirada mientras los ojos de ella danzaban por varios puntos de la habitación, nerviosa, consciente de aquella primera noche.

Imogen no contestó y se limitó a beber varios tragos seguidos de leche. Liam se levantó con energía del asiento y dio una palmada al aire.

—Creo que debería quitarme esta ropa mojada. —Parecía no poder estarse quieto más de cinco segundos seguidos.

—¿Por qué vas siempre andando a todos lados? Es de locos, vivimos a una hora a pie del pueblo.

—Me gusta andar. —Se encogió de hombros y se fue hacia su cuarto.

Imogen apuró la leche y dejó la taza sobre la mesa. Sabía que debía irse a la cama a dormir, pero no quería perder la oportunidad de seguir conversando con Liam. Había una calma interrumpida tan solo por el chasquido de las llamas y el silbido del viento, que lanzaba la nieve hacia los cristales consiguiendo que cada vez entrara menos claridad en la estancia. Aquello resultaba tan acogedor, sedante y romántico, que Imogen cerró los ojos y suspiró profundo. No necesitaba absolutamente nada más.

Cuando se dio cuenta de que se había dormido en el sofá, abrió los ojos alarmada, preguntándose si se había quedado sola allí de nuevo. Sin embargo, frente a ella estaba tumbado Liam, leyendo uno de sus libros, tan relajado como el ambiente que les rodeaba. Entonces soltó el aire que había retenido sin darse cuenta y con ello atrajo la mirada de él.

—¡Pobres ovejas! Una tragedia tras otra —dijo alzando el ejemplar de Thomas Hardy.

Imogen sonrió al ver que Liam se había aficionado a leer sus novelas y se desperezó bajo el edredón. Era incapaz de calcular cuántas horas había dormido, pero adivinaba que tras las nubes la luna ya había ocupado el lugar del sol.

—No me lo recuerdes. Mientras lo leía creía oír balidos despeñándose por el acantilado, por *este* acantilado —exclamó con un escalofrío fingido. Se incorporó y apartó el edredón a un lado para desperezarse.

—¿Entonces debería parar de leer?

—¡No! Es una historia maravillosa. El hacendado Oaks... —suspiró y miró al techo.

—De acuerdo, me queda claro cuál ha sido tu personaje favorito —rio Liam.

—No creas. He sentido una envidia tremenda imaginándola a ella galopando campo a través. Tiene que ser una sensación increíble. —Imogen se restregó los ojos con las manos para terminar con un bostezo.

—¿Y por qué no lo has hecho nunca?

—Porque vivía en Filadelfia, no en Dorset, y porque nunca he tenido la oportunidad de montar a caballo. Aunque añadiré que el perro de Oaks también ha sido un personaje potente. Y por si lo preguntas, no... Nunca he tenido perro y cuando llegue el día, me encantaría tener uno como *Viejo George*.

—¿Un perro pastor? ¿También vas a comprarte un rebaño de ovejas? —preguntó Liam divertido.

—No mientras viva en este acantilado.

Ambos rieron y sostuvieron la mirada unos segundos hasta que Liam elevó la ceja izquierda de forma casi imperceptible, se sentó y dejó el libro sobre la mesa.

—¿Tienes hambre?

—Me muero de hambre, pero... —Imogen se tapó la cara con una mano—. ¿Crees que si llamo a Bertie podrá traerme un encargo del supermercado? ¿Ha dejado de nevar? Debí haber hecho la compra ayer...

Liam se levantó decidido, pasó un pie por encima de la mesa y la cruzó para llegar hasta ella y ofrecerle la mano.

—Anda, vamos a la cocina. Hoy vas a aprender a cocinar.

Imogen se rio, pero la propuesta de Liam era firme y al ver que la chica no se movía tiró de ella hacia arriba para arrancarla del sofá. Ella se dejó guiar con el corazón desbocado por aquella cercanía entre ambos.

—No son nada sanas todas esas cosas que compras, lo sabes, ¿verdad? —preguntó él mientras abría el frigorífico e inspeccionaba su interior.

—Tampoco es sano cortarse un dedo o sufrir una quemadura.

—Vamos, eres enfermera, no creo que el problema sean tus habilidades manuales. —Le lanzó una col que ella atrapó al vuelo.

Liam abrió un cajón y cogió algo que le puso delante de la cara.

—Imogen, te presento a este instrumento llamado *pelador*. Es imposible cortarse con él. Ahí hay patatas, pela tres —le pidió.

—Sé lo que es un pelador. —Imogen le dedicó una mueca, pero obedeció y se sentó en una silla para pelar las patatas—. En casa éramos seis hermanos, yo soy la pequeña. De hecho, mi nombre significa «nacida la última». Supongo que por eso todos siempre han creído que debían protegerme. «Ten cuidado, no te cortes, mejor lo hago yo.» ¿Entiendes?

Él sacó un cuchillo afilado y comenzó a partir la col con destreza. La miró por encima del hombro y volvió a elevar aquella ceja algo pretenciosa.

—Luego fui a la universidad y allí comía en los comedores o en la residencia. Nunca había llegado el momento ni había surgido la necesidad de aprender a cocinar —terminó de explicar.

—Hasta hoy —apuntó él pidiendo que le acercara algo de cebollino con el dedo índice.

Imogen le enseñó las tres patatas peladas.

—Esto no es cocinar, es ayudarte a preparar las cosas para que tú cocines.

—¡Vaya! Ten un poco de paciencia, ahora mismo somos un equipo. Coge una olla, llénala hasta la mitad de agua y pon a hervir las patatas.

—¿Qué se supone que estamos haciendo?

—Con esto haremos tortas de *colcannon* y creo que quedan salchichas frescas en la nevera para acompañar.

Liam pasó a su lado, rozando su espalda, para coger una sartén en la que derritió mantequilla para saltear la col.

—¿Quién te enseñó a cocinar a ti?

—Mi madre murió cuando yo tenía ocho años. Supongo que en ese momento surgió la necesidad. —Movió la sartén haciendo volar su contenido para mezclarlo en el aire—. Ven, remueve hasta que se consuma casi toda el agua.

—Oh, Liam. Lo siento, debió ser muy duro.

—Lo fue. No debió coger el coche aquel día. Había helado y... bueno, el acceso a esta casa antes no era como lo es ahora, con una carretera más o menos segura.

—¿Aquí era donde vivíais todos?

—Sí, esta casa ha pertenecido a los O'Shea durante siglos. Pero al fallecer mi madre, mi padre no quiso quedarse y nos mudamos a una casa cerca del puerto. Y no volvió a abrirse hasta que yo me vine a vivir aquí.

Imogen se había quedado congelada con aquella confesión inesperada, pero él lo había contado de aquella forma tan natural que no pudo contestarle con pesar.

—Así que... has crecido en una casa solo de hombres —apuntó.

—Una casa de pescadores —contestó él dejándole al mando de los fogones mientras abría una lata de cerveza y la reservaba apartada en la encimera—. ¿Quieres una?

—No, estoy concentrada. —Imogen abrió los ojos y señaló la sartén.

Liam rio con aquella carcajada que le salía ronca y se acercó a la ventana.

—Ha dejado de nevar —anunció.

—¿Entonces te vas a ir a pescar? —preguntó alarmada. Enseguida se dio cuenta de que su tono de voz la había delatado y hundió la cabeza para remover con brío la col.

Liam se le acercó por detrás, le agarró la mano y frenó los rápidos círculos para indicarle que debía ralentizar el movimiento.

—No, esta noche no me iré.

Fue como un susurro en el que las palabras habían rozado su oreja. El contacto de su mano agarrando la suya con decisión había hecho que temblara y aquella sensación era tan nueva como sorprendente para Imogen. La última vez que había sentido algo parecido había sido con quince años, con Andrew... y ni de lejos había sido igual. Por aquel entonces a ella nunca la habían rozado, nunca la habían besado, jamás le habían susurrado palabras de amor... Pero la Imogen que se agarraba al cucharón de madera con fuerza ya sabía lo que era todo aquello, y el sentimiento que había cruzado su cuerpo de pies a cabeza como un rayo había sido mucho más poderoso.

—Voy a ir preparando las salchichas. Las voy a cocer en un poco de cerveza, les dará un sabor especial. —Liam se retiró y recuperó la sonrisa acompañándola con una melodía silbada.

Imogen guardó silencio e intentó respirar con calma. Reconocía que estar con Liam le hacía sentir, lo cual ya era todo un avance en su vida, aunque no tenía claro si solo se sentía atraída por su físico, si se había quedado embrujada por el misterio que lo envolvía, porque era como cazar a un fantasma, o si su mente lo usaba tan solo para sacar del todo a Andrew del corazón. Fuera como fuese, estaba bien, le gustaba sentirse así, porque era mejor sentirse viva que pasar los días llorando.

—Creo que esto está ya listo. ¿Ahora qué?

—Échalo todo aquí, junto con los trozos de patata cocida y con este otro instrumento, que se llama... —Calló y la miró con guasa, pero ella no respondió—. Vaya, esperaba que este lo supieras tú porque yo no tengo ni idea.

Ambos rieron y se miraron con complicidad.

—¿Machacador? —sugirió él.

—A mí me vale. —Se encogió ella de hombros y lo cogió para crear un puré con la mezcla que no resultase muy ligado, tal como Liam le indicó.

El aroma que comenzaba a impregnar todos los rincones de la cocina hizo que le sonaran las tripas. Imogen tuvo que reconocer que la comida casera olía mucho mejor que la preparada, pero no dio su brazo a torcer del todo. Le gustaba la comida basura, era rápida de preparar y estaba rica; aunque si comer sano significaba compartir tiempo junto a él, estaba dispuesta a coronarse como la nueva aprendiz de chef en Howth.

—¿Cómo es el trabajo en la residencia? ¿Te gusta? —preguntó él con interés mientras movía con cuidado las salchichas que bailaban en cerveza sobre la sartén.

—El turno de noche suele ser tranquilo, pero para aprender está bien. Supongo que durante el día puedes relacionarte más con los pacientes, debe ser más bonito... Al fin y al cabo, cuando entras a medianoche y despiertas a alguien no te miran con mucho cariño. —Ambos rieron—. Pero está el señor Turner, un anciano encantador que me ha ayudado mucho y encuentra siempre un momento para escaparse de su habitación y darme conversación. Y una chica jovencita con anorexia con la que siento que puedo llegar a conectar. Necesita tanta ayuda... Y la que no quiere vivir y se arrastra por los pasillos buscando ventanas con vistas al mar. No quiero ser una simple supervisora que entra en sus habitaciones para tomarles la tensión, comprobar que se han tomado la medicación y que sale para seguir con la ronda... Yo quiero llegar a ellos, a sus historias. Quiero cuidar sus cuerpos, pero también sus almas. El problema es que en el turno de noche no se puede lograr gran cosa.

Cuando Imogen terminó de hablar y buscó sus ojos, se encontró con una expresión seria, poco habitual en él, y temió haber hablado más de la cuenta. Pensó que quizás le había preguntado por pura cortesía, como quien por la calle pregunta cómo estás sin esperar una respuesta negativa, y menos tan detallada. Liam asintió con la cabeza en silencio y elevó una ceja antes de hablar.

—Estoy seguro de que tú consigues que las noches de esas personas sean mejores, aunque no te des cuenta. Esas horas pueden ser muy largas, silenciosas, solitarias... Una sola palabra o un gesto pueden convertirse en estrellas que iluminan la oscuridad.

A Imogen se le paró el corazón, así lo sintió, y no supo si fue por la forma dolorosa en que aquellas palabras habían salido de sus labios, o por la forma en que sus ojos habían brillado al mirarla, como si viera algo precioso, o porque sentía que ya habían dejado de ser dos extraños.

—Gracias, eso suena bonito —repuso con mucha sinceridad, agradecida, y volvió a machacar la mezcla con una sonrisa escondida en el vértice de su boca.

Liam apartó las salchichas del fuego y puso otra sartén con aceite a calentar. Se acercó a ella por detrás, pegó el pecho a su espalda y habló cerca de su cuello, más cerca de lo que ella podía soportar sin que le temblasen las piernas.

—Eso está ya en su punto, ¡vamos a hacer las tortas! Coge el paquete de harina que hay en ese armario que tienes delante.

El maestro enseñó a la aprendiza la forma de enharinar la mezcla en porciones medidas con la palma de la mano. Ensuciaron bastante la encimera, pero ni él parecía preocuparse por la limpieza ni ella se molestó cuando la intentó convencer de que enharinarle la nariz era el verdadero bautizo para una amateur de la cocina.

—Como me toques con esas manos te lanzo una tortita directa a la barba —le amenazó ella entre risas. Aquello le parecía un tonteo descarado y estaba encantada de verse inmersa en él.

—Tienes que ensuciarte, es un mandamiento de la escuela de restauradores —aseguró Liam ignorando la amenaza, y le restregó la mano llena de harina por toda la cara. Ella no pudo esquivarlo acorralada como estaba contra la mesa donde desayunaba.

Imogen chilló como protesta e intentó responder a la agresión con la bola de patata y col que encerraba su puño, pero Liam la agarró por las muñecas con la fuerza justa para impedírselo.

—Tira la bola al suelo, Imogen. Soy tu casero. Si tocas mi barba con eso...

—¡Pero si tú me acabas de embadurnar la cara! —exclamó con los ojos muy abiertos.

—Solo es harina, y ya estás bautizada. Deberías agradecérmelo. —Liam le dedicó una sonrisa burlona y la miró con intensidad.

—Oh, sí claro... Gracias —dijo ella alargando la sílaba final.

—¡Suelta la bola! —volvió a pedir él entre risas.

—¡No!

En medio de su tonta pelea llamaron al timbre y ambos dejaron de reír y se miraron extrañados. Liam la soltó e Imogen aprovechó para estamparle la bola entre la boca y la nariz.

—Esto tendrá consecuencias, Imogen de Filadelfia —susurró con tono divertido.

Liam salió de la cocina mientras se limpiaba con un paño la cara camino de la puerta principal. Imogen le siguió unos segundos después, intrigada por la inesperada visita a aquellas horas y con aquel tiempo inhóspito.

Cruzó entre risas la pequeña estancia iluminada por la chimenea y, frotándose todavía la barba con el paño de cocina, abrió la puerta.

—¡Bernard! —exclamó.

Imogen no conseguía ver quién era porque la ancha espalda de Liam y su altura se lo impedían, por lo que se asomó por un lado, sin reparar en que aún tenía la cara llena de harina.

—¿Pero qué...? ¡Liam!

Hubo un silencio helado. Imogen vio el odio en los ojos de aquel hombre, el desconcierto en los de Liam y cómo, a cámara lenta, pasaba por delante de ella el puño del visitante lanzado contra el pómulo del otro.

—¡Bernard! —exclamó Liam con agonía, como si no fuera el golpe en sí lo que le doliera, sino el hecho de que se lo hubiera dado.

El hombre dio media vuelta y se montó en un coche que arrancó con furia para desaparecer en décimas de segundo. Liam salió inútilmente tras él, con el paño de cocina todavía en la mano, y, solo cuando Imogen le puso una mano en el brazo, pareció regresar a la realidad.

—¿De qué ha ido eso?

Liam no contestó. Se acercó los dedos a la cara y, al tocarse en el lugar del impacto, emitió un ronco gemido. Su mirada perseguía la sombra invisible de aquella aparición y ella estaba tan desconcertada que no sabía cómo actuar. Hacía mucho frío y el viento cortaba veloz. No se había dado cuenta y había corrido fuera con los calcetines que ahora se le estaban empapando de agua congelada.

—Vamos dentro, Liam —le pidió. Imogen no quiso tocarle, pero buscó su mirada.

En silencio regresaron dentro y, en la cocina, Imogen buscó la última bolsa de guisantes que le quedaba en el congelador para que Liam se la pusiera sobre el pómulo.

—Para que luego digas que mi comida no es saludable —dijo ella en un intento de menguar la tensión.

Él la miró, pero no dijo nada. Parecía ausente, los ojos se le habían llenado de tristeza y mantuvo el silencio durante varios minutos mientras ella se dedicaba a terminar de enharinar las tortas.

—Vamos a freír eso —dijo por fin él.

—¿Quieres hablar de lo que ha pasado? —preguntó Imogen casi en un susurro.

—En realidad, no.

—Está bien, vamos a freír esto entonces.

12

Aquella noche, durante la cena, Liam guardó un tenso silencio. Imogen se dedicó a contar anécdotas del trabajo para que la situación no fuera tan incómoda, pero notaba que él no la estaba escuchando. La miraba de forma fugaz, asentía cuando no venía a cuento y volvía a perderse en un abismo que ella no entendía.

¿Quién era aquel hombre? ¿Qué fantasmas perseguían a Liam hasta atraparle en aquella zona inaccesible? Imogen se lo preguntó a sí misma cuando, desde la cama, oyó cómo se marchaba a medianoche y cruzaba la explanada a pie, haciendo crujir la nieve que volvía a caer del cielo con rudeza.

De nuevo silencio, soledad, viento y los golpes furiosos de las olas unos metros abajo. Se sintió débil por no ser capaz de llegar hasta él, por no ser capaz de sanar aquella alma.

Volvió a desaparecer durante días y esa vez Imogen se preocupó. Llegó incluso a enfadarse con él por no dar señales de vida, aunque no tuviera derecho a exigirle nada. Pensó en llamar a Declan y comentarle lo sucedido aquella noche, pero quién era ella para meterse en su vida... Ellos dos tan solo eran ocasionales compañeros de casa.

Aun sabiendo aquello, llegaba cada mañana con la esperanza de que estuviera allí, o de que hubiera dejado alguna nota, pero la soledad que encontraba se le clavaba en el corazón como una espina.

Por suerte en la clínica sentía que las cosas iban mejor. Owen había regresado algo más delgado y pálido, pero con las mismas ganas de bromear con ella que antes y, si cabe, aún más amor que volcar en

Claire. Rosie la esperaba con cierta impaciencia cada noche para avanzar con aquel libro sobre una distópica lucha por la supervivencia. Hasta Moira parecía haber recibido una descarga de motivación.

—¿Qué pasa aquí? —preguntó Imogen al asomar la cabeza por el cuarto de Rosie, atraída por unas risas apagadas que había escuchado desde el pasillo.

—Pasa, enfermera Murphy —dijo Rosie imitando la voz de la directora—. Le hablé a Moira de nuestro club de lectura y ha decidido apuntarse.

Imogen puso los brazos en jarras y la miró con una ceja elevada. Aquello no estaba bien, podía buscarse problemas. Se suponía que a esas horas los pacientes debían estar descansando, no haciendo fiestas de pijamas.

—No tengo ni idea de qué club me estás hablando. Y tú, Moira, deberías estar en tu cama, en tu cuarto —le recordó señalándole la vía que habían tenido que ponerle para engancharle un suero con medicación.

—Oh, venga. Solo por esta noche. Prometo estar aquí quietecita. Además, queremos pedirte un favor. —Moira dio una palmadita sobre la sábana invitándola a sentarse junto a ellas.

—¿Un favor? —preguntó con desconfianza.

Rosie se tapó la cara con las manos y rio con nerviosismo.

—Queremos que le dejes este poema al enfermero Walsh.

Imogen cogió el papel doblado que le ofrecía Moira. ¡Sonreía! Ambas lo hacían y era algo tan extraordinario en aquellas dos pacientes que Imogen no pudo más que contagiarse de aquella alegría.

—¿Para Kyle? Pero yo no coincido casi nunca con él.

—¿No tenéis taquillas o algo así? —insistió Rosie, a quien se le notaba un descarado tono rosáceo muy favorecedor en las mejillas.

—Está encaprichada de él, es de lo único que habla y le he sugerido compartir esos sentimientos de alguna forma. Le ha escrito un poema y opino que él debería leerlo —aclaró Moira, que parecía disfrutar en cierto modo con aquello.

—¡Pero no le digas que es mío! —suplicó la quinceañera.

—¿Por qué no? No tiene nada de malo, Rosie.

—Moira, no podría volver a mirarle a la cara. ¡Me moriría de vergüenza! Solo quiero que lo lea.

La chica miró con ojos suplicantes a Imogen, que finalmente se sentó en el borde de la cama y miró a ambas con complicidad.

—Está bien, me las apañaré para hacérselo llegar, pero quiero algo a cambio. Quinientos gramos a finales de semana.

Rosie puso cara de fastidio, pero Imogen le sostuvo la mirada y agitó el papel. Por dentro sentía cómo se le encogía el estómago. Aquello podía salirle bien o terriblemente mal... Aquella chica no estaba allí para que se le concedieran caprichos, sino para salvarle la vida.

—Doscientos cincuenta.

—Quinientos gramos, sin regateos.

—Tú puedes, Rosie —la animó con ternura Moira.

La chica miró con la frente arrugada a su compañera, a pesar de llevarse bastantes años parecían haber forjado un vínculo allí dentro.

—Kyle Walsh, Kyle Walsh, Kyle Walsh... —repitió con tono embriagador Moira, en un intento de animarla.

—¡Está bien, enfermera Murphy! Quinientos gramos y ni una sola palabra de que se lo he escrito yo.

—Soy una tumba —aceptó Imogen con una amplia sonrisa.

Tuvo que reprenderlas para que bajaran el tono de sus risas, pero se quedó un poco más en aquella habitación, disfrutando de aquel momento de felicidad. Algo había ocurrido con ambas, y era extraordinario.

—¿Sabes? Moira también ha comenzado a hacer algo especial. —reveló Rosie.

—¿Y de qué se trata? —preguntó Imogen con interés.

Miró a aquella mujer de aspecto quebradizo, cuyo cabello color mantequilla alcanzaba su cintura como si fuera una capa protectora para su frágil figura. Moira le devolvió la mirada, como si esperase encontrar algo en ella, y habló de forma pausada.

—Yo solía pintar.

—¿Estás pintando de nuevo, Moira?

—Algo así —contestó sin más detalles—. Cuéntanos sobre ti, Imogen. Háblanos de esa preciosa casa del acantilado donde vives.

Miró el reloj para comprobar la hora y ver cuánto quedaba hasta la siguiente ronda. Estar allí era mucho más gratificante que esperar en el cuarto de descanso, por lo que les concedió unos minutos más de reunión antes de obligarlas a descansar.

—Es como vivir en una casa de cuento. Justo antes de venir a trabajar, veo cómo el sol se hunde en el horizonte formando unos increíbles tonos rosáceos y anaranjados. El mar rompe con fuerza unos metros más abajo y produce un sonido que al principio resultaba ensordecedor, pero sin el que ahora creo que no podría dormir. Las gaviotas sobrevuelan a menudo el terreno y algunas veces se posan sobre el muro.

—¡Qué bonito debe ser vivir en un lugar así! —exclamó Rosie.

—Y, además, es muy barato —rio Imogen.

—¿Y vives sola? —quiso saber Moira.

—Prácticamente. En realidad la comparto con mi casero, pero no coincidimos mucho. Él es pescador y a veces se ausenta durante semanas enteras.

—¿Es guapo?

—¡Rosie! —exclamó Imogen azorada.

—¿Te parece guapo? —preguntó también Moira con un interés más sosegado que el de la chica.

—Tremendamente guapo, pero... Ya está bien, es hora de dormir. Vais a conseguir que me despidan.

Imogen arropó a Rosie, que se dejó mimar, y acompañó a Moira hasta su cuarto. Ajustó su gotero y le descorrió las cortinas de sus ventanas con vistas al mar.

—Gracias, Imogen. —Moira retuvo su mano durante unos segundos, como si aquel «gracias» fuera la condensación de diferentes sentimientos de gratitud.

—Descansa, mañana será otro precioso día.

Imogen esperó ver una sonrisa como respuesta, pero no fue así. De todas formas, estaba contenta. Aquella noche sí que había merecido la pena.

Antes de marcharse de la clínica por la mañana, Imogen coló por la rendija de la taquilla del enfermero Walsh el poema de amor de Rosie. Cedió a la tentación de leerlo antes y, a pesar de desprender la ternura de unos sentimientos inocentes, pudo identificarse con ellos. Pensó en Liam, en las notas que se habían dejado al principio y que hacía días que no encontraba por ningún sitio. Coló aquel papel y deseó con todo su corazón que los sentimientos de su paciente no terminaran heridos.

13

—¡Ava! ¡Dijiste que vendrías este fin de semana! Ya llevo aquí dos meses, has dicho de venir solo cuatro veces, y las cuatro me has dejado tirada.

—Te lo compensaré la semana que viene. Será tu primer San Patricio y te prometo que haré que sea inolvidable.

—Sé lo que significa eso en tu lenguaje... Hacerme beber hasta no acordarme de nada, y ese no es mi concepto de pasarlo bien. —Imogen sopló al interior de la taza de café antes de darle un pequeño trago.

—Infravaloras lo excitante que es no recordar dónde te dejaste el sujetador tras una noche loca.

—Eres un pendón.

—Yo también te quiero. —Ava besó repetidamente el auricular de su teléfono.

—Yo no te quiero, me dejas tirada por quinta vez. Te odio... Pero iré igualmente la semana que viene.

—Lo sabía —repuso su amiga con retintín—. ¡Y trae ese coche alquilado que tienes, podremos colarnos en el desfile!

Ava soltó una carcajada al otro lado de la línea e Imogen la mandó al cuerno entre risas antes de colgar.

Miró por la ventana de la cocina y suspiró. No podía decirse que brillase el sol pero las nubes se deshacían en pequeñas bolas algodonosas esparcidas por el cielo, lo que conseguía dar al día un aspecto soleado con un viento mucho más caldeado.

Con fastidio se fue al salón arrastrando los pies sobre el suelo de madera. La perspectiva de pasar otro fin de semana en Howth sola, sin nada interesante que hacer, la deprimía. Tenía en mente hacer un viaje al norte, pues en uno de los folletos que le había dado la camarera del West Pier recomendaban ir a Belfast para ver auroras boreales desde el Castillo de Dunluce y pasear por la Calzada de los Gigantes, pero conducir sola durante más de tres horas por carreteras desconocidas con su torpeza al volante de aquel coche con marchas la frenaba. Sin embargo, tras observar un buen rato el paisaje inmutable del acantilado, de dar varias vueltas a la casa respirando el aire salobre que subía del mar con las ráfagas de viento y de cambiar diez veces de postura en el sofá mientras leía, decidió que lo que diferenciaba la actual Imogen de la de hacía unos meses era su capacidad de dar un paso al frente en solitario, sin miedos, ni excusas.

Preparó un macuto con algo de comida, enrolló el edredón por si no encontraba dónde dormir y se veía obligada a pernoctar en el coche, y lanzó al maletero sus nuevas botas de goma para andar por el terreno una vez llegara a su destino. Compraría un mapa en la gasolinera y preguntaría por la mejor ruta para llegar. Y, aunque por un momento deseó tener su teléfono móvil para seguir cómodamente las indicaciones de la aplicación de mapas de carretera, reconoció que aún no estaba preparada para abrir su vida de nuevo a las tecnologías. Se convenció de que, si diez años atrás el mundo había sido capaz de desplazarse sin las indicaciones de una voz electrónica, ella también podría lograrlo.

En la gasolinera compró bebidas y una bolsa grande de Maltesers, escuchó atentamente las explicaciones del encargado sobre cómo llegar a Belfast, y sintonizó una cadena de música folk irlandesa que pensó era propicia para su atrevida excursión.

Durante las casi cuatro horas de viaje, creyó haberse perdido unas doscientas, gritó unos cien insultos a los conductores que la adelantaban peligrosamente o le pitaban, derramó media bolsa de bolas de chocolate y vio cambios de estación en el paisaje como si la tierra hubiera dado tres giros alrededor del sol en un solo día. Pero llegó y la sensación que tuvo al echar el freno de mano en el aparcamiento junto al centro de admisión de la Calzada de los Gigantes fue de victoria absoluta.

Se bajó del coche y estiró los músculos de la espalda como si fuera una gata. Hacía mucho viento, cosa que no le extrañó y a lo que, por otra parte, estaba más que acostumbrada, por lo que con andar saltarín fue entusiasmada a sacar su ticket para poder pasear por aquel lugar mitológico Patrimonio de la Humanidad. Había decenas de turistas y, camuflada entre ellos, se sintió acompañada durante el paseo hasta la zona. Al llegar, abrió los ojos deslumbrada por aquella visión que parecía sacada de otro planeta. Las columnas hexagonales de basalto se contaban por miles y había plena libertad para pasear y trepar por ellas hasta lo alto de los montículos. Chapoteó con sus botas en los charquitos que se formaban en los prismas de las columnas, lo que hizo que un grupo de niños la imitaran. Se sentó durante un buen rato para mirar el paisaje, quería retenerlo en su memoria como una fotografía, y se llenó los pulmones de aquel aire frío antes de dirigirse al castillo.

El sol comenzaba ya a ocultarse en el horizonte por lo que aceleró el paso. Estaba en ruinas y reconoció su falta de imaginación para completar con la mente los techos o poner las piedras que faltaban en sus muros. Aun así, la sensación de pasear por sus laberínticos rincones era mágica. Una pareja de novios se estaba fotografiando para su álbum de bodas y, aunque las ráfagas de viento complicaban a la novia la posición correcta del velo, había que reconocer que, con aquellos tonos rosáceos del cielo, tendrían un recuerdo muy romántico. Remoloneó con su audioguía por la zona durante un rato y pensó en Liam. La parte romántica y dominante de su cerebro volvía a hacer de las suyas, y se vio a sí misma allí, en brazos del atractivo pescador protagonizando el mismo reportaje cursi. Cuando la pareja comenzó a incomodarse con su presencia, giró sus talones y se marchó del castillo dejando allí dentro también sus absurdas fantasías.

Sin embargo, regresó al coche sin poder dejar de pensar en Liam. Hacía más de dos semanas que no sabía nada de él y su mente era un hervidero de preguntas. Habían compartido pocos encuentros, pero los revivía cada día y su deseo por volver a pasar tiempo con él aumentaba desde lo más profundo de su alma. Incluso allí, en la costa norte de Irlanda deseaba encontrarlo y, aunque era satisfactorio ver que era capaz de hacer las cosas sola, reconocía que su corazón deseaba compartir las experiencias bonitas de la vida con alguien... y ese alguien, en aquel momento, era él.

Preguntó al muchacho de la tienda de souvenirs dónde debía ir para ver una aurora boreal aquella noche y, cuando él le dijo que aquello no ocurría a diario, sino que más bien era un fenómeno aislado, sufrió una decepción enorme que apenas le duró unos minutos. Decidió que ella merecía ver una aurora boreal y, por lo tanto, vería una aquella noche. Y no era la única convencida de ello. El chico de la tienda le informó de que un grupo de fotógrafos se había instalado a un kilómetro de allí con los equipos preparados para cazar la mejor instantánea.

Imogen cogió el coche y se dirigió al lugar que le había indicado y, al llegar, se encontró con un pequeño campamento improvisado en el que había incluso niños pequeños. Aunque no todos se conocían entre sí, parecía no importarles; de hecho, recibieron a Imogen con amabilidad y le ofrecieron una taza de chocolate caliente.

Charló con todos, incluso con los más pequeños, mientras hacían fotos a un único arco luminoso alargado que se extendía en el horizonte. Era bonito, pero no lo que esperaba ver Imogen, por lo que aguantó hasta bien entrada la madrugada, a la espera de que algo ocurriera. Y así fue. Justo cuando estaba a punto de despedirse porque se le cerraban los ojos, se escuchó un clamor a lo largo de la costa. Imogen se giró y alzó la mirada. Allí estaba aquel espectáculo natural de luces. Una paleta de verdes irradió el cielo despejado, fundiéndose con franjas rosas sobre las que destacaban los centenares de estrellas del firmamento. El arco había aumentado su intensidad con ondas y rayos que surcaban el cielo y temblaban hasta esconderse de nuevo en el horizonte. Imogen sintió cómo se le humedecían los ojos, aquella visión era tan hermosa que le conmovió profundamente. Regresó junto al grupo de fotógrafos, curiosos y cazadores de subtormentas aurorales. Se abrazaron entre ellos, se inmortalizaron repetidamente y mantuvieron un silencio no apalabrado durante un precioso espacio de tiempo en el que, de alguna forma, todos se sintieron en sintonía con el universo.

Cuando al día siguiente Imogen llegó a la casa del acantilado, tenía una sonrisa dibujada en la cara y entró tarareando la última canción sintonizada en la radio del coche durante el viaje. Un grito agudo salió de su boca cuando, al atravesar el umbral, sintió que algo pesado y peludo se tiraba encima de ella haciéndola caer de espaldas.

—¡Ven aquí, *Viejo George*!

Imogen estaba petrificada en el suelo bajo el peso de aquel animal, con los músculos de todo el cuerpo en tensión y con miedo de respirar por si aquella bestia le mordía. Sin embargo, tras unos rápidos olisqueos, aquel perro comenzó a lamerle el cuello. Imogen volvió a emitir un grito, esta vez ahogado, con el que suplicaba ser liberada.

—Vamos, muchacho, ven aquí. Vamos, *Viejo George*.

El perro obedeció y dejó a Imogen para dar varias vueltas alrededor de quien le llamaba.

Cuando pudo incorporarse vio a Liam con la sonrisa abierta, una rodilla en el suelo y las manos centradas en acariciar el pelaje de aquel perro para sosegarle.

—Ayer llevaba un lazo al cuello, pero no estabas en casa —dijo él divertido.

Imogen se levantó aturdida, con los latidos del corazón desenfrenados a causa del susto, pero también por encontrarse allí a Liam esperándola.

—¿Me has comprado un perro? —exclamó. Imogen se tapó la boca con las manos para seguidamente morderse el labio inferior.

—Iban a sacrificarle porque ha perdido visión en un ojo y ya no vale para la caza. Recordé que dijiste que te encantaría tener un perro como el de aquella novela y...

—... Y le has puesto *Viejo George*, como el perro del hacendado Oaks —prosiguió ella aproximándose con cautela a ambos.

Un tono amarillento en el pómulo de Liam le recordó lo sucedido la última vez que se habían visto, pero él parecía anímicamente recuperado del incidente. Se dejaba lamer por aquel precioso perro de pelaje blanco y rojizo, lo que hizo sonreír a Imogen. Cada vez que estaba a punto de darlo por perdido, él reaparecía con una nueva entrega de sí mismo que conseguía avivar el fuego de las ascuas.

—Es medio pelirrojo, como yo —señaló con ardor en las mejillas.

—Lo sé —le contestó él con una sonrisa sugerente.

Ella sonrió ilusionada y se agachó también para acariciarle juntos entre las orejas.

—No sé qué decir. Nunca he tenido un perro, no sé si sabré cuidar de él. Pero estoy muy contenta, es precioso. ¡Gracias, Liam!

Sin pensarlo le dio un beso en la mejilla, un gesto que solía tener con Andrew de forma natural y, acto seguido, apartó la mirada con la sensación de haberse excedido. Entonces, sintió un suave pellizco en la mejilla procedente de los alargados dedos del pescador.

—De nada. Te hará compañía aquí arriba, es una raza muy cariñosa, cosa que ya has comprobado. Me apuesto lo que quieras a que nadie jamás te había recibido en casa con tanto entusiasmo.

Imogen rio, más relajada, y dejó que el perro la olisqueara por todas partes. Se levantó y siguió los pasos de Liam, que parecía estar preparándose para marcharse.

—¡Tenemos un perro, Liam! —exclamó ilusionada.

Él se colocó las cintas de una mochila a la espalda y se caló el gorro de lana atrapando los rizos rebeldes que se le escapaban.

—No, tú tienes un perro. Yo solo soy el casero de los dos —la corrigió, mientras se palmeaba los muslos para que el animal se acercara a despedirse.

—¿Te marchas de nuevo? —preguntó ella notando cómo se le rasgaba el corazón. Sintió que aquello era como un regalo envenenado, como si *Viejo George* fuera un sustituto, un relleno para su ausencia, y ya no le entusiasmó tanto haberlo recibido.

Liam lanzó un palo lejos y el perro salió corriendo tras él.

—Le he enseñado a hacer eso, ahora te lo traerá —dijo, como única respuesta. Le dedicó una última sonrisa apretada con aquel brillo chisporroteante en los ojos azul cielo y se giró para encaminarse lejos de allí.

14

Imogen no tardó en comprender por qué Ava se había empeñado en ir a O'Connell Street dos horas antes del desfile de San Patricio. A falta de unos minutos para que dieran las doce ya no cabía ni un alfiler a lo largo de todo el recorrido. Allá donde miraba veía gente, algunos incluso medio colgando de las farolas. El color verde resaltaba en cada rincón, las calles estaban engalanadas con banderas de Irlanda, la gente llevaba gorros de Leprechaun o de la cerveza Guinness, lucían bufandas color esmeralda y algunos hasta se habían pintado la cara con los tres colores del país.

Ella también iba ataviada con toda la indumentaria necesaria para celebrar de una forma divertida aquella festividad: Ava le había dejado una sudadera del Leinster, un bombín verde que hacía juego con unas gafas de sol con forma de trébol de tres hojas y ambas habían usado un pintalabios verde con purpurina.

—Ningún duende ahora te pellizcará —aclaró Ava al darle el último retoque a los lazos verdes de sus dos trenzas pelirrojas.

La ciudad duplicaba la población aquel día, se escuchaban acentos procedentes de los cuatro puntos cardinales del planeta y, a pesar de estar prohibida la venta de alcohol hasta después del desfile, el tono general parecía demasiado alegre como para no estar provocado por alguna copa de más.

A Imogen todo aquello le recordó a su familia. Cada año sin excepción se juntaban para reivindicar su procedencia irlandesa viendo el desfile. Y es que en Filadelfia se celebraba el día de San Patricio con la misma efusividad que reinaba en aquel instante por las calles de Dublín.

—¿A qué pub me vas a llevar para tomarnos una pinta? Me gustaría ir luego a alguno de los conciertos callejeros —dijo Imogen a su amiga en cuanto terminó el desfile. Hacía mucho que no se veían y hasta ella sentía la necesidad de experimentar algún exceso.

—En realidad, me han invitado a una celebración —contestó la rubia mordiéndose el labio inferior—. Había pensado que podíamos ir juntas porque quiero que... conozcas a alguien.

—Ava, ya te he dicho cien veces que no quiero que me intentes liar con nadie.

—No, no es alguien al que te quiera presentar, ya he asumido que eres más difícil de emparejar que un calcetín. Es que... estoy saliendo con alguien. —Ava volvió a morderse el labio inferior.

—¿Tienes novio? ¿Desde cuándo? ¿Y por qué no me lo has contado antes? ¿Tienes novio, en serio? ¡Tienes novio! —A Imogen se le torció el bombín en la cabeza tras la exclamación.

—Sí, pero prefiero no contarte nada de él y que lo veas primero. —Ava se mostraba muy misteriosa y arrugaba la frente como si temiera lo que su amiga pudiera pensar al respecto.

—¿Por qué? ¿Acaso le pasa algo en la cara?

—No, no le pasa nada raro en la cara. Imogen, tú espera a conocerlo y, por favor, no me hagas preguntas sobre él hasta que lleguemos.

La pelirroja aceptó guardar silencio al respecto, aunque no estaba nada conforme con aquel halo de secretismo con el que Ava había envuelto aquella gran noticia. Estaba contenta por ella, no creía que llegara el día en que su amiga considerase la opción de quedar más de dos veces seguidas con el mismo chico y, al parecer, todo el tiempo que había pasado sin quedar con ella tenía un motivo razonable: un «novio».

—Pero ¿dónde es la fiesta?

—No está lejos —contestó Ava al volante del coche de Imogen.

—¿Y por qué sales de Dublín y coges la carretera con dirección a Howth?

—¿No dije que nada de preguntas?

—Pensaba que íbamos a celebrar San Patricio... —se quejó con un mohín. Para un día que le apetecía salir a divertirse al estilo Ava... Ava se alejaba del epicentro de la diversión.

—Y vamos a celebrarlo, ya te he dicho que es una fiesta.

—¿En Howth?

—¡Es una maldita fiesta de San Patricio, Imogen! ¡Cierra el pico! Ya estoy suficientemente nerviosa.

—Que sepas que no te va para nada el drama. Eso es parte de mi identidad, no de la tuya —le recriminó Imogen poniendo los ojos en blanco.

—Exacto —dijo su amiga con los suyos muy abiertos para poner punto final a aquella conversación.

Ava consiguió callar las preguntas de Imogen durante el resto del trayecto haciéndola cantar «Whiskey in the Jar» con la boca de Maltesers sin atragantarse. Cuando giró a la izquierda para seguir el camino que conducía a los campos de golf de Howth, Imogen abrió los ojos como platos.

—¿La fiesta es en el club de golf? ¡No vamos vestidas para un lugar así! —Imogen se repasó con la mirada de arriba abajo, y agitó la boina con una mano.

—No exactamente. Es en el club hípico que está un poco después del club de golf. ¡Es una fiesta de San Patricio! Yo creo que vamos estupendas —exclamó Ava recolocándose sus gafas de pasta verde.

—¿Club hípico? ¿Y qué se te ha perdido a ti en un sitio con animales? No has sido capaz ni de quedarte con *Madonna*, se la ha tenido que quedar tu vecina, que ya tenía cuatro gatos...

—Deberías agradecerme que le haya encontrado un hogar. Era tu gata, te la regalé. En cambio, sí que te has quedado con *George*.

—Porque *Viejo George* es un perro. Nunca llegué a aceptar la gata, por lo que era *tu* gata —le recordó Imogen.

—¡A mí no me gustan los gatos!

—¡Ni a mí! —Ambas rieron hasta llegar al aparcamiento del centro ecuestre.

Ava se aseguró de que la indumentaria de ambas estuviese a la altura de las circunstancias: retocó aquellos labios verdes y añadió unos tréboles verdes a ambos lados de la cara para rematar el *atrezzo*.

—Prométeme que no te vas a enfadar conmigo. Esto surgió sin planearlo, no lo vi venir y, cuando lo pensé, ya era demasiado tarde... —susurró Ava mientras traspasaba la puerta principal con el ceño fruncido. Sus ojos pedían clemencia y escondía las manos en los bolsillos de su chaqueta corta de cuero negra.

—¡No pienso dar un paso más si no me dices qué ocurre! ¿Por qué iba yo a enfadarme contigo, después de todo lo que has hecho por mí?

La rubia la miró con culpabilidad y, justo cuando iba a abrir la boca para comenzar la explicación, emitió un grito juguetón y salió corriendo al encuentro de quien había entrado en el *hall*. Imogen se dio la vuelta y vio una escena que no tenía nada que envidiar a aquel beso entre Ryan Gosling y Rachel McAdams que ganó un premio MTV. Ava había saltado sobre un chico de pelo oscuro y rizado que, con sus fuertes brazos, había recogido su trasero para facilitar que ella se aferrase a su contorno con las piernas. Sin pudor alguno se comieron el uno al otro durante lo que a Imogen le parecieron unos eternos segundos, hasta que la necesidad biológica de respirar les obligó a separar sus bocas y ella saltó al suelo con alegría. Al separarse, Imogen pudo verle y la sorpresa la dejó petrificada.

—¿Tú?

Ambos caminaron hacia Imogen balanceando sus manos unidas como si tuvieran quince años.

—¡Hola! Qué alegría que hayáis venido. No las tenía todas conmigo teniendo en cuenta que Dublín debe ser ahora mismo un caldero de fiestas con espuma de cerveza y más siendo este tu primer San Patricio en Irlanda, Imogen.

—Hola, Declan —acertó a contestar ella y miró a Ava sin pestañear. Su amiga sonreía mostrando los dientes y se aferraba al brazo de su chico como un koala.

—Y bien, ¿qué te parece?

—Inesperado... ¡y estupendo! —exclamó la pelirroja.

—¡Vosotras sí que vais estupendas! ¿Me las prestas, nena? —Declan se colocó las gafas de tréboles y la agarró por la cadera para apretarla contra él.

—¿Por qué no llevas tú nada festivo puesto? ¿No veníamos a una fiesta? —preguntó Imogen observando su vestimenta, que consistía en unos pantalones cortos y un polo de rugby.

Declan se rio como respuesta y las invitó a entrar en las instalaciones. A un lado estaban las cuadras y al otro las pistas de entrenamiento. La propiedad se extendía por una llanura verde rodeada por bajos muros de piedra desmoronados en algunas partes por las embestidas del viento y el descuido. Allí un grupo de hombres parecían disputar un partido de rugby mientras otros les observaban sentados sobre la hierba. Reconoció algunas caras de la noche de la despedida de soltero, pero había más, incluso algunos niños correteando por la linde del campo.

—Venid, os presentaré antes de que me toque entrar a jugar. Estamos echando un Seven entre primos. Otros han salido a dar un paseo a caballo —dijo el más joven de los O'Shea.

—¿Todos? —preguntó Imogen elevando las cejas.

—Todos —respondió el chico de Ava con cierta picardía en la mirada.

A Imogen se le aceleró el pulso y volvió a mirar a lo lejos intentando localizar a uno con barba entre aquellos hombres de similar complexión y color de pelo. Tras una rápida pasada, pensó que Liam debía ser de los que habían salido a cabalgar y destensó los hombros, aunque su corazón se había atropellado. Deseaba tanto verle que el hecho de saber que su amiga llevaba tiempo saliendo con el hermano pequeño de su casero se convertía en algo sorprendentemente positivo. Quizás aquello fuera otro nexo de unión entre ambos, algo que aumentara las posibilidades de verse.

Avanzaron hacia el grupo que, al verlas con su indumentaria, les regaló varios silbidos y aplausos. A pesar de ser una celebración familiar del día grande de Irlanda, ninguno vestía de verde, llevaba la cara pintada o lucía gafas de tréboles ni sombreros de Leprechaun.

Ambas recibieron los piropos con reverencias, exhibiendo sus complementos fosforescentes y aceptaron una pinta de cerveza antes incluso de saber sus nombres. Willis y Ted se acercaron a saludarlas antes de salir al campo de juego.

—Este es Jan, el futuro cuñado de Connor. Y mis primos Roland, Connor y Violet —les presentó Declan, que despidió a Ava con un beso y echó a correr junto a sus hermanos.

—Venid, os presentaré a las mujeres. Somos minoría en la familia O'Shea y se agradece vuestra presencia. Será un alivio poder hablar de algo más allá del fútbol y las proyecciones de pesca —dijo poniendo los ojos en blanco y regalándoles una sonrisa.

Aquel diecisiete de marzo era un día espectacular, bañado por el sol, acariciado por una suave brisa marina y con un ambiente general tan alegre que era imposible no sentirse afortunado por encontrarse en esa parte del planeta. Imogen apreciaba los pequeños detalles, tanto el brillo especial de aquella hierba y la sensación de sus pies al andar sobre ella con sus deportivas, como las sonrisas que veía por doquier, las mejillas sonrosadas, los gestos amables y las miradas curiosas sobre su persona. Todos parecían ya saber que era la inquilina de Liam y lo comentaban como algo sorprendente, cosa que seguía intrigando a Imogen, aunque ya lo había asumido como una reacción normal entre los habitantes de aquel pueblo. Tanto Ava como ella fueron acribilladas a preguntas por parte de la tía Agatha, la prima Anne y Didi, la prometida de Connor.

—Si quieres huir del pelotón de fusilamiento de preguntas te traigo un caballo y de paso tachas algo más de tu lista.

Imogen lo sintió a su espalda y se giró con alegría, pero dio un respingo al ver a aquel chico que se secaba el sudor de la frente con una toalla.

—¡Liam! —Imogen supo que había casi gritado su nombre, sorprendida y algo confusa—. ¡Te has afeitado la barba!

—Y por lo que veo en tus ojos ha sido un gran error —rio.

—¡No! Está bien, le va bien a tu cara, o sea, está muy bien. Te queda bien, en serio —dijo atropellada.

—Cuando dices bien más de dos veces en la misma frase quiere decir mal. —Liam arrugó la frente y clavó su mirada transparente en ella.

—¡No! Para nada, es que... pareces, ¿pero cuántos años tienes? O sea, es que pareces diferente, más joven. No sé, es que ¡ahora se te ve la cara entera!

Imogen se había puesto tan nerviosa que le temblaba la voz y decidió darle un buen trago a su vaso de cerveza como si fuera de agua. Estaba totalmente perdida. Si la mezcla del misterio que envolvía la personalidad chispeante de Liam con su bella cara medio oculta ya le provocaba antes temblores, descubrir unas facciones que se le hacían irresistibles con aquella sonrisa despejada, era para caer en picado en un enamoramiento sin retorno.

—¿Cuántos años me echabas con barba? —Liam se echó la toalla enrollada al cuello y agarró sus extremos con las manos.

—No sé... ¿treinta y cinco?

—Y ahora sin barba, ¿cuántos crees que tengo, Imogen?

Se estremeció. Su nombre sonaba tan bien con aquella voz ronca salida de una boca en la que se dibujaba una sonrisa socarrona, que tuvo que volver a beber cerveza antes de hablar.

—¿Treinta, quizás?

Escuchó risas a su espalda. Las mujeres del clan O'Shea habían estado muy pendientes de su conversación y ahora se habían aproximado.

—Nuestro Liam tiene veintiocho añitos, pero está curtido en la vida como un buen vikingo —admiró la tía Agatha.

—¿Acaso no descendemos todos de ellos? —preguntó él mientras se dirigía a una nevera en la que había botellines de agua para destaponar uno y bebérselo sin respirar.

Había terminado de jugar y sudaba como si acabara de salir de una sauna finlandesa. Se roció la cabeza con el resto de agua de la botella y volvió a secarse con la toalla. Luego se aproximó a la banda del terreno de juego para hablar con sus tíos.

Imogen no podía quitarle los ojos de encima. Estaba fascinada, pero también confusa. Hasta ese momento había creído que Liam era un hombre bastante mayor que ella, por la forma de cuidarla, de hablar de la vida, por las arrugas que se le formaban a los lados de los ojos e incluso por la robustez de su cuerpo. Sin embargo, tan solo le llevaba cinco años, y si se fijaba bien en las líneas despejadas de su cara podía reconocer que le había estado calculando de forma errónea una edad muy superior a la que realmente tenía. Sus expresiones siempre habían sido joviales y su rostro despejado ahora también se lo parecía, sobre todo debido a aquella sonrisa abierta que mantenía de forma constante.

Ava llegó y consiguió apartarla del grupo de mujeres para dar un paseo con ella en el que poder admirar el paisaje. No hacía falta que Imogen hablara para que ella supiera que necesitaba espacio, un rescate urgente.

—Ya, amiga, lo tienes fatal para compartir casa con él ahora. Cada poro de tu cuerpo me dice lo pillada que estás de Liam ahora mismo. Y no me extraña. De hecho, creo que me he equivocado de hermano.

Imogen le dio un codazo para hacerla callar y notó cómo el pecho le subía y bajaba demasiado rápido. Iba a decir algo, pero Ava salió corriendo al ver que Liam caminaba hacia ellas con un botellín de cerveza que le ofreció en cuanto la alcanzó.

—Yo, no esperaba verte aquí hoy. En realidad, Ava no me había dicho nada de lo suyo con... Quiero decir, espero que no te moleste que esté aquí en la fiesta de tu familia.

—Imogen, yo ya sabía que vendrías —le guiñó el ojo y chocó su botellín de agua con el de cerveza de ella en un tintineo que paralizó el corazón de la chica.

—Ah, bien. Genial.

—De hecho... —Liam se metió los dedos en la boca y silbó.

De entre los matorrales salió *Viejo George*, que acudió corriendo campo a través hasta llegar a las piernas de los dos entre las que se enredó agitado.

—¡Lo has traído! —exclamó ella alegre. Se agachó para cogerlo en brazos y escondió su cara azorada entre el pelaje de su perro, colmándolo a besos.

—Claro, es un miembro más de la familia —dijo Liam que acercó su cara al hocico del can para dejarse lamer por él.

—Creí que solo eras su casero —respondió ella con la ceja elevada y la sonrisa contenida.

Liam volvió a abrir ampliamente la boca mostrando sus perfectos dientes alineados con una carcajada ronca y festiva que proyectaba vitalidad y, apoyando las manos en la cintura, se enfrentó a ella con la mirada.

—¿Sabes qué? —preguntó él antes de darle un tironcito a una de las trenzas pelirrojas de Imogen—. Hoy tú no aparentas más de dieciséis.

Ella le sacó la lengua y él se marchó riendo de nuevo al centro del campo, capturando las miradas de todas las mujeres de la familia que, seguidamente, miraron a Imogen y le sonrieron con lo que a ella le pareció esperanza.

El balón de rugby giraba con efecto hacia el cielo despejado bajo las atentas miradas de los O'Shea. Las partidas de catorce minutos creaban un ritmo trepidante y un ambiente festivo colmado de gritos que animaban desde fuera del campo. Liam volvía a jugar y verlo correr hacia embestidas brutales mantenía encogida a Imogen.

—Tranquila, no se hacen daño, o no suelen hacérselo... Declan dice que tan solo es un deporte de contacto —la tranquilizó Ava, aunque por el ceño fruncido que mostraba no parecía del todo convencida.

—¿De contacto? ¡Están locos! No llevan ningún tipo de protección y ahí no hay uno que no parezca un bloque de cemento contra el que chocar —contestó ella cerrando los ojos al ver otro placaje que había tirado al suelo a los dos jugadores.

—Entonces, ¿no estás enfadada conmigo? —se atrevió a preguntarle su amiga.

—¿Enfadarme? Claro que no, solo sorprendida. ¿Declan? Pero, si resulta que Liam tiene veintiocho años ¿cuántos tiene su hermano pequeño? ¿Y por qué no me lo has contado desde el principio?

—Tiene veinte años de músculos de cemento, como bien dices —rio la rubia—. Pero temía que te molestara que me liara con el hermano de tu casero, por si lo nuestro no salía bien y eso enrarecía las cosas con él... No sé, puede acabar mal, ya me conoces. Complicarte las cosas es lo último que quiero hacer. Pero...

—Pero esos O'Shea son irresistibles —comentó Imogen mordiéndose el interior del moflete.

—Exacto.

Ambas miraron al campo de juego y suspiraron a la vez.

—¿Y tú? ¿Cuándo pensabas decirme que te habías enamorado de él?

Imogen la miró sin pestañear, sopesando la repuesta a una pregunta que le habría parecido absurda tan solo dos meses atrás.

—Supongo que hay cosas que hasta que no las dices en voz alta no se hacen reales. —Soltó el aire retenido y, con los ojos puestos en Liam, lo reconoció—. Sí, Ava, me he enamorado de él.

Ava le echó el brazo por encima de los hombros, la atrajo hacia sí y la apretujó.

—Eso es bueno, Imogen. Es bueno.

—¿Tú crees? Yo no lo sé, no tengo la más remota idea de lo que él piensa de mí, ni siquiera sé quién es realmente. Hay demasiadas incógnitas sobre él: por qué se fue, qué le ocurrió para que todos pongan esa mirada cuando les digo que vivo con él en el acantilado, a dónde va cuando desaparece durante días... ¿Has podido averiguar algo a través de Declan? —le preguntó esperanzada.

—Lo cierto es que Declan y yo no hemos hablado mucho. Más bien él y yo...

—Vale, no hace falta que me des detalles. Sé perfectamente en qué habéis empleado el tiempo —rio ella y observó al hermano pequeño de Liam—. Desde luego, hablar ha debido ser algo secundario y diría yo que hasta innecesario. Ha debido ser como volver al instituto para liarte con el quarterback del equipo.

—Con el zaguero. Estamos en Irlanda, querida Imogen. Esto es rugby, no fútbol americano —aclaró Ava elevando una ceja con superioridad.

—Sí, estamos en Irlanda.

Imogen volvió a suspirar, lo que hizo reír a Ava y que terminara contagiada por la risa.

—Pero si te enteras de algo, cuéntamelo, porque ya es tarde para frenar lo que siento, aunque estaría bien saber ante quién estoy exponiendo mi corazón.

—Y yo estoy segura de que él te lo contará, se nota que, como mínimo, le caes bien. Dale un poco de tiempo y se abrirá a ti —sentenció la rubia.

—¡Si apenas nos vemos! —exclamó con desánimo.

—Bueno, hoy está aquí, ¿no?

—¿Y?

—Y no deja de mirarte.

Ava volvió a dejar a Imogen con la palabra en la boca porque Declan salía ya del campo victorioso y parecía obligatorio volver a escenificar un beso de película. Liam también se retiró junto al resto de jugadores llenos de barro para ducharse.

Cuando los hombres comenzaron a salir de los vestuarios del club el baile de botellines de cerveza aumentó su ritmo. A lo lejos vio acercarse, justo a tiempo, a un grupo de hombres a caballo y distinguió al patriarca sobre un precioso frisón negro, por lo que se apresuró a camuflarse entre las mujeres O'Shea que cotilleaban sobre la gente del pueblo. Imogen se dio cuenta de que el padre de los muchachos no tenía intención de acercarse a saludarla y que en su lugar la comenzó a observar desde lejos con el ceño fruncido. Ella no sabía si acercarse por pura cortesía o si era mejor quedarse a unos metros de distancia. Su pelo rojo destacaba todavía más gracias a aquella indumentaria verde que, a su vez, hacía que fuera imposible pasar desapercibida en medio de aquel grupo familiar vestido de manera informal con vaqueros y jerséis de lana.

Mientras Ava se integraba con maestría en la familia, Imogen se dedicaba a sonreír y aceptar toda la bebida espumosa que caía en sus manos. En otras circunstancias le habría fastidiado que su amiga la desplazara por un chico, pero era tan extraordinario e insólito que Ava hubiese aceptado darse a conocer a la familia de Declan como su novia formal que hasta estaba disfrutando en la distancia del acontecimiento. Sabía que en el fondo su amiga la quería allí por si algo salía mal y tenían que hacer una huida a lo *Thelma y Louise*. Así que estuvo hablando de Filadelfia con la prima Anne, que soñaba con viajar a América, escuchando el discurso político de Finn y se atrevió a contradecir al primo Joe cuando dijo que el bourbon no era whisky de verdad, e incluso a contar un chiste cuando su nivel de alcohol en vena había anulado cualquier resquicio de vergüenza en su cuerpo.

—Mi padre no para de tocarse los botones de su camisa. —Liam aprovechó que Joe se había levantado para sentarse junto a Imogen.

—¿Por qué? —Imogen se estremeció por el contacto de su pierna. Al fin se acercaba y, sabiendo con absoluta certeza y habiendo reconocido que estaba enamorada de él, le resultaba imposible controlar el ritmo de su corazón al tenerlo tan cerca.

—Porque dicen que si te cruzas con un pelirrojo tendrás tantos días de mala suerte como botones tenga tu camisa, y la forma de contrarrestarlo es tocárselos —comentó con una carcajada y se echó para atrás para apoyarse sobre sus palmas.

—Pues lo que yo he oído siempre es que traemos buena suerte, y que si pides un deseo al vernos tienes más posibilidades de que se cumpla que si se lo pides a una estrella fugaz.

—Y en Medio Oriente decían que traeríais el fin del mundo.

—Y los egipcios que proveníamos de los dioses —replicó Imogen erguida.

—Y los griegos que erais brujas.

—Y la Santa Inquisición que éramos perversas, libidinosas y provocativas...

—¿Ves? Hay más supersticiones negativas que positivas a lo largo de la historia.

—¡Vaya! —Puso los ojos en blanco al darse cuenta de que había caído en la trampa. Apuró el último botellín que había caído en sus manos para enfrentar su mirada vidriosa a la cristalina de él—. ¿Y tú qué opinas sobre los de mi especie?

—Opino que deberías comer algo.

Liam se levantó de un enérgico salto y le dijo:

—Espera un minuto, vuelvo enseguida.

Imogen hipó como respuesta y se recolocó las gafas de tréboles sobre la cabeza. Liam fue a buscar a Declan, que estaba con Ava, y le dijo algo que este pareció aceptar pues le acompañó hacia el interior de uno de los edificios.

Al cabo de unos instantes, Ava fue a su lado.

—Nos vamos, Imogen —anunció.

—¿Ya ha terminado la fiesta? —preguntó con la cara apenada y la estabilidad comprometida.

—No, ni mucho menos. Te prometí un día inolvidable —dijo, guiñándole un ojo.

Imogen iba a preguntar, pero su amiga sonrió y la obligó a darse la vuelta. Un par de jinetes se aproximaban hacia ellas.

—¿Se vienen con nosotras? —preguntó Imogen haciendo tintinear las llaves de Saltamontes en sus dedos.

—Tú no vas a conducir a ningún lado. Ir con un manco tuerto al volante sería más seguro. —Ava le quitó las llaves del coche y el botellín de cerveza sin terminar que agarraba en la otra mano.

La pelirroja miró a su amiga con resignación y, tras un rápido vistazo hacia los hermanos que se dirigían al ritmo de un suave trote hacia ellas, arrugó el entrecejo.

—¿Y entonces cómo...?

Ava acudió dando saltos hasta su novio que, de un tirón ligero, como si ella fuera una pluma, la subió a lomos de aquel ejemplar robusto. Al instante, Liam se colocó a su lado y, con una sonrisa apostada en los labios, le ofreció su mano.

—Creo que la mejor forma de hacer esto por primera vez será llevándote a la grupa hoy.

—¿Cómo? ¿A dónde?

Imogen miraba hacia arriba y la imagen era imponente. Liam sujetaba las riendas con una mano y tenía aquella ceja levemente arqueada que le otorgaba un aire cautivador e irresistible para ella.

—Ya te lo he dicho, a comer algo. Vamos al festival de la gamba que hay junto al puerto, te va a encantar. ¡Vamos! —la apremió inclinándose un poco más hacia ella con la mano extendida.

—No sé yo... —Imogen volvió a hipar y Liam soltó una carcajada.

—Vamos, pon un pie en el estribo, yo te ayudaré a subir. Será más seguro ponerte delante de mí sentada en la silla.

Liam liberó la montura al sentarse sobre los cuartos traseros del animal y ayudó a Imogen a colocarse delante de él.

—¡Ay, qué emoción! —exclamó Imogen cuando se vio sobre un caballo por primera vez en su vida.

—Schhhh... No grites, alterarás a *Madame*. Tenéis que conoceros. Dale unas palmaditas en el cuello.

Liam agarró la mano de Imogen y aproximó su cuerpo al de ella al adelantar el torso. Se rio cuando Imogen acarició el pelaje del animal y tuvo que aclararle que un caballo no era un peluche, y le enseñó a darle palmadas cariñosas pero contundentes.

—¿Nos vamos o preferís quedaros aquí susurrando a las orejas de *Madame*? —los interrumpió Declan, que se había acercado con su chica aferrada a su espalda como una mochila.

—¡Yiha! —exclamó Imogen elevando los brazos.

Sintió cómo Liam pasaba los brazos por debajo de los suyos, cómo agarraba las riendas con ambas manos y animaba con las piernas al caballo para iniciar el paso.

—¡Adiós, Ava! ¡Adiós, Imogen! Vendréis a nuestra boda, ¿verdad? —dijo Didi.

—Eso dependerá de si Declan continúa siendo un príncipe o se convierte en sapo —contestó Ava y, como todos rieron con ella, Imogen se ahorró tener que dar una respuesta.

Iniciaron un trote suave y se marcharon del club hípico aprovechando las últimas horas de sol que le quedaban al día.

—¿Contenta? —le preguntó él con un tono susurrado cerca de su oído, como si con ello compartieran un secreto. Era un gesto tan íntimo, que hizo que Imogen sintiera que la emoción del momento se multiplicaba exponencialmente.

—Fascinada —respondió ella, agradeciendo que él no pudiera ver su cara sonrojada, que el sonido de los latidos de su corazón quedara retenido dentro de su pecho, y que Ava fuera por delante para no delatarla con alguna mirada cómplice.

El paseo hasta el puerto habría resultado mucho más romántico si ella no hubiese empezado a sentir náuseas en cuanto comenzaron a trotar. Quería disfrutar de la cercanía del cuerpo de Liam, de la sensación de estar rodeada por sus brazos, de las miradas atónitas de todo aquel con el que se cruzaban... pero lo cierto era que estaba demasiado bebida y su cabeza daba vueltas. En un par de ocasiones Liam tuvo que recolocarla sobre la silla y terminó por agarrarla con fuerza por la cintura con uno de los brazos.

—Puede que pedir un taxi hubiera sido una idea mejor.

—¿Qué dices, Liam? ¡Me encanta montar a caballo!

Imogen le regaló una enorme sonrisa posando la cabeza en su pecho. Sentía que una nube la sostenía y que todo brillaba a su alrededor. Las figuras se estaban volviendo difusas, pero, en cambio, el perfil masculino que tenía a unos centímetros lo veía perfectamente definido.

—Tienes unos ojos...

—De caminante blanco, ya... —dijo él con una ceja elevada.

—Preciosos —dejó escapar, cómodamente apoyada en él.

—Gracias. Los tuyos verdes tampoco están nada mal.

—Me gustas sin barba, así los besos no pinchan.

Liam soltó una carcajada y, aunque ya habían llegado y debían bajar del caballo, él no se movió e incitó así que ella siguiera hablando.

—Lo tendré en cuenta —respondió con aquella sonrisa apretada que volvía loca a Imogen.

—Y...

—¿Vas a alabar alguna otra parte de mi cara?

Imogen le puso los dedos sobre el suave mentón y, con la lengua algo trabada, le hizo una súplica con la mirada fija sobre sus labios:

—No desaparezcas mañana.

Él frunció el ceño, pero le sonrió de nuevo, negó con la cabeza y le dio un suave tirón a una de sus trenzas.

—Está bien, prometido. Pero ahora bajemos y vayamos a por unos cuantos platos de marisco.

Imogen se escurrió de la silla de montar hasta los brazos de Declan y, una vez en el suelo, se enganchó del brazo de Ava. Dejaron atrás a los chicos, que fueron a atar a los caballos en un lugar indicado para ello, y se acercaron a comprar los tickets con los que conseguir los diferentes platos de gambas. Como si hubiese olvidado lo que acababa de ocurrir entre ella y su casero, o incluso que había llegado allí cabalgando con él, avanzó con su amiga de puesto en puesto en busca de la cola más corta.

Los chicos las encontraron junto a una caseta donde servían gambas rebozadas con salsa de curry. Consiguieron sentarse en uno de los bancos de madera y comieron con voracidad sus platos, a los que les sucedieron otros de gambas a la plancha con lima, paella con cigalas y pastel de pescado. Todo lo acompañaron con rondas de pintas a las que les invitaban prácticamente todos los dueños de los puestos. Al parecer, los O'Shea proveían a casi todos los restaurantes que aquel día participaban en el festival. No paraba de acercarse gente para saludarles, en especial a Liam. Él abrazaba a algunos, sonreía a otros y cortaba con un brindis a los que querían darle más conversación de la que él deseaba. Imogen los observaba mientras engullía el marisco y su mareo menguaba, pero su estado de euforia aumentaba por momentos.

—¡Vamos a bailar, Ava! —le dijo a su amiga tirando de su jersey.

A un par de metros había un escenario sobre el que un grupo tocaba las canciones más conocidas de U2, The Cramberries o Van Morrison. Los chicos no quisieron acompañarlas, pero las observaron en la distancia mientras seguían degustando platos de gambas.

Imogen no recordaba cuándo había sido la última vez que se lo había pasado tan bien, que había sentido tanto, que había sido más *ella* ...

En algún instante, dejó de bailar. No supo cómo, pero también dejó atrás los puestos del puerto. Sus ojos se abrían y se cerraban, mecida por una respiración cálida que la acunaba. Se dio cuenta de que en el cielo reinaba una luna enorme que iluminaba el mar, pero le costaba prestar atención a lo que había a su alrededor. Era como si su mente se fuera quedando dormida para volver a despertar. En uno de esos momentos fue consciente de que avanzaba sin andar y que la brisa húmeda de la noche hacía que el pelo liberado de sus trenzas le hiciera cosquillas en la cara. Una voz masculina la devolvió por unos instantes a la realidad.

—Estamos llegando a casa, pelirroja.

Imogen sonrió sin abrir los ojos. Recordó que iba montada a caballo y decidió que era algo que tendría que poner en lo alto de la lista de las cosas nuevas que más le gustaba hacer. Reconoció el olor de Liam y la suavidad de su rostro rozándole la frente y gimió de placer.

Cuando volvió a despertar estaba escurriéndose desde lo alto del caballo hasta los brazos de su casero, quien la llevó sujeta por la cintura hasta el interior de la casa y la ayudó a llegar hasta su cama.

—Ayúdame con el pijama —pidió ella subiéndose la sudadera hasta atascarla en mitad de su cabeza.

Liam tiró con suavidad hacia arriba y terminó de sacársela.

—Ten, aquí lo tienes. Hasta mañana, Imogen.

—Ayúdame a ponérmelo —volvió a pedir mareada.

—Será mejor que no.

—Si ya me has quitado la ropa antes. Sé que ya lo has visto todo aquí debajo. Quizás creas que porque tenía fiebre no lo recuerdo, pero sí que lo recuerdo —rio hasta volver a hipar.

—Será mejor que no, esta vez sería diferente.

—¿Diferente? —hipó.

Liam caminó hacia atrás poniendo espacio entre sus cuerpos.

—Muy diferente —le dijo ya desde el umbral de la puerta y, con la mirada intensa y la sonrisa más tensa de lo normal, cerró la puerta.

Imogen cayó de espaldas sobre el colchón y tardó aproximadamente medio segundo en quedarse dormida abrazada al pijama.

15

Intentó abrir los ojos, pero la claridad del día era insoportable. Las ráfagas suaves de aire del exterior se le antojaban huracanes que silbaban dentro de sus oídos. La cabeza le pesaba como si llevara puesto un gorro de cemento alrededor de la sien. No quiso prestar atención a su fugaz reflejo en el espejo del tocador antes de meterse en el cuarto de baño; no era necesario para saber que se encontraba en un estado lamentable y que necesitaba con urgencia tres cosas: una buena ducha, un par de aspirinas y un desayuno copioso.

La casa estaba en silencio y, aunque no le extrañaban a esas alturas las desapariciones de Liam, sintió una profunda tristeza y engulló un tazón tras otro de cereales con leche con la mirada perdida en los recuerdos difusos. Tenía lagunas, muchas de hecho, pero otras cosas las recordaba a la perfección. Recordaba la parte del día pasada en Dublín, el rato que habían pasado en el club hípico viendo jugar al rugby a los hombres O'Shea y la maravillosa sensación de montar a caballo pegada a Liam... pero en el festival de la gamba aparecían espacios en blanco que no era capaz de rellenar. ¿Y si había hecho algo imprudente o incorrecto? Sabía que entraba dentro de lo habitual que Liam se ausentara justo al día siguiente de compartir algo especial con ella, o algo que al menos a ella le había resultado especial, pero esta vez cabía la posibilidad de que ella hubiera dicho o hecho algo que lo hubiese ahuyentado de verdad. La imagen de los labios de Liam demasiado cerca de los suyos se le antojaba muy real, pero no era capaz de recordar un momento en el que se hubiesen llegado a juntar; y estaba segura de que si hubiese sucedido algo así no lo habría olvidado ni con toda la cerveza irlandesa del mundo en sus venas.

Le preocupaba estar haciéndose ilusiones absurdas, pero cuando creía que no tenía nada que hacer, él le regalaba experiencias mágicas como la que habían compartido sobre aquella yegua, y entonces ella sentía que todo era posible. Al menos, la cuidaba y no tenía por qué hacerlo. No era su responsabilidad, tan solo era su inquilina... Sin embargo, ahí estaba él, siempre en el momento preciso, brindándole lo que necesitaba para dar un paso hacia delante, ayudándola a conseguir lo que necesitaba, a alcanzar metas, incluso a cumplir sueños.

Si tan solo se quedara después, si no desapareciera como si más de un día juntos fuera demasiado bueno para ser verdad... En medio de aquella cadena de pensamientos, escuchó el gruñido vibrante del motor de su Saltamontes. Se bajó del taburete con rapidez y salió a la puerta de la casa.

—Liam —dejó escapar de sus labios con una enorme sonrisa que no pudo camuflar.

No se lo esperaba. Se había convencido de que pasarían varios días, si no semanas, hasta volver a cruzarse con él. Y todavía le chocaba más verlo al volante de su coche porque tenía asumido que él iba a todos lados a pie y, tras la pasada jornada, como mucho a lomos de un caballo. *Viejo George* saltó por la ventanilla y fue corriendo a lamer la punta de los pies de su ama, que se agachó para recibirle con caricias detrás de las orejas.

—La verdad es que esperaba encontrarte arrastrándote por el suelo del pasillo o directamente como un cadáver —bromeó él con una chisporroteante mirada.

—Infravaloras el poder energético de los cereales con colorantes artificiales.

Aquella carcajada ronca y el vaivén acompasado de los rizos oscuros la alcanzaron en el umbral del *cottage* y no pudo evitar sentir en su interior un poderoso deseo de enredarse a ellos.

—Aquí tienes tu carroza —anunció mientras le entregaba las llaves del coche. Después se sentó en el banco exterior estirando las piernas y alzando la cabeza hacia los rayos de sol.

Imogen admiró unos segundos su marcado perfil, el espesor de su cabello, la robustez de su cuerpo abrigado por un jersey azul oscuro, los pies de buen tamaño embutidos en unas botas desgastadas color mostaza.

—Se llama Saltamontes. —Imogen se sentó junto a él atraída por la necesidad de su proximidad.

—¿Quién?

—Mi coche.

—¿Le has puesto nombre a un coche alquilado?

—¿Acaso no le ponéis nombre los marineros a vuestros barcos?

—No creo que sea comparable. Cuando tu vida es el mar, el barco es algo más que un medio de transporte, formas un vínculo con él.

—Bueno, yo soy una sentimental. Desde el primer instante en el que vi a este trasto atravesar la explanada dando tumbos sentí una conexión con él... Y eso que tuvimos un comienzo difícil, no te creas. Pero ahora me siento al volante y es como estar en casa.

Imogen contempló a su perro corretear tras algún insecto volador mientras rememoraba los momentos especiales junto a aquel vehículo, a quien consideraba su primera relación estable irlandesa. Cuando giró la cabeza hacia Liam, este la estaba mirando de reojo y rumió un poco antes de hablar.

—Con que Saltamontes, ¿eh? —dijo con tono burlón.

—Te aseguro que es un nombre muy acertado. Se me cala tantas veces que es como si avanzásemos siempre a brincos.

Ambos rieron codo con codo hasta que *Viejo George* salió corriendo entre fuertes ladridos hacia la silueta de dos personas que ascendían por la colina. Liam se metió los dedos en la boca y silbó de manera cifrada y obtuvo una respuesta idéntica, lo que hizo que se levantara animado dando una palmada.

—Ya están aquí.

—¿Quiénes?

—Recuerdas que ayer viniste con una amiga a Howth, ¿no? —le preguntó con tono burlón.

—Está claro que no tuvo problemas para encontrar dónde dormir. ¿Tú sabías lo de Ava y Declan?

Liam se encogió de hombros divertido y apretó la sonrisa como respuesta antes de meterse en casa. Ava alzó la mano para saludar y ella se envolvió en la rebeca gris para protegerse de la humedad mientras iba a su encuentro.

—¡Este sitio es de película! —gritó Ava.

—¡Lo sé! —exclamó la pelirroja inflando orgullosa el pecho, pues en parte ya sentía que pertenecía a aquel pequeño rincón verde de Irlanda.

—¿Por qué no he venido antes? —le preguntó su amiga algo asfixiada por el esfuerzo tras la subida serpenteante.

—Porque visitarme ha sido un plan muy secundario frente a otros asuntos importantes —contestó mirando fijamente a Declan, que sonreía con aquella boca amplia marca de los O'Shea.

—Venimos de oír misa —comunicó Ava con los ojos abiertos.

—¿Misa? ¿En una iglesia? —preguntó Imogen con los ojos aún más abiertos que su amiga.

—Son católicos, de los de verdad —reveló la rubia como si fuera algo sorprendente.

—No te reconozco —repuso Imogen.

—No me digas que eres protestante, Imogen. Mi padre no podría soportar que fueras pelirroja y protestante —le advirtió Declan jocoso.

Imogen rio con él y se confesó perezosa en temas religiosos pero abierta a explorarlos, aunque dudaba que al patriarca le interesara lo más mínimo aquella cuestión sobre ella.

—¡Todo preparado!

Liam apareció abrigado con una parca oscura y acarreando su chaquetón de paño verde en la mano.

—¿Para qué? —preguntó ella que no esperaba tener la oportunidad de volver a compartir más horas juntos.

—¡Nos llevan a navegar en su barco pesquero! —exclamó Ava con emoción.

—Solo si te apetece venir —apostilló Liam cauto, sosteniendo todavía su abrigo en la mano.

A Imogen se le aceleró el corazón al ver en los ojos de Liam un deseo evidente de que ella los acompañara. Sonrió nerviosa y aceptó el abrigo que él le ayudó a ponerse.

Tras la negativa rotunda de Ava a regresar hasta el puerto, los cuatro se montaron en el coche de Imogen y, aunque a aquellas alturas tenía más que controlado el manejo de las marchas, hasta llegar al puerto, el pequeño Volkswagen se le caló un par de veces y pisó mal el embrague otro par produciendo un estridente chirrido, por lo que fue víctima de las burlas de su amiga, de los consejos condescendientes de Declan y de la sonrisa contenida de Liam.

—¿Y no os molestaremos mientras trabajáis?

—Hoy es domingo, no será una salida para faenar —aclaró Declan.

—Solo es una salida para intentar impresionarte, Ava —puntualizó Liam mientras le dedicaba una sonrisa burlona a su hermano.

—Pues ella no se impresiona fácilmente. Donde vosotros veis un compañero de aventuras, ella va a ver literalmente un cascarón que flota. Es la persona menos romántica que conozco —comentó Imogen a Liam un par de pasos atrás camino del embarcadero.

Las gaviotas revoloteaban sobre las embarcaciones, ajenas a los días no laborables de la semana, a la espera de tener la oportunidad de llevarse en el pico algún ejemplar fresco.

—Hace mucho tiempo que no subo a este «cascarón», como tú has dicho —dijo Liam mirando con melancolía el penúltimo barco de aquella flota pesquera.

—¿Y en cuál sales a pescar desde que estás aquí?

—En el mío. Es más pequeño que este y está amarrado por allí.

Liam indicó con tanta rapidez el lugar con el dedo que ella no pudo ver dónde había señalado.

Se pararon frente a un pesquero que a Imogen se le antojó más grande de lo que se había imaginado. Calculó que tendría unos treinta metros de eslora y su madera lacada en color burdeos le otorgaba cierta clase a pesar de su enrevesado sistema de cabos, mástiles y velas plegadas que se cruzaban como una tela de araña.

Declan subió a la nave y ayudó a Ava, advirtiéndole que debía pisar siempre primero con el pie derecho. Cuando Imogen estuvo a bordo sintió respeto y echó un vistazo rápido a toda la cubierta descubriendo el medio en el que habían crecido aquellos muchachos.

—¿Has navegado antes? —le preguntó su casero.

—Por el Delaware, nunca en mar abierto.

—Genial —afirmó él, como si estuviera encantado de ser quien le proporcionara otra oportunidad de engordar su lista de experiencias nuevas.

Imogen dio unas palmaditas de entusiasmo y le siguió escaleras abajo para no perderse detalle de las explicaciones.

—Aquí abajo está la sala de máquinas, no es muy emocionante. Los baños están aquí en medio y por ahí están las seis literas, aunque normalmente solo duermen cuatro personas.

—Los cuatro hermanos O'Shea —puntualizó sonriente Imogen.

—Bueno, ahora ellos tres y Timothy, ya le conocerás. Se trabaja unas veinte horas diarias, por lo que se necesita gente que cubra los horarios.

Volvieron a subir hasta el puesto de mando donde había otro camarote.

—El del capitán del barco.

—El de tu padre entonces —musitó la pelirroja frunciendo el ceño.

Liam se rio al verla, cogió un gorro de lana que había en aquel camarote y se lo colocó dejando al aire tan solo sus trenzas.

—Te diré algo que te hará verlo de otra forma: mi madre era pelirroja. —Cogió otro gorro y se lo puso él embutiendo dentro sus rizos.

—Lo sé, me lo dijo Finn el día que llegué, pero dudo que fuera tan pelirroja como yo —dijo Imogen con voz suave y temblorosa tras haberse dejado abrigar por él en la proximidad que aquellos espacios estrechos obligaban a tener entre sus cuerpos.

—*Muy* pelirroja. —Liam volvió a reír y la cogió de la mano para guiarla hacia un asiento que había al lado del timón.

Como si aquellos hermanos no necesitaran hablar para coordinar sus acciones, en cuanto Liam vio a Declan posicionado en la proa, arrancó motores y soltaron amarras.

—¿Y cómo era trabajar aquí con tus hermanos?

—Mejor que con extraños. Podíamos mandarnos al cuerno cien veces al día sin temer una rebelión a bordo —soltó una de aquellas carcajadas que estremecían a Imogen y continuó hablando mientras giraba el timón para dirigir el rumbo fuera del puerto—. Este es un pesquero de palangre, hay que cortar la carnada, preparar el aparejo, encarnar, largar el aparejo desde las siete de la mañana, recoger las boyas a las once de la noche, abrir y colocar el pescado... Y también está el trabajo de cocina. Todos hemos pasado por todos y cada uno de los puestos a lo largo de los años.

—¿Y entonces todos tus hermanos cocinan tan bien como tú? —le aduló Imogen.

—Por supuesto que... no —rio—, pero cuando trabajas tanto y tienes hambre... Es cuestión de supervivencia, un hombre no puede alimentarse solo a base de bocadillos.

La mar estaba algo encrespada, pero según Liam era más que navegable. Bordearon el Ojo de Irlanda y se adentraron en la vasta e indómita masa de agua. Mientras, en la proa, Declan y Ava representaban una escena de *Titanic*.

—Pues eso parece bastante romántico para tu amiga. —Liam chascó la lengua y torció la sonrisa socarrona.

—No salgo de mi asombro, te lo aseguro.

Tras decir eso, vieron cómo la pareja protagonizaba un apasionado beso mojado por la cresta de las olas, lo que hizo que en la cabina de mando ambos se miraran de forma fugaz, evitando hacer un comentario.

Imogen tenía el pecho oprimido. Era innegable lo que sentía, y se hacía mucho más fuerte tras cada conversación, después de cada carcajada, mirada, sonrisa... Se sentía atraída con la fuerza de una ola enfurecida por aquel muchacho de pelo rizado, salvaje y enmarañado, de mirada burlona y tierna, de voz grave pero suave. Quería ir a la proa y besarse con él mientras las olas los bañaban.

—¿Te sientes mareada? —le preguntó él arrancándola de sus pensamientos.

—Un poco —reconoció.

—Es normal. Mi padre se sigue mareando como el primer día cada vez que sale a mar abierto, y mira que lleva más de cincuenta años de profesión, aunque dejaría que le amputaran una mano antes que reconocerlo.

Rieron y volvió a establecerse la complicidad sin tensión entre ambos. Liam le dejó coger el timón y le enseñó a tomar las olas siempre por las amuras, pero más hacia la proa. Llegaron hasta el Faro de Baily, rodeado por las espumosas olas que batían contra los arrecifes, y regresaron al puerto a tiempo de degustar un plato de mejillones frescos en Octopussy's Seefood.

—Me temo que yo os debo dejar ya.

Liam se levantó y con aquello Imogen sintió que su corazón se congelaba y una fina línea lo resquebrajaba.

—¿En serio? ¿No puedes descansar ni siquiera hoy? —le pidió su hermano con fastidio.

—Si alguien viniera de vez en cuando a ayudarme quizás no tendría que ir.

—¡Bastante tengo yo con prepararme el examen! —respondió Declan.

—¿Ayudarte a qué? —le preguntó su inquilina.

—Es una historia demasiado larga y aburrida. Nos veremos por casa. —Liam se subió la cremallera de su parka y, tras guiñarle un ojo a Ava y dedicarle una sonrisa intensa a Imogen, se marchó.

Imogen se mordió el carrillo y, en cuanto desapareció de su vista, le preguntó a Declan de qué se trataba el asunto misterioso, porque estaba cansada de tanto secretismo en torno a la vida de Liam.

—Está preparando el barco que ha comprado para obtener la licencia de embarcación de recreo como negocio. Ahora quiere dedicarse a eso, a alquilar sus servicios como pescador de langostas para turistas o gente adinerada de la capital que quiere salir a pescar sus propios ejemplares. Por lo visto, es algo que suelen contratar algunas empresas para captar clientes. Se los llevan de pesca, cocinan la presa y se la comen en cubierta disfrutando de las vistas y, entre medias, cierran negocios.

—Pues no se trataba para nada de algo aburrido como ha dicho él —comentó Imogen, fascinada con el tema que tenía entre manos Liam.

—Bueno, a él no le gusta hablar de sí mismo, como habrás podido comprobar.

—A diferencia de ti, que eres todo un fanfarrón —dijo Ava con la mirada embobada en su chico.

—Nena, lo que ves es lo que hay...

—¿Qué examen es ese que te estás preparando, Declan? —le preguntó Imogen para satisfacer por completo toda su curiosidad.

—Me gustaría entrar en el cuerpo de los de la Guardia Costera —respondió con una sonrisa que le recordaba terriblemente a las mejores de su hermano.

—¡Estarás guapísimo de uniforme! —exclamó Ava con tono seductor.

Cuando comenzaron a comerse a besos sin pudor, Imogen supo que era momento de dejarles. Era temprano para regresar a casa por lo que, aunque en un principio no pensaba asistir a aquella reunión tras el intenso día de San Patricio vivido, decidió acercarse a la librería O'Calahan. Se encontró con Jane, que cargaba con un enorme bizcocho recién horneado para las chicas del club, y ambas hicieron el camino de ascenso hasta la encantadora tienda de libros.

—Te confieso que no me ha dado tiempo a terminar de leer *Romeo y Julieta*, pero como su final es universalmente conocido no creo que haya ningún problema —comentó risueña la confitera.

—Shakespeare era un mago de las palabras, pero su lectura requiere tiempo para analizar cada frase. Este mes los libros no han sido lecturas rápidas precisamente.

—Exacto, menos mal que tú me entiendes. En el club hay algunas que presumen de leer diez libros o más al mes, ya sabes a quién me refiero. —Puso la boca de piñón y arrugó la frente de una forma tan cómica que hizo reír a Imogen—. Pero yo, con el trabajo de la confitería, mis tres chicos y las tareas de la casa, a duras penas termino de leer los dos libros del club.

—Yo es que no tengo mucho que hacer allí arriba tras salir de la clínica. No tenemos ni televisor, así que disfruto con la lectura. Aunque ni de lejos podría leerme diez libros al mes, porque me encanta salir a pasear —dijo con complicidad, aunque sabía que podía superar esa cifra sin esfuerzo.

Jane suspiró y giró la cabeza para mirar hacia la colina cortada sobre el mar, donde la casa a esa distancia parecía una gaviota.

—Esa casa es preciosa. Está algo alejada del centro, pero sin duda es un sitio de lo más romántico —comentó a Imogen con picardía, como si esperara alguna confesión por su parte.

—¿Has estado allí antes? —le preguntó ella con cara de ingenua, pero deseosa de saber si ella había sido alguna de las conquistas amorosas de Liam en el pasado, pues le había preguntado por él varias veces con esa expresión indescifrable que todas las mujeres de Howth ponían tras oír su nombre.

—¡Oh, claro! Muchas veces, pero hace tiempo, antes de que... ya sabes, de que Liam se fuera. Mira, ahí está Bertha.

Jane cortó la conversación con brusquedad, lo que molestó a Imogen. Pero si aquella gente no quería hablar sobre el pasado de Liam, algo tremendo debía haber sucedido. Parecía un tema tabú y la intriga la reconcomía por dentro, pero confió en enterarse pronto por medio de Ava.

La reunión de aquel domingo fue concurrida y muy participativa. Anna debía moderar el debate porque por momentos parecían gallinas alocadas que querían hablar al mismo tiempo.

—Está claro que la principal diferencia entre las dos historias es que el amor entre Tristán e Isolda es fruto de un brebaje mágico, no es como el de Romeo y Julieta, que es un flechazo —argumentó Tay.

—Bueno, un flechazo promovido por las ganas de ambos de huir de los mandatos de sus familias —puntualizó Anna.

—Pero hay muchas similitudes, incluso los encuentros de ambos están sujetos a la clandestinidad —señaló Bertha.

Imogen no tenía ganas de participar en el debate, por lo que escuchaba sin prestar demasiada atención mientras comía bizcocho y daba pequeños sorbos a su café expreso.

—Desde luego, si hubieran sido obras escritas en la actualidad, habrían incluido unos estupendos pasajes eróticos —comentó Jane, escondiendo una risa pícara con la mano.

—¡Por Dios bendito, Jane! No pienses en destrozar semejantes obras clásicas de esa forma, son amores poéticos.

—El erotismo puede ser poético.

Al oír aquello Imogen también rio y no pudo evitar pensar en Liam, en cómo sería si ella y él fueran los protagonistas de una de aquellas novelas picantes, y solo con imaginarlo de forma fugaz se acaloró.

La conversación se convirtió en un debate algo alejado a la trama de ambos libros, por lo que Imogen, con el estómago más que saciado y la mente puesta en el acantilado, se despidió para regresar a la casa antes de que se ocultara por completo el sol en el horizonte.

Durante el camino, se preguntó si Liam seguiría en el puerto trabajando en su barco, si en realidad se habría marchado para ir al calor de los brazos de alguna mujer o si sus ausencias estaban ligadas al misterioso suceso que le había hecho desaparecer de Howth.

El teléfono estaba sonando cuando Imogen entró en casa y fue corriendo hasta él. De forma absurda pensó que podía ser Liam, por lo que, al oír la voz de su madre al otro lado, se quedó algo decepcionada.

—Últimamente nunca te pillo en la casa, Imogen.

—Pues ahora mismo estoy en casa, como puedes comprobar.

—Te he llamado tres veces.

—Es que tengo una vida, mamá. ¿Ha pasado algo?

—No, solo quería oír tu voz.

Imogen sintió un pellizco en el corazón y reconoció que hacía mucho que no hablaba con ella.

—Yo también me alegro de oírte, mamá. ¿Cómo están todos?

—Como siempre, protestando por todo... pero yo quiero saber de ti. ¿Qué has hecho hoy para llegar a estas horas?

—He llevado un barco pesquero mar adentro.

La madre de Imogen dio un grito escandalizada y ella rio hasta no poder más, le contó su día con todo detalle y, cuando colgó, reconoció que había sido un gran día.

16

Aquella tarde llamaron a Imogen desde la residencia para pedirle que entrara una hora antes y se encontró con una estampa que no esperaba. La directora la estaba esperando junto al doctor Spencer para hablarle de Rosie. Al parecer, había sufrido una recaída grave durante el fin de semana y, como sabían que la chica había formado un vínculo especial con ella, querían hacer una sesión clínica.

—Hemos pasado revisión en su cuarto y hemos sacado veinte bolsas de azucarillos, pero eso no es lo preocupante. Al pesarla, había bajado dos kilos. Ha debido de volver a sus hábitos bulímicos por lo que se le ha vuelto a llevar a la zona de puertas abiertas obligatorias y se le han quitado los privilegios que había conseguido —explicó el médico.

—Pero ¿qué ha sucedido? ¿Cuál ha sido el desencadenante? Estaba mejorando, con ganas de... —Imogen se mordió la lengua. Se temía lo peor, pero prefería callar por si acaso.

—Eso es lo que queremos que averigües tú. Ya que entre vosotras hay una conexión especial, quizás puedas llegar a ella —aclaró la directora.

—Por supuesto, haré todo lo que pueda.

Con un terrible cargo de conciencia por haber accedido a entregar aquel poema de amor al enfermero Walsh, avanzó por los pasillos hasta la zona de alta vigilancia. Cuando entró en la habitación se encontró con un ovillo esquelético recostado en el sofá, de espaldas a ella y mirando por una ventana que daba a la entrada principal de la clínica.

—Quiero irme de aquí.

—No puedes irte de aquí, Rosie. —Imogen se sentó en el borde de la cama frente a ella y le susurró las palabras con ternura—. ¿Qué ha pasado?

—Estoy segura de que se ha enterado de que la del poema era yo. El otro día vino hablándome de su novia. De su perfecta, guapísima e inteligente novia a la que le encanta ir a comer a restaurantes, prepararle tartas los fines de semana y comer el paquete de tamaño familiar de palomitas cada vez que van al cine —escupió con rabia.

Rosie se sorbió los mocos y dejó reposar su cabeza en el respaldo como si su peso fuera demasiado para que los músculos de su cuello lo soportaran.

—¿Cómo iba a saber que era tuyo el poema?

—¿Y de quién si no? ¿Por qué iba a venir restregándome su vida perfecta junto a una chica normal que come normal a diferencia de mí que soy... que no soy... nada?

Imogen respiró profundamente. Era bastante probable que Kyle Walsh hubiese adivinado quien era la autora del poema, en aquella residencia clínica no había ingresada mucha gente joven. Aunque su intención fuese buena intentado hacer ver que a los chicos les gustan las chicas que salen, comen en restaurantes y disfrutan con la comida, había conseguido todo lo contrario. Aquel enfermero había metido la pata hasta el fondo con aquella falta garrafal de tacto. Aunque Imogen pensó que quizás era eso lo que precisamente aquella niña necesitaba, tocar fondo para comenzar a ascender.

—Rosie, mírame, porque el problema aquí no es que Kyle tenga una novia tragapalomitas, que él haya leído tu poema o que no esté interesado en ti. Aquí, lo que importa eres tú, tu vida. Eres alguien, no eres *nada*. Eres alguien y quizás solo necesites saber quién es ese alguien para dejar de sentirte *nada*. Al margen de los Kyles del mundo, de todos los chicos, de tus padres, del resto de la humanidad... Solo importas tú, porque tú eres la protagonista de tu vida. Así que, si quieres podemos intentar algo juntas.

Rosie no movió la cabeza, pero dirigió sus ojos hacia ella e Imogen tomó aquello como una respuesta afirmativa. Imogen podía ver parte de su propia alma reflejada en la oscuridad que consumía a aquella adolescente. Arrancó una hoja de papel de la pequeña libreta que guardaba en el bolsillo de su bata de enfermera y destapó el bolígrafo para escribir.

—Dime qué te gustaría hacer con tu vida si no tuvieras esta maldita enfermedad, lo que crees que te estás perdiendo.

—No lo sé... ¿viajar?

—A mí me gusta viajar. ¿Dónde te gustaría ir?

—A cualquier parte, no lo sé...

Imogen sintió que volvía a perder a Rosie y aceleró la mente en busca del camino correcto.

—Me dijiste que te parecía divertido que yo asistiera a un club de lectura. Voy a hablar con el doctor Spencer y, si lo ve bien y cumples los objetivos, podrás venir conmigo a las reuniones. Cuando llegué a Howth yo también me estaba buscando a mí misma y sentir que me comprometía con algo me dio fuerzas para querer hacer más cosas. ¿Te parece bien?

Rosie aceptó con desgana, pero sin apartar la mirada de la enfermera.

—¿Y qué otras cosas has hecho para encontrarte en Howth? —le preguntó.

—Pues he montado a caballo y nunca lo había hecho antes. He aprendido a cocinar, bueno... solo un par de cosas, pero es un comienzo. ¡Y sé encender una chimenea!

Imogen se rio y contagió la sonrisa a Rosie.

—No parecen grandes cosas —comentó la chica.

—No tienen por qué serlas. Aunque no sean grandes, han sido especiales para mí. Y tú irás encontrando las tuyas.

Imogen le dio el papel donde había escrito «la mejor versión de Rosie» y, como primer punto, «Asistir al club de lectura». La chica aceptó el papel y esbozó una sonrisa.

—Ahora me temo que debo sondarte, a no ser que...

—No, masticaré. Lo prometo.

Imogen dio un abrazo a Rosie y salió de su habitación para avisar a cocina e informar de su logro al médico y a la directora. Recibieron la noticia como algo muy positivo y salió de allí con la sensación de un trabajo bien hecho y el alma llena de esperanza, pues deseaba con todo su corazón que aquella preciosa chica superara aquella endiablada enfermedad. Seguidamente pensó en Moira. Ella y Rosie habían congeniado bastante en las últimas semanas y quiso saber cómo se encontraba, por lo que se dirigió a su habitación. Antes de llegar vio salir de allí a un hombre con gesto apenado. Se cruzó con ella por el pasillo y ni siquiera la miró, pero ella sí se fijó en él, preguntándose dónde había visto esa cara antes.

—¿Quién es ese hombre? —le preguntó a una de las auxiliares que pasaba por allí.

—Es el padre de Moira. Ya sabes que ella se niega a salir de esta zona y a relacionarse con la gente, excepto con Rosie. Pero estos días ha estado bastante animada.

—¿De veras?

—¡Sí! No para de pintar, incluso diría yo que sus mejillas han cogido algo de color. No es que ahora hable mucho ni sonría, pero no sé, su semblante es diferente, está activa.

—Eso es bueno —concluyó Imogen. Volvió a mirar hacia el pasillo por donde se había ido su padre y pensó en aquel pobre hombre, en cómo debería sentirse.

Tanto Rosie como Moira eran dos mujeres dispuestas a dejar que la muerte les arrebatara la vida, de diferente forma y probablemente por diferentes motivos. Y, aunque pudiera parecer una locura, Imogen sentía que ella misma no había estado tan lejos de caer en un pozo oscuro similar al que las aprisionaba. La sensación de pérdida había sido muy intensa, pero no había caído. Ella había remontado el vacío y ahora sentía que en su vida no hacía más que ascender. Se sintió fuerte y orgullosa de sí misma, por lo que respiró llenando sus pulmones de positivismo con el que rociar a aquellas pacientes porque sentía que podía contribuir a la salvación de ambas.

—¿Vas a decirme qué estás pintando, Moira? —le preguntó haciendo que asomara la cabeza por detrás del lienzo y que su melena rubia se moviera a un lado como una cortina sedosa.

Moira no sonreía, pero tenía los ojos brillantes y, al verla, se le iluminaron un poco más.

—No, ni quiero que le eches un vistazo hasta que esté terminado.

Bien, pensó Imogen. Eso quería decir que por su mente no surcaba la idea inminente de desaparecer.

—Está bien —rio la enfermera—. Sabes lo de Rosie, ¿verdad?

—Todo es tan intenso a esa edad... —Giró la cabeza para mirar a través de la ventana como si el mar le trajera recuerdos del pasado.

—¿Y qué te parece lo que le ha pasado?

—Sé que la ayudaréis a salir de aquí.

—Y a ti también, Moira.

Imogen habría querido acercarse para cogerle la mano, pero Moira no era receptiva al contacto por lo que tan solo podía sonreírle con cariño.

—¿Se ha enamorado ya de ti? —preguntó de repente.

—¿Quién? —Imogen elevó las cejas sorprendida con la pregunta.

—Liam, tu casero.

—¡Qué locuras dices, Moira! —Se le escapó una risa nerviosa y sintió que las mejillas se le encendían, más por la emoción de que algo así pudiera suceder que por lo indiscreta que era la pregunta—. Pero me regaló un perro, *Viejo George*.

—¿Un perro, tú querías tener un perro? —Moira sonrió. Fue una sonrisa fugaz, pero no se le escapó a Imogen.

—Lo cierto es que yo no sabía que quería tener un perro, aunque al parecer él sí sabía que lo quería. Pero ya está bien de charla, ve recogiendo que hay que dormir.

Moira soltó el pincel con delicadeza, se levantó del sillón obediente y se introdujo en la cama con la mirada de nuevo perdida en la oscura masa de agua en calma.

—Eso está muy bien —susurró la paciente mirando a Imogen como si su vida fuera algo envidiable.

17

Al llegar a casa aquella mañana no esperaba encontrarse un mensaje de Liam en la pizarra, lo que hizo que la neblina mental se le despejara y sintiera una corriente de adrenalina surcarle el cuerpo de pies a cabeza.

Te veo hoy a las cuatro en el Malone, en Tuckett's Line

Imogen sintió que los nervios se apoderaban de la boca de su estómago. ¿Aquello era una cita? Hasta entonces sus encuentros habían sido fortuitos, dentro o fuera de casa, o fruto de planes ajenos, por lo que una invitación tan directa de alguien que iba y venía como las olas del mar era algo extraordinario. *Viejo George* se le enroscó entre las piernas buscando algo de atención, pero ella miraba a todas partes de la casa sin observar realmente nada. Allí no había nada que le diera pistas de la intención que escondía Liam, todo estaba igual, cada cosa en su sitio, nada nuevo; quizás solo era una cita. ¡Solo una cita! Imogen respiró hondo, agitó las manos y soltó el aire contenido.

El agotamiento tras una larga noche de trabajo se había esfumado. Fue directa a su armario y lo abrió de par en par en busca del atuendo perfecto para un encuentro inesperado. El misterio que envolvía a Liam no solo realzaba el atractivo que ya poseía físicamente, sino que además le otorgaba un poder de llamada imposible de eludir.

Sirvió una ración más grande de lo habitual de comida al perro para que la dejase tranquila. Incapaz de desayunar, se forzó a tumbarse en la cama tras dejar colgando de la lámpara una falda con caída color aguamar que le cubría las rodillas y un fino jersey gris de pico que se ajustaba a su cuerpo sin remarcar en exceso las redondeces de su pecho. Era difícil arreglarse en un lugar donde la gente usaba de diario botas de goma, pero el tiempo comenzaba a ser clemente y rezó para que aquella tarde no lloviera y así pudiera ponerse, si no sus zapatos de tacón, al menos los sencillos de terciopelo gris que en Filadelfia usaba para ir a la universidad. Su mente estaba alborotada y pasó tres horas cambiando de postura bajo el edredón sin lograr conciliar el sueño. Aún le costaba asimilar que para ella el sol era su luna, pero el problema no era el ciclo invertido del sueño. La culpa de su desvelo eran los ojos cristalinos que ansiaba ver, los rizos oscuros que soñaba con acariciar y la risa grave que conseguía estremecer sus extremidades.

Terminó por levantarse para sacar a pasear a *Viejo George* por los alrededores de la colina y, mientras le lanzaba una y otra vez una vieja pelota infantil que había encontrado entre unos arbustos, miró su reloj de pulsera alrededor de treinta veces con la sensación de que el tiempo pasaba tortuosamente lento. Llamó por teléfono a Ava un par de veces para comentar con ella aquel acontecimiento, pero no se lo cogió. Se arregló con esmero, se arriesgó con los zapatos de terciopelo y se calentó una de las últimas bandejas de comida preparada que le quedaban en el congelador. Y con la intención de no permanecer más tiempo encerrada en casa, tras mal comer, decidió bajar al pueblo andando. Cogió su abrigo verde y cerró la puerta de la casa con tanta ilusión que le costó ponerse seria frente a *Viejo George* para convencerle de que debía quedarse para proteger la casa.

Comenzó a bajar la colina junto al muro de piedra del acantilado, miró hacia el mar y vio un par de barcos surcando la superficie añil.

Sonrió. Ahora para ella todas las embarcaciones le recordaban a Liam, todo lo relacionado con el mar parecía estar asociado a él de alguna forma. Metió las manos en los grandes bolsillos de su abrigo y se encogió de hombros. Le daba miedo pensar en el poder que tenía aquel muchacho sin siquiera pretenderlo. ¿Y si aquello iba a ser siempre así? ¿Y si el mar nunca volvía a ser simplemente el mar? El mar era el color azul, era Howth, era Liam... Aun sin haber comenzado nada, sin saber si habría algo que comenzar junto a él, el mar ya le pertenecería siempre. Tener pensamientos de futuro era algo que se había negado, había estado concentrada en encontrarse a sí misma en el presente, pero Liam que se estaban agarrando con tal fuerza a algunas cosas inmutables de la vida que forzosamente su mente se cuestionaba en la repercusión de cada paso.

El paseo no consiguió sosegar su mente y cuando vio la inconfundible silueta de espaldas a la cristalera de aquella cafetería, su corazón emitió unos latidos tan potentes que tuvo que pararse en la acera para tomar aire e intentar reírse de sí misma por tener la reacción de una adolescente enamorada. Antes de entrar se deshizo la trenza y le dio cuerpo a una melena lacia algo ondulada por el peinado. Quería sentirse guapa y dio los últimos pasos hasta entrar en el café con decisión, muerta de curiosidad.

En cuanto abrió la puerta él se giró, como si esperara ansioso su llegada, y aquella sonrisa espléndida con la que la recibió no pudo llenar más el corazón de Imogen. Liam se levantó con rapidez de la silla y dio dos palmadas antes de frotarse las manos.

—¡Muchas gracias por venir! ¿Quieres tomar algo antes de irnos? —le preguntó con ilusión.

—¿Irnos a dónde?

—Es una sorpresa.

—Si no sé dónde vamos a ir, no sé si merece la pena gastar tiempo con un café o si, por lo contrario, debería sentarme aquí y evitar apuntarme a lo que sea que quieres que haga y por lo que me has hecho venir.

—¿No confías en mí?

—No, no es eso... Pero ¿por qué tanto misterio?

—Por si te negabas —rio con desenfado.

—Eso no me anima mucho a marcharme de esta cafetería. —Imogen apartó una de las sillas de la mesa y se sentó.

Aquella carcajada de Liam era deliciosa, pero ella intentó mantener el semblante imperturbable a la espera de saber qué se proponía. En cierto modo sentía decepción porque aquello no parecía una cita romántica.

—No, venga. ¿Para qué esperar más? ¡Vamos!

Liam salió por la puerta sin darle tiempo a decir nada. Imogen tuvo que salir a toda prisa detrás de sus enérgicas zancadas para alcanzarlo. Cuando Liam la sintió cerca, le ofreció la mano, y aquel simple gesto hizo que cambiara del todo su impresión sobre aquella cita. Se la agarró y lo siguió casi corriendo calle abajo.

—¡Ya estamos!

Liam se paró frente a la Scoil Mhuire y ella lo miró sin comprender nada.

—Necesito que seas mi pareja de baile en la boda de Connor. Eras tú o mi tía Agatha. —Liam arrugó la nariz y después la frente.

—¿Pareja de baile? ¿Hay parejas de baile en las bodas irlandesas, como en los bailes de promoción y eso? —Imogen también frunció el entrecejo, pero perdida dentro de aquello ojos azules—. Ni siquiera había tomado en serio la invitación a la boda de tu hermano, porque a ver... yo solo soy tu inquilina o la amiga de la novia de Declan. Ni siquiera sé si ella se considera su novia, en realidad.

—Mi hermano quiere hacer una boda muy tradicional con danzas irlandesas. ¡Claro que vendrás! —afirmó tajante.

—¿Ah, sí?

—Y serás mi pareja de baile, porque te lo pido como un favor, porque soy un casero supersimpático que te ha salvado la vida dos veces, porque no puedes dejar que mi tía Agatha me destroce los pies y porque... porque tienes que aprender a bailar y cumplir un punto más de tu lista.

Imogen le soltó la mano y se retiró el pelo que el viento se empeñaba en interponerse frente a sus ojos. Intentó hablar un par de veces, pero volvió a pensarse las palabras otro par antes de emitir por fin algo parecido a un «hum» pensativo.

—Si la razón de que estés haciendo todo esto, de que estés aquí conmigo, es que te doy lástima... no hace falta, en serio. Estoy bien, puedo apañármelas sola. Lo de la lista no es algo que tenga que hacer en un tiempo récord, es como un concepto de vida, una declaración de intenciones y puedo con ello sola.

—¿Pena? ¿Por qué me ibas a dar pena? —preguntó Liam torciendo la cabeza—. La verdad es que...

Liam puso las manos en sus caderas, se giró y miró a ambos lados de la calle antes de volver a posar sus ojos en ella.

—La verdad es que hago esto porque me recuerda la manera en la que me sentía hace mucho tiempo. Es puro egoísmo, créeme. Ya sé que no me necesitas, te estoy diciendo que soy yo el que te necesita a ti.

Imogen no esperaba semejante declaración por parte de Liam. No podía adivinar si había algún matiz romántico en esa necesidad, pero aquellas palabras habían conseguido que, como mínimo, dejara de sentirse como un animalillo desvalido junto a él. ¿Que él la necesitaba? ¿Para qué la necesitaba exactamente? ¿Necesitaba cuidar de ella? No podía procesar aquello. Nunca nadie la había necesitado más allá del ámbito sanitario, y puede que, por eso, lo que Imogen pensó al fin fue que la única que sentía estremecer su cuerpo cada vez que se miraban era ella. La conclusión fue que Liam la necesitaba para sentirse bien pero que no la amaba.

—¿Por una gripe y una borrachera? Exageras un poco con lo de salvarme la vida dos veces —contestó por fin, intentando suavizar el momento con algo de humor forzado.

—¿Eso es un sí?

—Es un «terminarás deseando cambiarme por tu tía Agatha», ya sabes que no se me da bien bailar. —Imogen se adelantó a él y entró en la escuela de danza.

—Lo vamos a pasar bien, ya verás. —Liam recuperó su amplia sonrisa y subió tras ella las escaleras a saltos.

Imogen no sabía qué sentir, pero si Liam la necesitaba, ella lo ayudaría; y como él había dicho, al menos, con ello aprendería a bailar.

La profesora les estaba esperando, otra muchacha que miraba a Liam casi con devoción, y que trató a Imogen igualmente de forma agradable.

—Pero ¿qué se supone que tengo que aprender? —Imogen se quitó el abrigo y volvió a recoger su melena en un moño improvisado.

—Un baile céilí. Es muy divertido, es en grupo y seguro que coges el ritmo enseguida. Ven, te dejaré unos ghillies —le dijo la profesora de danza.

Imogen miró intrigada a Liam cuando la chica se giró para dirigirse a un armario.

—Son los zapatos que se usan para bailar esto —le susurró él con complicidad y muy divertido ante la situación.

La profesora le entregó un par de zapatillas negras blandas con cordones que a Imogen le parecieron horribles, pero que aceptó ponerse porque reconocía que serían más cómodos que sus rígidos zapatos planos. Del reproductor de música comenzaron a salir acordes celtas de violines, concertinas y flautas. Imogen no pudo contener la risa cuando vio cómo la profesora se ponía al lado de Liam y ambos comenzaban a bailar frente a ella para que fuera tomando nota de lo que terminaría por aprender tras aquella clase. Sus piernas se movían con rapidez y sus pies repiqueteaban en la tarima encerada mientras que sus brazos permanecían estáticos pegados al cuerpo. No daba crédito a lo que veían sus ojos. Liam se movía con soltura, como si hubiera aprendido a bailar aquello al mismo tiempo que a caminar y, aunque aquellos saltitos eran en cierto modo graciosos, él seguía desprendiendo un atractivo irresistible.

—¡Yo no puedo aprender eso! —rio dando pasos atrás.

—Claro que sí. ¿Acaso no tienes sangre irlandesa en las venas? —exclamó Liam mientras seguía danzando con la chica que parecía un hada del bosque con aquellos gráciles movimientos de pies que hacían revolotear una fina falda verde.

—Te aseguro que con respecto al baile mi sangre es muy americana, pero voy a intentarlo. —Imogen dio una palmada con decisión y comenzó a seguir sus pasos.

La profesora le cedió su lugar junto a Liam. Imogen necesitó varios intentos antes de pillar el sentido del baile. Aprendió a entrelazar sus brazos con los de él, a desliarlos y girar al mismo tiempo al compás de la música. Habría disfrutado mucho más de aquella cercanía si no hubiera tenido que estar con los cinco sentidos puestos en aprenderse los movimientos, pero cada roce era delicioso. Liam fingía confundirse para que ella no se frustrara, y eso la hacía reír. Tenía el poder de convertir en divertidas las cosas difíciles quitando todo atisbo de vergüenza o reparo, sin pudor ni pensamientos más allá del instante vivido. Y aquel par de horas fueron para ambos ciento veinte minutos de diversión compartida.

—Tengo que irme, Liam, o llegaré tarde al trabajo —dijo con la voz entrecortada por el esfuerzo. Su cara estaba sofocada, le dolía el costado de tanto reír y la habitación le daba vueltas haciéndola tambalearse.

—Está bien, seguiremos practicando en casa hasta el día de la boda.

Liam la agarró por la cintura para proporcionarle estabilidad mientras la observaba con una mirada penetrante que parecía ocultar mucho más de lo que decía.

—Bueno, será cuando coincidamos en casa —repuso Imogen, cuyo pecho subía y bajaba enérgicamente con cada respiración y sentía que con ello centraba la atención de él sobre esa parte de su cuerpo, aunque en realidad aquellos ojos cristalinos no se desviaban de los suyos.

—Coincidiremos.

Liam la soltó y apretó los labios en una sonrisa traviesa, como si aquello fuera una advertencia de que no iba a dejar que se le escapara su compañera de baile.

Imogen corrió por las calles de Howth como una ardilla por el bosque, serpenteando cuestas, patinando sobre las resbaladizas aceras húmedas, intentando no chocar con los vecinos que la saludaban con una sonrisa como respuesta a la expresión de loca felicidad que se había instalado en su cara a pesar de la falta de aire en sus pulmones por aquella carrera para llegar a la clínica.

Como le habían asignado la vigilancia de Rosie de manera especial, lo primero que hizo fue ir a verla. La habían sacado por la mañana de aislamiento, ya que había vuelto a comer y, por lo tanto, había recuperado algunos privilegios. Para su sorpresa, estaba con Moira. Una leía y la otra pintaba en silencio.

—¡Vaya! Qué aplicadas estáis.

A Rosie se le iluminó la cara al verla y le enseñó el libro que sostenía en las manos.

—¿Podré ir contigo este domingo al club de lectura? Ya terminé *Los juegos del hambre* y creo que podré terminar el otro a tiempo —exclamó con entusiasmo.

—Bueno, lo consulté con la directora y tu médico, y me han dado permiso siempre y cuando sigas cumpliendo con tu parte del trato.

—Estoy luchando, Imogen. De veras que lo estoy haciendo.

—En ningún momento he dudado de tu capacidad para luchar, preciosa. ¿Y tú qué tal, Moira? ¿Cuándo voy a poder echar un vistazo a tu obra de arte?

—Dentro de muy poco, estoy con los últimos retoques —dijo la rubia con aspecto tan delicado como una copa de cristal.

Se acercó a ella para tomarle el pulso, sin invadir su espacio creativo. Parecía más pálida de lo habitual y su voz salía como un susurro aspirado.

—¿Te encuentras bien? Pareces muy cansada, quizás deberías ir ya a dormir y continuar con esto mañana —le sugirió.

—Tú, sin embargo, vienes radiante, con las mejillas sonrosadas y un aire diferente —le contestó esquivando su recomendación.

—¡Es cierto, enfermera Murphy! ¿Qué te ha pasado? ¿Algo interesante con tu atractivo casero?

Imogen se rio.

Era incapaz de negar que él era el responsable de la alegría que la embargaba, del tono vivo en su rostro y de que hubiera estado a punto de llegar tarde al trabajo.

—Bueno, es que vengo de aprender a bailar céilí. Su hermano se casa, me han invitado y quiere que sea su pareja de baile —les explicó mientras escribía en sus informes los datos de la revisión nocturna.

—¡Pero eso es estupendo! ¡Te ha pedido que seas su pareja! ¿Y cómo ha sido? —Rosie aplaudió como si la protagonista de todo aquello fuera ella misma.

—Ha sido entretenido. Liam es muy divertido.

—Eso está bien. —Moira le dedicó una sonrisa sincera y obedeció dejando con suavidad el pincel dentro del vasito de plástico con agua.

Se levantó para marcharse a su habitación y, al pasar junto a Imogen, la agarró por el brazo con una mano—. La vida junto a alguien así, que te hace reír y divertirte, es... perfecta.

Imogen le recolocó sobre los hombros la rebeca que se le había descolgado y la vio cruzar el pasillo hasta su cuarto.

—¿Me permite, enfermera Murphy?

Owen Turner asomó la cabeza por la puerta de la habitación de Rosie justo cuando Imogen se disponía a marcharse.

—Dígame Owen, ¿quiere que le acompañe hasta la máquina del café?

—No, es que no he podido evitar escuchar su conversación y venía a ofrecerme para un último baile esta noche. Uno más clásico.

—¿Dónde, aquí en medio? —preguntó riendo ante la alocada proposición.

—No puedes negarte a algo así. —Rosie le guiñó un ojo y se acomodó para presenciarlo todo desde su privilegiada posición.

El señor Turner le ofreció el brazo e Imogen se aseguró de que no hubiera nadie más por los pasillos antes de posar sus palmas sobre las arrugadas manos del anciano. Él dejo caer una sobre su hombro y con la otra en su cadera la invitó a mover los pies al ritmo de un vals clásico que tatareaba en voz baja.

Ella demostró su falta de coordinación y él que sus pies habían sido adiestrados para guiar hasta a la más torpe. Bailaron de una punta a otra del ala hasta llegar a la otra punta de la clínica, donde se despidieron con un fuerte abrazo para que él pudiera sacar una taza de leche caliente de la máquina expendedora y ella pudiera continuar con su ronda nocturna.

El resto de la noche fue tranquilo y disfrutó de un largo paseo al amanecer de regreso a casa. Paró a desayunar en la única cafetería del puerto que abría antes de las ocho y, desde el ventanal, vio a los barcos de pesca rezagados salir a la inmensidad de un mar en calma, haciendo levantar el vuelo de un grupo de gaviotas. Con paso tranquilo ascendió por el acantilado reviviendo una y otra vez la tarde anterior. *Viejo George* la esperaba a mitad del último tramo de ascenso, con las orejas en punta y moviendo la cola como si fuera un plumero. Arrancó en una carrera que agitaba su pelaje, ofreciéndole a Imogen una preciosa estampa que encajaba a la perfección con el paisaje de aquel lugar que, para ella, ya se había convertido en el más bonito del mundo.

Lo recibió con cariñosas caricias en la nuca mientras evitaba que él le lamiera la cara.

—Buenos días, Imogen.

Sorprendida, miró hacia arriba y el sol naciente la deslumbró, aunque no necesitaba ver para reconocer aquella voz grave que la estremecía.

—¿Se te ha hecho tarde hoy, marinero?

—No, es que esta mañana tengo que acercarme a Dublín a arreglar unos papeles.

Imogen se levantó y comprobó que su vestimenta era más formal que la que usaba a diario. Llevaba unos pantalones oscuros y una chaqueta de tweed, el pelo cuidadosamente recogido en una pequeña cola y unos zapatos de ante con cordones.

—Deben ser unos papeles muy importantes, vas muy... —hubiera dicho *atractivo,* pero se cortó antes de continuar— formal.

—Soy un irlandés elegante cuando hay que serlo. —Le guiñó un ojo y le regaló una sonrisa más para el rincón del corazón donde Imogen las iba acumulando todas—. Regresaré cuando lo tenga todo solucionado. Así que: ¿buenos días? ¿buenas noches? Elige tú.

Liam metió las manos en los bolsillos de sus pantalones y descendió la colina silbando como si nada, como si no acabara de dejar parado el corazón de Imogen. ¿Cuánto tiempo quería decir aquello de «cuando lo tenga todo arreglado»? Continuó como si ella no se hubiera quedado petrificada en medio de aquella cuesta a merced de las ráfagas de viento, intentando retener su silueta, que acabó por desaparecer en la línea del horizonte; como si ella no estuviera enamorada de él hasta el tuétano.

18

Imogen sufrió la larga y tensa espera de tres días hasta que Liam regresó a casa. Se despertó a la hora del té y lo encontró en la parte trasera de la casa serrando un panel de madera.

—¿Te he despertado? —preguntó al verla en el umbral de la puerta con la cara algo hinchada y a medio esconder dentro de su larga rebeca gris.

—No, tranquilo. De hecho, creo que he dormido demasiado. ¿Qué tal te fue por Dublín?

Liam comparó el largo del tablón con respecto a otro y corrigió con la lima el extremo.

—Bueno, parecía que siempre me iba a faltar un papel u otro, pero al final lo conseguí. —Esta vez la miró y apretó los labios para sonreírle.

Imogen no quería seguir hablando en clave con él. Al fin y al cabo, Declan le había contado lo de sus planes.

—¿Y por qué sigues sin ser capaz de decir en voz alta lo que has conseguido? Declan ya me habló de tu barco y el negocio que quieres emprender con él. No tienes por qué seguir tan misterioso.

—No quería gafarlo.

—Supersticioso, cómo no... —Imogen se mordió el labio y negó con la cabeza.

—En todo caso, ha funcionado. Ya tengo la licencia que me permite llevar a gente a pescar en alta mar.

—Capitán O'Shea —Imogen inclinó su cabeza ante él.

Liam rio sonoramente y cogió un tablón nuevo que serrar.

—Ese siempre será mi padre. A mí me basta con ser el patrón de mi pequeña embarcación.

—Suena bien, felicidades.

—Gracias, Imogen.

Su nombre sí que sonaba bien cuando él lo pronunciaba. No podía dejar de mirarle mientras trabajaba y a él no parecía importarle.

—¿Y qué estás haciendo ahora con todos esos tablones?

—He pensado que a *Viejo George* le gustaría tener su propia cabaña.

Imogen puso los brazos en jarras y abrió la boca de forma cómica.

—Liam O'Shea, ¿estás intentando cobrar un segundo alquiler?

—No se me había ocurrido, pero...

—De eso nada.

Ambos rieron y sus miradas se sostuvieron en el aire.

—¿Quieres un té? —le ofreció ella.

—¿Sabes cómo funciona la tetera? —le preguntó él con sorna.

Imogen arrugó la nariz, pero igualmente fue a preparar un par de tazas. Aquello era tan agradable: la paz que rodeaba aquel lugar, la relación de confianza que se había establecido entre ellos... Sentía que no necesitaba nada más. Podía verse a sí misma allí, viviendo para siempre, pasando las tardes recostada en uno de los sofás con *Viejo George* a sus pies y con Liam enfrente. Sin embargo, aquello no se basaba en una posibilidad sólida. Su contrato de alquiler era de tan solo un año, no sabía si él la querría allí durante más tiempo, aunque el hecho de que estuviera construyendo un rincón exclusivo para el perro le daba esperanzas, por lo que la sonrisa no se le quitó de los labios hasta que la tetera silbó.

—¿No te vas este fin de semana a Dublín con Ava? —preguntó él al entrar en la cocina.

—No, está «Declanizada» por completo, y no la culpo. Tu hermano es un chico estupendo y ha logrado lo que ningún otro hombre de este mundo había hecho: que mi amiga diga «no me apetece salir de casa».

Liam volvió a reír y aceptó la taza caliente.

—Así que aquí estaremos, tú y yo, todo el fin de semana. —Liam levantó una ceja con interés.

Imogen tembló de pies a cabeza con aquella mirada y bebió dos tragos seguidos de té a pesar de que todavía estaba ardiendo.

—Oh, ¿tú también te quedas en casa todo el fin de semana?

—Ajá.

—Qué novedad.

—Bueno, ya soy patrón, ¿recuerdas?

—Ajá.

—Pues habrá que aprovechar el tiempo. —Liam le quitó la taza de las manos y la colocó sobre la encimera antes de agarrarla por la cintura y guiarla hasta el salón con la mirada pícara.

Imogen sentía que la sangre burbujeaba dentro de sus venas y, como una muñeca de trapo, se dejó guiar hasta el centro de la habitación.

Liam se puso frente a ella y comenzó a tatarear una canción celta que hizo que Imogen volviera a soltar una carcajada.

—¡Venga, vamos! Sígueme, hay que practicar —la apremió Liam de forma irresistible.

Comenzaron a danzar en medio del salón entre risas, repasando el baile una y otra vez, entre pisotones y enredos de brazos, hasta que consiguieron completar una ronda entera a la perfección. Liam cantaba, reía, se perdía en la canción, la agarraba con fuerza por la cintura y la hacía girar bajo las enormes vigas de madera. Terminaron recostados en el sofá con la respiración agitada pero muy sonrientes.

—Cantas muy bien —dijo de pronto Imogen.

—Vaya, gracias.

—Esa canción, la que cantas a veces por las noches... —Imogen sabía que se estaba metiendo en terreno privado y respiró antes de terminar la frase—. ¿Por qué siempre cantas la misma canción?

Liam suspiró profundamente, pero la miró con dulzura.

—La canto porque me gusta, y porque con esa canción conseguí enamorar a una chica hace muchos años.

—¿Con una canción que dice «espero no enamorarme de ti»? —preguntó con ironía.

—Sí —respondió alzando las cejas, como si para él hubiese sido toda una hazaña.

—Pues está claro que debió de ser «la chica» y no «una chica» a la que enamoraste.

Liam sonrió y miró al frente, más allá de los cristales de las ventanas que daban al acantilado, donde el azul del cielo se oscurecía en tonos morados. Su mente se había ausentado e Imogen notó que vagaba por recuerdos felices. Sintió un enorme pellizco de celos, aunque aquellos recuerdos no fueran más amenazantes que los vagos recuerdos felices de su relación con Andrew.

—Voy a dar un paseo con *Viejo George* antes de cenar —anunció él por fin, apoyando las manos sobre sus rodillas.

—Vale, yo voy a... pintarme las uñas.

Fue lo primero que se le pasó por la cabeza. Ahí tenía otra vez a Liam huyendo con tanta delicadeza que a cualquier otra persona le hubiera pasado totalmente desapercibida la imperiosa necesidad que sentía él de poner espacio de por medio entre ambos para ir a otro lugar. Un lugar que ahora Imogen entendía que no era un espacio físico, sino más bien un refugio para su alma atormentada. Pero ¿atormentada por aquel viejo amor?

Lo vio salir y llamar con un silbido al perro, que acudió a sus piernas raudo y veloz. Ella también salió de la casa y se fue frustrada hacia el muro del acantilado, en parte enfadada consigo misma por haber sacado un tema que había hecho que se marchara y, en parte, furiosa con él por su mala costumbre de desaparecer cuando más unidos parecía que estaban.

Finalmente, aprovechó el tiempo para pintarse realmente las uñas, solo por si él volvía... Y a las dos horas lo hizo, con una pizza bajo el brazo.

—¿Has ido hasta el pueblo a por la cena?

—Ajá.

Imogen se dio cuenta de que, aunque había vuelto sonriente, aquel gesto era casi como una careta o un escudo frente al mundo.

—Podría haber llamado a Bertie —comentó ella con cierto retintín.

—*Viejo George* necesitaba un paseo.

—Sí, claro... el perro. —Lo último no pudo escucharlo Liam porque apenas lo susurró.

Al final, Imogen le agradeció que hubiese traído la cena ya que, como era habitual en ella, no había pensado en eso. Se sentaron en los taburetes de la cocina en silencio a comer mientras la noche caía fuera, el viento aumentaba y *Viejo George* engullía los bordes que ella desechaba.

—¿Qué libros te toca leer esta vez? —le preguntó Liam al terminar la cena y ver que Imogen se sentaba en el sofá con un libro.

—Dos historias de fantasía en mundos distópicos. Yo estoy con *Divergente*. Si quieres empezar con *Los juegos del hambre*...

Liam se encogió de hombros, aceptó el ejemplar y se recostó en el otro sofá, frente a ella. El perro eligió aquella vez las caricias de la pelirroja y, al menos por aquella noche, el sueño de Imogen no fue una visión esperanzada de futuro sino una realidad.

Se acostó con silencio en la casa y frío en el corazón. Liam era devastador. Podía contagiar todo su espíritu de aquella energía arrolladora llena de vida e impulso y, al minuto siguiente, hacer que el día se nublara, que no viera nada, que no entendiera nada. Se metió en su cama y esperó un rato despierta por si él salía a cantar la canción que le obsesionaba, pero aquella noche no hubo más sonido que el del mar contra el acantilado. Decidió que estaba dispuesta a darle un día más. Solo un día más para que se abriera a ella definitivamente. Si no, daría por hecho que él no tenía ningún tipo de interés en ella. Solo un día más, y tenía que convencerse a sí misma de que sería suficientemente fuerte para aceptarlo.

—¿Te gustaría ver mi barco?

Liam reapareció en escena despeinado, con unos pantalones cortos de algodón grises y una camiseta blanca de manga larga y cuello abierto. Fruncía el ceño, como si hubiera estado meditando aquella proposición a lo largo de toda la noche. Imogen estaba preparando la ropa que debía llevar a la lavandería. Había dormido regular y, como suponía que su casero volvería a pasar la mañana ocupado con la caseta de *Viejo George*, había decidido bajar al pueblo y darle espacio. Lo que no esperaba era que asomara la cabeza por su cuarto con aquella pregunta.

—Claro, me encantaría —contestó con cautela.

Liam emitió un bufido como afirmación, movió la cabeza haciendo bailar sus rizos de forma frenética y desapareció por el pasillo.

Imogen se quedó petrificada, sentada a los pies de su cama con la ropa desparramada por el suelo, sin saber muy bien lo que debía hacer.

—¡Vamos!

La voz surgió ansiosa desde el salón e hizo de resorte para que Imogen reaccionara y diera un bote. Se miró para comprobar si iba convenientemente vestida y agarró las botas de goma para ponérselas sobre los vaqueros y un foulard para al cuello. Lo dejó todo desordenado y, tras descolgar su abrigo verde del armario, salió apresurada de la casa.

Liam andaba rápido, como si quisiera llegar cuanto antes al puerto. Imogen estaba nerviosa y la ansiedad le salió en forma de charla atropellada. Le habló de su viaje y la aurora boreal, de Rosie y del baile con el señor Turner. Poco a poco, a él se le fue relajando el gesto rígido y la sonrisa apretada creció disimuladamente hasta que acabó con su característica sonrisa de boca abierta.

Cuando entraron en el puerto la llevaba tan a la carrera que, cuando frenó en seco ante una de las embarcaciones atracadas, Imogen chocó con su espalda y él tuvo que sostenerla por el brazo.

—Este es mi barco.

Remarcó el pronombre con tanto orgullo que el pecho se le hinchó para recuperar todo el aire que había soltado para pronunciar aquellas palabras.

No era el típico barco pesquero, sino una lancha deportiva pintada de color marrón oscuro y blanco, con un gran espacio en la bañera en la que había algunas cajas y herramientas. Los asientos de piel beige estaban protegidos por unos plásticos que Imogen supuso que retiraría cuando comenzara a tener clientes. Resultaba bastante elegante y, a pesar de necesitar unos últimos retoques, se veía que los clientes que Liam buscaba eran los de alto poder adquisitivo.

—Ven, sube —le dijo ofreciendo su mano para que bajara del pantalán.

Abrió una puerta perfectamente barnizada que daba acceso al amplio camarote donde había una diminuta cocina, una mesa con un sillón empotrado en la pared, innumerables recovecos en las paredes y una cama triangular justo en la proa del barco.

—¡Y esto es todo! ¿Qué te parece? —le preguntó con una sonrisa expectante.

—Me parece increíble, no me lo había imaginado así. Pensé que sería algo más...

—Tradicional.

—Sí —rio Imogen y alzó los brazos asombrada—. ¡Esto es una pasada! ¡Es un barco para ricos!

Liam soltó una carcajada y le dio la razón.

—Una fortuna es lo que me está costando ponerlo a punto, pero tengo mucha fe en el negocio.

Regresaron a la cubierta e Imogen descubrió el nombre de la embarcación pegado con letras doradas en los laterales.

—¿*Cangrejo?* ¿En serio? Menudo nombre le has puesto —le comentó con el ceño fruncido.

—¿No te gusta? —preguntó él con los labios apretados, como si estuviera reteniendo algo en su interior.

—Bueno, yo le habría puesto un nombre más romántico.

—¿Cómo cuál? —Liam arrancó los motores, que rugieron potentes y seductores, comenzó a soltar amarras y le indicó a ella que se sentara a su lado.

—Algo como Estrella Polar. ¿No es la que usaban los marineros para guiarse antiguamente?

—Bueno, la Estrella Polar no es de las más brillantes, ni siquiera brilla especialmente, pero sí es cierto que indica el Norte. Y no es una estrella, sino un sistema de tres estrellas: Polaris A, Polaris B y Polaris AB. Y, además, no siempre ha indicado o indicará el Norte. Y... es un nombre muy cursi —rio.

Imogen lo miró asombrada, no porque supiera tanto sobre la Estrella Polar, ya que no era descabellado que un marinero con tantos años de experiencia conociera el mapa estelar, sino por la información que le había dado.

—¿Cómo que no? ¿El Norte no va a ser siempre el Norte?

—Por los movimientos de rotación de la Tierra sobre sí misma, o de traslación alrededor del Sol, el eje del planeta va apuntando hacia otros puntos del universo. —Liam movió las manos para explicarle los movimientos—. Hace cinco mil años el Norte lo marcaba Alfa Draconis y en unos siete mil quinientos años será la Gamma del Cisne.

—Draconis, Cisne... tampoco están mal —comentó ella.

Liam sonrió con complicidad y aumentó la potencia del motor. El día lucía un precioso cielo azul despejado, las gaviotas que, tranquilas, formaban bancos sobre la superficie del mar levantaron su vuelo al pasar a su lado e Imogen rio cuando la espuma le salpicó la cara.

Navegaron hasta más allá del faro de Baily, pasaron bajo su casa admirando la magnitud de la pared rocosa sobre la que vivían y se acercaron a una de las pequeñas calas cuyo acceso era imposible por otra vía que no fuera la navegable. Allí echaron el ancla y Liam le pidió que se relajara en cubierta mientras él bajaba y preparaba algo para picar en la cocina. Imogen se sentía pletórica, las vistas eran extraordinarias, el aire era tan limpio y fresco que parecía curativo, y Liam estaba tan arrebatador y suelto en su barco que se había olvidado por completo del pequeño enfado que había sentido la tarde anterior con él.

Subió una bandeja con unos sándwiches de jamón ahumado, una cerveza para ella, agua para él y galletas saladas. Puso unas toallas sobre las colchonetas de la cubierta de proa y allí sentados brindaron por la licencia concedida.

—¿No te tomas tú una cerveza? —preguntó Imogen al darse cuenta de que nunca le había visto beber alcohol.

—Solo agua —contestó a secas él.

—Tú y tu alimentación sana... —canturreó ella dándole un trago a su botellín.

Liam se encogió de hombros y miró el mar.

—Bueno, ¿cuál es tu verdadera historia, Imogen? No creo que el único motivo por el que estés aquí sea la llamada de tus raíces irlandesas —soltó de repente.

Ella frunció el ceño. Hasta aquel momento no se había dado cuenta de lo poco que Liam sabía de ella en realidad. Había estado tan ofuscada en descubrir sus misterios, en averiguar qué había detrás de todas esas desapariciones, de sus silencios y miradas perdidas... que no se había dado cuenta de que ella también había sido muy recelosa en cuanto a la información que daba sobre su pasado y sobre los verdaderos motivos que la había llevado hasta allí. Sonrió para sus adentros por lo injusta que había sido y decidió que, si quería recibir, antes debía dar.

—Pues hay un corazón roto —confesó con sinceridad.

Él asintió con la cabeza, como si fuera algo que esperaba oír, pero la invitó a seguir con la mirada fija en ella y la boca cerrada.

—Conocí a Andrew demasiado pronto, supongo que demasiado pronto para ambos. Elegimos mal, él se dio cuenta por fin... y me dejó. Ava, que es la mejor amiga que alguien pueda tener, recogió mis pedacitos y me ayudó a venir hasta aquí. Mi familia es... —Le miró y se le escapó una sonrisa entre la amargura que le producía reconocer su fracaso en el amor—. Es parecida a la tuya, muy *cercana*.

—*Agobiante* es lo que quieres decir. —Liam hizo una mueca con la boca.

—Sí, asfixiante. Querían mucho a Andrew. A veces llegué a pensar que les gustaba más él que yo. No habría soportado sus caras de lástima y decepción. Soy la pequeña, ya sabes.

—¿Creían que no serías capaz de salir adelante sola?

—En realidad, ni yo misma lo creía. —Imogen respiró aquel aire limpio y llenó sus pulmones con él. Miró a Liam recuperando la sonrisa y continuó—: Pero lo soy... soy suficiente.

Liam quiso brindar de nuevo con ella y le dio un apretón en la rodilla que transmitía apoyo. Ella se sintió liberada. Había sido duro reconocer que alguien la había dejado y que se había sentido insegura durante mucho tiempo por aquello, pero al decirlo en voz alta se había sentido valiente, fuerte y distanciada años luz de todos aquellos recuerdos amargos.

Terminaron de comer y se tumbaron a disfrutar un rato del suave vaivén de las olas, de aquella brisa que erizaba la piel y les hacía querer acercarse un poco para beneficiarse del calor corporal del otro. Imogen sentía que los latidos de su corazón se disparaban. Quería apoyar su cabeza en el regazo de él, quería acariciar su mentón afeitado y deslizar los dedos por sus rizos. Por su parte, él parecía que contenía la respiración y evitaba girar la cabeza. De haberlo hecho, sus bocas se habrían juntado resolviendo todas las dudas que la asfixiaban.

—Tengo algo que creo que te va a gustar de postre —anunció él rompiendo aquella tensión. Liam se incorporó y se agarró a la barandilla para recorrer la eslora del barco y perderse dentro del camarote un momento.

Imogen aprovechó para hacer respiraciones profundas y agitar las manos. No podía controlar sus emociones y estar en alta mar junto a él, sintiéndose tan abierta y vulnerable, era abrumador.

Liam regresó con una bolsa roja entre sus manos que lanzó a sus piernas.

—¡Maltesers! —rio ella.

—No fue difícil averiguar que te gustan después de ver el interior de tu coche.

—Está hecho un asco, lo sé... pero es que me vuelven loca —se excusó y gimió de placer al meterse dentro de la boca varias bolitas chocolateadas.

Liam intentó introducir la mano en la bolsa, pero Imogen se la retiró.

—Esto no es comida sana, Liam O'Shea —rio.

—No dejaré que te intoxiques sola, ya te dije que soy un caballero.

Se miraron, rieron de nuevo y compartieron la bolsa recuperando la cercanía poco a poco.

—Cangrejo era mi hija.

Imogen estaba a punto de llevarse otro par de bolitas a la boca cuando él dijo aquello. Lo miró muda, incapaz de articular palabra.

¿Había dicho «mi hija»? Lo observó bien por si bromeaba o se estaba refiriendo a otra cosa, aunque sus palabras habían sonado muy claras. De todas las posibilidades que le habían pasado por la cabeza, en ningún momento había pensado que aquel muchacho con aspecto de hombre hubiera sido padre. Y lo peor de todo era que había hablado de aquello en pasado... Sintió que el corazón se le paraba, que se le rasgaba y se quedaba sin respiración.

Liam la miró un momento y luego le dio un trago a su botellín antes de decidirse a seguir hablando.

—La chica de la canción no era de Howth, pero cuando tenía quince años, a su padre lo trasladaron desde Galway hasta aquí y fue la alumna nueva de clase. Yo era un chico algo alocado, tenía que ayudar en casa, incluso ayudaba a mi padre cuando había que hacer hielo o llevar el pescado a la lonja... No prestaba mucha atención a los estudios. Además, a mí me gustaba la música, soñaba con ser como Bono —rio y volvió a mirar de forma fugaz a Imogen, que sonrió a su vez—. Y bueno, ella era tan inocente, tan dulce. Era tan tímida, callada y estudiosa que acabaron por sentarnos juntos para intentar que ambos nos ayudáramos mutuamente.

Imogen soltó las bolas de chocolate, se limpió la punta de los dedos e intentó imaginárselo con quince años. Por fin se había abierto y de tal manera que tenía a su mente colapsada con toda aquella información que intentaba procesar.

—Yo le hacía reír, ella me provocaba con sus preguntas, hacía que quisiera descubrirle el mundo. Era tan bonita que perdí la cabeza por ella y por algún motivo ella perdió el juicio, y se enamoró de mí.

Liam se encogió de hombros, como si aún no fuera capaz de comprender cómo era posible que aquel ser magnífico le hubiera entregado su corazón, pero Imogen lo entendía perfectamente. Por cada palabra, ella le entregaba un latido más de su corazón, y sentía celos de aquella chica del pasado, de aquella historia, de la manera en la que él hablaba de ella... y moría, moría por él.

—La dejé embarazada. —Liam apretó los labios y calló un par de segundos y volvió a mirarla—. Aquello fue tremendo. Imagínate, con dieciséis años... Éramos unos críos. Pero Effie fue lo mejor que he tenido en la vida, jamás he visto a una niña más bonita. Era redondita, con la piel blanca y suave como la arena fina, con unos ojos celestes enormes y el pelo tan rubio que parecía un ángel del cielo.

—¿Y por qué la llamabas «Cangrejo»? —consiguió preguntar Imogen abrazándose para que él no notara cómo le temblaba todo el cuerpo.

Liam sonrió y volvió a perder la mirada en el horizonte y su mente en los recuerdos.

—Cuando Effie estaba aprendiendo a andar, le daba miedo hacerlo hacia delante y andaba hacia atrás, como los cangrejos, en busca de una pared en la que apoyarse. Comencé a llamarla cangrejo y ella se reía. Y su risa era tan mágica, Imogen... Dadas las circunstancias, mi padre me dejó la casa del acantilado. Estaba destrozada, pero yo la arreglé, hice un hogar para ellas allí.

Liam dejó de hablar y enfrentó su mirada a la de Imogen, expectante, como si esperara la pregunta.

—¿Y qué les pasó? —preguntó ahogada.

—Yo estaba en alta mar, con los demás, en una salida de un par de semanas. Effie tenía cinco años... —Paró para tomar aire y tragar saliva. Dolía contarlo y era palpable—. Ella nadaba muy bien, pero al parecer aquel día la arrastró una ola mar adentro y tardaron mucho en sacarla. Había tragado mucha agua, pero, tras el susto, con la niña aparentemente bien, ella se la llevó a casa. No la culpo, probablemente si hubiera estado yo habría hecho lo mismo. ¡Teníamos veinte años! ¿Qué íbamos a saber? Effie amaneció al día siguiente con tos y fatigada. Su madre pensó que se había constipado y la retuvo en la cama. Se quedó dormida y... no despertó. Se ahogó, mi niña se ahogó. Le había quedado agua en los pulmones y sufrió un ahogamiento secundario. Yo ni siquiera sabía qué era eso...

Imogen sintió la necesidad de agarrarle la mano porque la tenía apretada sobre la rodilla.

—Casi nadie sabe lo que es, es muy difícil de detectar...

Liam levantó la mirada hacia ella para decir con amargura:

—Pero tú sí, enfermera Murphy.

—Lo siento mucho, Liam. Lo siento tantísimo. No podía imaginarme que tú, ni lo que tú, yo... —Imogen lo abrazó, necesitaba hacerlo. Él apoyó la barbilla sobre su pelo, la rodeó con los brazos sin fuerza y continuó hablando, como si necesitara soltarlo todo de una vez.

—Cuando regresé de alta mar, mi niña ya no estaba, y la preciosa y maravillosa mujer a la que amaba con todo mi ser tampoco. Ella estaba ida, era otra persona sin vida. Estaba llena de rencor, enfadada conmigo por no haber estado, pero también consigo misma... No me quería junto a ella. Luché, Imogen, durante dos años luché con todas mis fuerzas, pero un día encontramos su ropa en la orilla de la playa donde Effie se había ahogado. Se fue con ella y yo no pude hacer nada por salvarla. Las perdí a las dos, lo perdí todo. Todo, Imogen. Empecé a beber, gritaba a todo aquel que la nombraba... Así que me marché. Me había culpado, yo me culpé, y quedarme solo hubiera dado lugar a focalizar aún más mi rabia en otros. Así que me embarqué lejos para asumir la pérdida, superar la culpa y enfrentarme a quien me lo quitó todo, el mar.

Entonces sí que se aferró a ella, la estrechó entre sus brazos e Imogen se apretó contra él y siguió susurrándole al oído cuánto sentía su pérdida, su dolor... mostrándole que quería consolarlo, curarlo, devolverle amor. Le parecía increíble que con solo veinte años hubiera pasado y sufrido tanto. Mientras ella aún soñaba con el futuro, él había formado y perdido una familia. Era abrumador, pero ahora podía entenderlo todo, y se lamentó al darse cuenta de que aquello solo había anclado el amor que sentía por él con más fuerza dentro de ella.

Cuando Liam aflojó el abrazo ella se soltó y tomó aire.

—Y aún la amas —afirmó comprensiva pero rota por dentro.

—Imogen... —Él se echó los rizos hacia atrás con la mano y arrugó el entrecejo—. Mi corazón es como una de tus tazas rotas. Todo mi amor se escapó por las grietas, y la vida preciosa que contenía se secó.

Quiso contestarle que él reparó sus tazas rotas, que había hecho que volvieran a ser útiles, que dentro creciera vida y que para ella había sido un regalo maravilloso. Sin embargo, calló, porque en ese momento no sabía si era capaz de asumir que, en el caso de que él sintiera algo por ella, siempre tendría que compartir su corazón con aquel gran amor.

Le habría besado, lo habría hecho para curar con cada beso un poco su dolor, pero aquel no era el momento de un primer beso; ni siquiera sabía si él querría recibir uno. Había demasiada pena en su alma, recuerdos demasiado importantes que dominaban su presente y pensar que sus besos pudieran tener semejante poder era presuntuoso. Aun así, se quedó con un mar infinito de besos en los labios y los retuvo en una mirada que al menos consiguió que él reaccionara y sonriera antes de zanjar la conversación.

—Yo sigo vivo, Imogen. Sigo aquí y me alegro de compartir este precioso día, este paseo y estas bolitas de chocolate contigo.

Ella sonrió con dulzura y le ofreció la bolsa de Maltesers en silencio. No había nada más que añadir, no sabía qué más decir. Se quedaron mirando la costa hasta que se terminaron las bolitas y decidieron regresar a puerto. Liam la ayudó a levantarse y agarró su mano más tiempo del que ella necesitaba para mantener el equilibrio sobre la inestable superficie que estaba a merced del suave oleaje. Ella quería leer en la mirada de Liam lo que tanto ansiaba, pero estaba confundida y se conformó con sentir ese gesto, la imperceptible caricia de su pulgar sobre su piel.

—¡Delfines! —Imogen chilló al ver una pareja de cetáceos dar saltos entre las olas.

Él se giró para verlos y apretó la mano de ella de forma inconsciente.

—¡Son delfines! Dios mío, no me lo puedo creer. ¡Son preciosos! Míralos, están saltando, son dos. ¿Los ves? Allí, mira cómo saltan. No me lo puedo creer. ¡Delfines!

A Imogen se le saltaron las lágrimas de la emoción. No paraba de darle tirones, señalando a la pareja que nadaba a escasos metros de su embarcación danzando de forma sincronizada, salvaje y hermosa. Liam la miró con las cejas alzadas y recuperó la sonrisa.

—¿Nunca habías visto un delfín, Imogen de Filadelfia?

—En el Oceanográfico, pero esto es... ¡increíble! Son hermosos. Son...

—¿Pero por qué lloras?

—Pues de emoción, ¿por qué va a ser?

Imogen se enjugó las lágrimas y ocultó la mentira. Lloraba por la belleza que capturaban sus pupilas, pero también por la emoción retenida de todo lo que ahora sabía, por sus sentimientos galopantes que bullían en su corazón como la lava de un volcán. Lloraba porque quería ser delfín y jugar en el mar.

—Me alegro de ser una fuente inagotable de experiencias nuevas en tu vida —le dijo Liam recuperando su tono burlón irlandés.

Y aunque Imogen estuvo a punto de contestarle que no se le subiera a la cabeza, se sorbió los mocos y le habló con sinceridad:

—Yo también me alegro, Liam de Howth.

19

Regresaron a casa paseando, al mismo ritmo pausado con el que el sol se ocultaba por el horizonte. A Imogen no le pasaron desapercibidas las miradas de asombro que les dedicaban al verlos juntos, ni los cuchicheos lejanos. Pero ahora podía entender muchas cosas... como las miradas de las chicas de aquel pueblo al hablar de él, con aquella verdad oculta detrás. Aquella tragedia era un tema tabú por allí, algo demasiado doloroso para una familia con mucho peso en Howth y tan apreciada como para estar a salvo de las habladurías. O quizás, ella llevara tiempo siendo el centro de las conversaciones de toda aquella gente, pensó Imogen, pero no le importó. En realidad, se había enterado de todo en el momento adecuado y de boca de quien debía.

Al llegar a casa, Imogen quiso darse una ducha de agua caliente. Necesitaba templar su cuerpo contraído por aquel aluvión de emociones tan intensas.

—Cuando salga de la ducha, ¿no te habrás ido, verdad? —le preguntó Imogen a Liam con tono de ruego.

—Voy a hacer la cena, tranquila. Aunque hayamos hablado del pasado, vivo en el presente y hoy ha sido un buen día.

—Lo está siendo, aún no ha terminado.

Liam hizo la cena y la esperó con la mesa puesta y con una sorpresa.

—¿Vas a cantarme? —se sorprendió Imogen al encontrarlo en el banco de la cocina afinando las cuerdas—. Espero que no pretendas enseñarme a tocar la guitarra, eso no está entre mis nuevas experiencias ansiadas.

Liam rio y acarició las cuerdas en un perfecto acorde.

—Si no quieres aprender, tú te lo pierdes. Pero sí, voy a cantarte.

—¿Antes o después de cenar? —Imogen se acercó al banco y acarició con la yema de sus dedos las cuerdas.

Notó cómo Liam aspiraba al sentirla cerca y aquello la estremeció. No sabía si podría soportar más dosis de Liam sin explotar, por lo que se alejó de él y se sentó en un taburete alto.

—¿Cuál es tu canción favorita? —le preguntó sin responder la que le había hecho ella.

Imogen resopló y mordió algo que parecía una patata frita pero que sabía a zanahoria.

—No tengo una canción favorita, me gustan muchas.

—Pues dime la primera que se te venga a la cabeza.

—A ver... Pues me gusta mucho Ed Sheeran, pero no me sé las canciones. La verdad es que no le he prestado mucha atención a la música en mi vida —reconoció y cortó un trozo de la empanadilla rellena de carne.

—¿En serio? La música es el hilo conductor de cualquiera, nos rodea, marca momentos, recuerdos, a las personas que pasan por nuestra vida... Para mí ha sido una medicina. Necesitas una canción favorita, Imogen. No se puede vivir sin una canción que te haga pisar fuerte cuando sales a la calle, una que resuene en tu mente cuando necesites una inyección de energía —declaró con convencimiento.

—¿Y cuál es la tuya? Bueno, ya sé que la que cantas por las noches...

Liam la interrumpió rasgando la guitarra y, con una sonrisa intensa, comenzó a cantar:

Ah, now I don't hardly know her
But I think I can love her
Crisom and clover

A Imogen se le concentró toda la sangre en las mejillas al escucharle cantar aquella canción de Joan Jett. ¿Aquella era la favorita de Liam? ¿La estaba cantando por lo que decía la letra? Imogen se metió el tenedor en la boca y retuvo la sonrisa que, por el contrario, Liam le dedicaba mientras seguía cantando.

Ah, now when she comes walkin'over
Now I've been waitin'to show her
Crisom and clover

Tocaba muy bien la guitarra y su voz era grave, como la de un cantante más maduro, pero aquella sonrisa traviesa revelaba que no tenía cumplidos los treinta, o que su actitud haría que no los aparentara nunca.

—Buena canción.

—Sin duda.

Liam siguió rasgando las cuerdas. Parecía liberado, como si hubiera soltado lastre en alta mar y ahora se sintiera libre y dispuesto a compartir sus horas con ella.

—A ver qué tal esta, es muy motivacional.

Comenzó a cantar *Got my mind set on you*, de George Harrison, y el corazón de Imogen volvió a dar un vuelco al escuchar lo que aquella canción decía.

—Hum sí, es muy... motivacional, pero demasiado anticuada para hacerla mi canción favorita —contestó con desdén y un ataque considerable de nervios.

—Vas a ser dura de pelar, veamos qué tal esta:

You can be Amazing
You can turn a phrase into a weapon or a drug
You can be the Outkast
Or be the backlash of somebody's lack of love
Or you can star speaking up

—¡Esta la conozco! Sara Barellis, me encanta —exclamó con emoción tapándose la boca llena de comida con la mano. Liam asintió con la cabeza y continuó cantando, como si quisiera dedicarle también cada palabra de aquella otra canción.

Nothing'gonna hurt you the way that words do
And they settle'neath your skin
Kept on the inside ando no sunlight
Sometimos a shadow wins
But I wonder what would happen if you

—Venga, canta conmigo el estribillo —la animó.
Imogen aceptó y se unió a él sin pudor.

Say what you wanna say
And let the words fall out
Honestly I wanna see you be brave.

Liam paró y rompió a reír estrepitosamente.
—¿Qué pasa? —preguntó ella contagiada de su alegría.
—Dios bendito, ¡cantas fatal!
—Pero bueno... —Imogen le lanzó una patata-zanahoria a la cara con fingida ofensa.
—Se nota que la música no es algo que forme parte de ti —soltó una carcajada que a ella le pareció preciosa porque hacía que sus ojos brillaran en la oscuridad de la noche.

—Bueno, de igual modo, me la quedo. *Brave* será mi canción, está decidido. Anda, deja la guitarra y ven a cenar.

Cenaron mientras Liam regresaba una y otra vez a la guitarra para cantarle estrofas de canciones cuyas letras Imogen sentía que iban dirigidas a ella. Unas para animarla, otras para hacerla rabiar y otras... otras parecían declaraciones de sentimientos velados. Aunque también cabía la posibilidad de que tan solo fueran buenas canciones y que Liam simplemente disfrutara tocando y cantándolas, o como terapia.

—Hacía mucho que no cantaba así —reconoció Liam cuando el reloj estaba a punto de marcar la medianoche.

—Pero si cantas casi todas las noches —se rio ella.

—Bueno, eso es diferente. Me refiero a cantar canciones alegres y a disfrutar con ellas. —Él arrugó la frente, los rizos le cayeron sobre los ojos y los apartó con la mano de una forma que derritió a Imogen.

—Pues me alegro, yo también he disfrutado... de todo el día.

Se miraron y el silencio pesó como si estuviera cargado de electricidad.

—Será mejor irse a dormir. —Liam agarró la guitarra y le dio las buenas noches sin esperar demasiado a que ella le contestara.

Imogen se metió en la cama cargada de sentimientos. Tapada con el edredón hasta la barbilla y recostada sobre el lado derecho, no dejaba de mirar la puerta de su cuarto, deseando con todas sus fuerzas que se abriera y apareciera él. Se habría conformado con que se metiera en su cama para abrazarla sin palabras; ya se habían dicho suficiente aquel día. No le parecía tan descabellada la idea. Ambos habían abierto sus almas, al menos la historia que habitaba dentro de ellas, y en ambas confesiones había un tono de necesidad mutua. Pero la puerta no se abrió y la gran pregunta que siguió rondando su corazón durante toda la noche fue si él en su dormitorio también estaría pensando en ella.

Acostumbrada a pasar las noches trabajando, no concilió el sueño hasta casi el amanecer y, cuando se despertó, él ya estaba trabajando en la caseta para el perro.

—Te preparé café, hace unas cuatro horas... Luego me di cuenta de que tu mañana comienza más tarde que la mía, así que no te recomiendo ni que te lo recalientes, estará agrio —le dijo él con el martillo en la mano.

Liam llevaba el pelo recogido, unos pantalones vaqueros que se le escurrían sutilmente de las caderas y una sudadera gris remangada. Ella sonrió al verle, porque era imposible no hacerlo ante aquella mirada, pero también porque estaba allí. No había desaparecido. Tras un día tan intensamente sentimental no había necesitado poner espacio de por medio buscando la soledad junto a sus demonios. Estaba concentrado en el trabajo con naturalidad y no le dio más conversación, dejando que ella se desperezara en la cocina a sus anchas. Se calentó un vaso de leche y cortó un trozo de bizcocho que él debería haber hecho en alguna de esas cuatro horas que le llevaba de ventaja, pues aún estaba templado. Se había pasado prácticamente toda la madrugada intentando imaginárselo como marido de alguien, de alguien cuya descripción se alejaba mucho de cómo se veía a sí misma, y también como padre de aquella niña. El estómago se le retorcía con esa parte de la historia. Cuánto dolor encerraba... Podía imaginársela viva, correteando por aquella casa, jugando y provocando carcajadas a sus padres... Y luego la imaginaba muerta, y todo se volvía oscuro y escalofriante como la peor de las pesadillas que alguien pueda tener. Lo miró sentada desde el taburete y lo vio joven, a pesar de su piel curtida, de su corpulento físico y la madurez de sus actos. Joven como ella, demasiado para todo aquello que cargaba a sus espaldas.

Necesitaba hablarlo desesperadamente con Ava, pero no podía hacerlo con él en casa, y menos teniendo en cuenta que el único teléfono que tenía a su alcance estaba pegado a la pared de la cocina. Así que cogió el libro que debía terminar para la reunión de la tarde y, como el día estaba inestable, se sentó en el banco de su ventana a leer. Aunque deseaba estar junto a él, pensó que era mejor darle un poquito de espacio, dejar que disfrutara de su casa y, con suerte, conseguiría que fuera él quien volviera a solicitar su compañía.

Y así sucedió al rato. Un par de toques en su puerta con los nudillos hizo que se abriera lo suficiente como para que él pudiera verla allí sentada.

—¿Quieres comer algo? Voy a preparar un poco de sopa de cebolla.

Se quedó allí fuera en el pasillo, como si entrar fuera invadir su intimidad, y en realidad no había otra cosa que Imogen deseara más.

—Vale, ¿te ayudo?

—Solo si te apetece. Tendrías que hacer la parte difícil.

—¿Pelar las cebollas? —ironizó ella dejando el libro en la pequeña repisa del lateral.

—Exacto.

Imogen puso los ojos en blanco y se levantó para ir tras él. Liam sintonizó, en una vieja radio, una emisora local en la que sonaban éxitos de todos los tiempos, y en lugar de hablar se dedicó a tararearlas con breves interrupciones para darle indicaciones sobre cómo preparar la comida.

—¿Puedo hacerte una pregunta? —Imogen se decidió a hablar por fin.

—Puedes hacérmela, otra cosa es que te la pueda contestar. —Liam torció la boca y se cruzó de brazos apoyándose en la encimera interrumpiendo lo que estaba haciendo.

—Mi cuarto, ¿era el de tu hija?

Liam continuó sonriendo, pero tardó un par de segundos en asentir con la cabeza.

—Mis hermanos han reformado un poco la casa, pero sí, allí dormía Effie.

—Es que no puedo dejar de pensar que tú no querías que yo estuviera aquí. Y ahora sé que estoy en su cuarto y no sé lo que sientes al respecto y no quiero que estés incómodo en tu propia casa o invadir o profanar tus recuerdos.

—Schhhh, Imogen. —Liam se acercó a ella y la agarró de los antebrazos—. Mi hija no está aquí. Que tú duermas ahí ahora no cambia eso y, quizás, si tú no estuvieras aquí, yo no habría llegado a pasar ni una sola noche en esta casa.

—Pero, es que no hay ni una sola foto de ellas por aquí, y solo quería decirte que comprendo que esta es tu casa y que, si quieres tener tus recuerdos a la vista, pues que lo entiendo. —Imogen se mordió con nerviosismo el interior del carrillo.

—No necesito fotos para recordarlas.

—Por supuesto, yo solo...

—Lo he entendido, Imogen. —La soltó y regresó donde había dejado el trozo de queso que estaba rallando y, antes de que el silencio se instalara de forma incómoda entre ellos, añadió—: Yo no estaría aquí si tú no estuvieras ahí, en esa habitación.

Ya sabía el motivo por el que él la necesitaba, para crear nuevos recuerdos, para sentir que podía cuidar de alguien otra vez, quizás para no ahogarse en la soledad. Su corazón sensible volvió a dispararse y sonrió.

—Esta tarde tienes reunión del club de lectura, ¿no es así? —le preguntó él recuperando la normalidad.

—Sí, y va a ser un día especial. Rosie, la chica con trastorno de la alimentación, va a venir conmigo. Creo que puede ayudarla a encontrarse a sí misma, puede ser positivo para ella.

—Eres muy buena persona, enfermera Murphy.

—Bueno, simplemente me gusta mi trabajo.

—Te gusta ayudar a las personas.

—A ti también. —Imogen se señaló y luego le mostró su cebolla laminada con orgullo.

Liam rio y se acercó a ella para verificar su buen trabajo.

—Yo esperaba seguir ensayando el baile esta tarde —comentó con la ceja elevada.

—Liam, queda una semana para la boda. No hay mucho más que se pueda hacer conmigo al respecto. Tú elige unos zapatos gruesos a prueba de pisotones para ponerte y ya está —propuso ella, nerviosa por tenerlo detrás.

—Bueno, quizás coincidamos en algún momento antes del sábado —dijo él inflando el pecho al respirar y rozando así su espalda.

—Quizás —le contestó ella con fingido desdén.

Imogen se giró y le sonrió con complicidad antes de apartarse. Liam quería estar allí, quería que ella estuviera allí. Ya no era alguien con dos caras, el misterio se había desvelado y quien tenía a su lado era alguien que se quedaba, alguien que, como mínimo, deseaba bailar con ella.

20

Rosie estaba sentada en el *hall* de la residencia y martilleaba con el pie el suelo. Era la primera vez que Imogen la veía vestida con ropa de calle y la vio bonita. Llevaba unos vaqueros holgados y un abultado jersey rosa con pelos que ocultaba su extrema delgadez. Se había puesto un gorro de lana blanco y el pelo suelto le caía a ambos lados de la cara.

—¡Imogen! —Se levantó con rapidez al verla entrar y se le iluminó la cara.

—Dame un segundo para que firme y nos vamos. —Imogen intentó ocultarle lo nerviosa que estaba ante aquella salida con una gran sonrisa.

Rosie se puso un abrigo largo y acolchado, porque, aunque en Howth comenzaba a florecer la primavera y ya no hacía un frío tan intenso, ella siempre estaba temblando. Ambas salieron en silencio, hasta que la chica vio el coche de Imogen y comenzó a reír.

—Te presento a Saltamontes —dijo Imogen con cierto orgullo.

Rosie no podía dejar de reír. Se tapó la boca con las manos y se sentó en el lado del copiloto como quien se monta en la atracción de una feria.

—Es alquilado, pero le he cogido cariño. De hecho, creo que, si supiera que me iba a quedar aquí más tiempo, se lo compraría a su dueño.

—Bueno, no creo que el dueño se opusiera a vendértelo —comentó Rosie recuperando la compostura. Aquello había conseguido que se relajara un poco—. Pero ¿te vas a marchar de aquí?

Imogen la miró de reojo mientras se dirigía hacia una calle cercana a la librería donde esperaba poder aparcar. No quería pensar demasiado en aquel tema, pero contestó con sinceridad.

—Bueno, espero que no, pero mi contrato en la clínica es solo por un año.

—Seguro que te lo renuevan —afirmó la paciente con determinación.

Dejaron el coche y ascendieron las empinadas y sinuosas calles hasta la entrada de aquella pequeña y encantadora librería. Al entrar olieron el aroma de los dulces y del café, lo que tensó a Imogen. No había caído en aquel detalle. En menos de un segundo le pasaron por la cabeza mil razones por las que no debería haberle sugerido ir con ella a la reunión. Qué podía enseñarle ella sobre cómo redirigir su vida cuando aún estaba diseñando y descubriendo la suya propia. Se giró para hablar con Rosie antes de meterse en la pequeña sala donde se reunía el club.

—Aquí suelen merendar, pero no quiero que te fuerces solo porque ellas lo hacen. Prefiero que esta noche te comas lo que te corresponde de la cena del hospital. Y si te sientes incómoda, nos vamos.

A Rosie le cambió la cara, como si aquello hiciera sombra a aquel paréntesis en la rutina con el que había estado soñando toda la semana. Era más que evidente que aquel trastorno tenía demasiado poder sobre ella, en sus ojos vio una señal de fastidio, la comida estaba presente en todo y era imposible huir de ella.

—Tranquila, hemos venido por los libros. ¡Yo tampoco comeré! Estamos aquí para hablar de muerte y persecución de divergentes. —Imogen quiso hacerla reír y consiguió al menos arrancarle una sonrisa.

Sabía que las chicas del club eran acogedoras con la gente nueva. Parecían adorar que llegaran desconocidas, personas de fuera con historias nuevas que sumar a su corro de cotilleos, como si cada una fuera una novela con su propia historia a compartir. En el caso de Rosie, no hubo mucho que contar. Respetaron su silencio y ella aceptó la taza de té que le ofreció Anna, la librera.

—Nos alegra tenerte hoy con nosotras. ¿Has leído los libros?

—Me he leído las dos sagas al completo.

—¡Vaya, entonces nos llevas ventaja al resto! —rio la elegante rubia que se sentó en su silla doblando sus largas piernas a un lado.

—Está prohibido revelar lo que sucede en los siguientes —le aclaró Imogen.

Rosie, divertida, se cerró la boca como si fuera una cremallera y comenzaron con la sesión otro domingo más. Las tazas de té tintineaban, los platos con rosquillas y trozos de bizcocho circulaban por delante de ellas e Imogen se estaba preguntando si aquello había sido buena idea cuando, de repente, Rosie tomó la palabra.

—Pues yo creo que *Los juegos del hambre* tiene mejor argumento y mejores personajes secundarios, pero me quedo con *Divergente* porque su protagonista masculino es muchísimo mejor —rio y las demás la acompañaron—. La historia de amor entre Tris y Cuatro es mucho más intensa, y a mí eso es lo que me ha hecho engancharme a la lectura y que terminara la saga en dos semanas.

—¡Vale! Pero no nos digas nada del final —le pidieron todas con la boca llena.

—La verdad es que como en *Los juegos del hambre* están todo el rato preocupados por sobrevivir, no tienen mucho tiempo de ponerse amorosos —comentó Imogen.

—Sí, pero hacen una crítica social profunda y constructiva. El presidente del Capitolio me recuerda a más de uno de los de nuestro mundo real —añadió Jane.

Imogen comenzó a respirar relajada. Parecía que todo marchaba bien, que la chica se había integrado y que estaba disfrutando. De hecho, el tema de conversación se fue ampliando y Rosie acabó comentando otros libros que había devorado y que guardaban similitudes con la novela que estaban discutiendo.

Al llegar a la clínica, Rosie se detuvo un instante en el pasillo para agradecerle a Imogen la oportunidad que le había dado.

—¡Lo he pasado genial, Imogen! Gracias por llevarme. Las chicas me han dicho que puedo volver.

—Siempre que lo hagas bien aquí dentro, te dejarán volver a salir, y antes de que te des cuenta, tu vida estará llena de muchos momentos así. Solo tienes que buscarlos, luchar por ellos —Imogen le habló con pasión queriendo imprimirle esperanza.

—Sí, sí... no te pongas intensa. Voy a subir al comedor, voy a cenar todo... todo lo que pueda. Y luego me tomaré mis pastillas mágicas para no pensar, porque mañana será otro día y pienso pasarlo leyendo este libro que me ha recomendado Anna.

—Pero ese no es el que hay que leer para la próxima reunión.

—Ya, pero no sé si te has dado cuenta de que por aquí no hay mucho que hacer. Me he traído tres —contestó alegre.

—¡Bravo!

Imogen vio cómo la chica subía las escaleras casi corriendo, y aunque hubiera preferido que usara el ascensor, consideró que aquella tarde había sido muy positiva. Al menos, eso quería creer.

Como había llegado antes de su hora, pasó por dirección para comentar cómo se había desarrollado la salida de Rosie y se quedó a cenar en el comedor.

—Buenas noches, enfermera Murphy. ¡Qué honor poder compartir la velada con usted! —Owen pasó con su bandeja junto a Imogen, que, como aún no llevaba el uniforme puesto, se había sentado en una esquina del comedor.

—Hola, señor Turner, puede sentarse conmigo si quiere.

—Es de ser un imprudente idiota rechazar semejante ofrecimiento, pero debo sentarme junto a Claire y a ella no le gustan los cambios. Está acostumbrada a cenar en aquella mesa. Es su predilecta, probablemente porque está junto al mostrador de dulces y, aunque ella no lo recuerde, yo sí que recuerdo bien lo golosa que era. ¿Quiere usted acompañarnos?

Imogen aceptó, recogió su bandeja con su plato de salmón y patatas cocidas, y le siguió hasta aquella estratégica mesa.

—Buenas noches, Claire. ¿Puedo sentarme con vosotros?

—Yo te conozco de algo —le dijo la anciana, cuya tez arrugada no impedía ver lo hermosa que había sido en su juventud.

—Soy Imogen, y por las noches soy quien cuida de ti aquí, pero hoy he pensado en cenar también con vosotros.

—Yo te conozco de algo —repitió Claire, pero esta vez se lo dijo a Owen.

—Claro que me conoces, solo que no me reconoces —le respondió él mientras se recolocaba la servilleta.

—No te entiendo —contestó confusa.

—Ni falta que hace, nunca lo has hecho y seguimos siendo amigos. Nuestra relación funciona a las mil maravillas.

Imogen sonrió. El señor Turner tenía el típico humor irlandés, embriagador e irresistible.

—No tengo claro que tú y yo seamos amigos, pero tú, tú sí que eres mi amiga —contestó la anciana con una ceja elevada hacia Imogen.

—Por supuesto que lo somos, Claire. ¿A que el salmón está delicioso?

La mujer reparó en que estaba en un comedor y que estaba cenando antes de contestar:

—Sin duda, me han hablado muy bien de este restaurante.

Imogen saludó de lejos a Rosie, que se sentó junto a la gente más joven de la residencia. Parecía animada y la vio meterse el tenedor en la boca sin titubear.

—Owen, ¿has visto a Moira?

—Oh, ella nunca baja a cenar. Nunca sale de su pasillo, cena en su dormitorio. —Owen chasqueó la lengua y negó con la cabeza—. Esa pobre chica no parece ser capaz ni de respirar. La vida le pesa.

—Sí, ya sé que ella no sale de su área, solo quería saber si la habías visto anoche.

—La vida nos pesa a todos siempre, sobrevive quien sabe soltar lastre —intervino de pronto Claire.

—Así es, querida, eres de pocas palabras, pero siempre son acertadas.

Imogen vio cómo la miraba con ternura y terminó de cenar con el convencimiento de que el amor verdadero debía de ser como aquella mirada.

21

Aquel lunes, mientras Imogen abría la puerta de casa tras volver de la clínica, el teléfono sonó. Se apresuró a entrar para cogerlo pensando que sería su madre, pero al otro lado del auricular sonó la voz dramática de Ava.

—¡Ya lo sé todo, Imogen!

—Que sabes el qué... —preguntó ella.

—La historia de Liam. Un drama, es un dramón.

—Ava, yo ya...

—¡Resulta que se le murieron su mujer y su hija! ¿Te puedes creer que haya estado casado? Es muy joven.

—Ava, que ya lo...

—La niña se ahogó en la playa, la niña... Bueno, no fue en la playa, porque fue algo raro de no sé qué de agua en los pulmones y que es difícil de diagnosticar. Total, que murió. Imogen, murió estando él en alta mar. ¿Puedes creer algo tan horripilante?

—Me lo ha contado Liam, Ava —consiguió decir por fin.

—¿Te lo ha contado?

—Sí, este fin de semana. Todo, lo de su hija y lo de su mujer. Cómo se conocieron, cómo se enamoraron, el embarazo, el ahogamiento secundario de la niña mientras él estaba fuera y lo de su mujer. Todo.

—¡Qué horror, Imogen!

—Pues sí, Ava —murmuró casi para sí mientras las escenas imaginadas acudían a su mente una vez más.

—Y fue Declan quien la sacó del agua, ¿lo sabías? Por eso se está preparando para meterse en el cuerpo de Salvamento Marítimo. Está roto por dentro y solo era su tío. No puedo ni imaginar cómo debe sentirse Liam, que era su padre.

—Pues si te soy sincera, no sé cómo está, porque a veces parece que está bien y otras que está a punto de saltar por el acantilado. Aparece de repente con ganas de hacer cosas y luego desaparece durante días. No creo que algo así se pueda superar.

Ambas suspiraron y mantuvieron el silencio unos segundos.

—Declan me ha contado que cuando sucedió lo de la niña, su mujer, que ¿cuántos años podía tener, diecinueve, veinte?, perdió la cabeza. Le echó la culpa a Liam por no estar allí para salvarla y luego se culpó a sí misma. Y que un día, dos años después, se metió en el agua para ahogarse en aquella misma playa. Entonces Liam se marchó de aquí, y no me extraña. ¿Quién puede soportar las miradas y los cuchicheos de un pueblo irlandés? Lo que me extraña es que nadie del pueblo te lo contara a ti, aunque quizás cuando pasó lo de su mujer ya se sintieron suficientemente culpables, ¿no crees? Declan ha sufrido mucho por su hermano, bueno... toda la familia.

Imogen escuchaba somnolienta, pero con dolor en el corazón. No se sentía cómoda hablando de aquello con Ava, aunque fuera su mejor amiga. Era como traicionar la confianza que él había depositado en ella al abrirle su corazón. Prestó atención a las palabras de su amiga y se le encogió el alma al descubrir cómo veían el dolor de Liam los demás.

—Sé que Liam es un tipo maravilloso, pero está roto, Imogen, y yo no quiero que te hagan más daño. ¿Quieres venirte a vivir conmigo a Dublín mientras buscamos otro lugar para ti?

—¡No! No pienso irme de aquí —contestó a la defensiva. Aquella idea le parecía horrible.

¡Cómo iba a abandonar a Liam! Ella también había llegado rota a aquella casa y él la había ayudado a reconstruirse. Quizás había llegado su turno. Quizás ahora le tocaba a ella curar su corazón... si él quería, si se dejaba, si había la más mínima posibilidad. Pero tenía claro que no se iría a ninguna parte sin intentarlo. Estaba enamorada de él.

—Lo sé, sé que no lo harás, pero solo quería enseñarte una salida, que sé que no tomarás porque eres una romántica imposible, pero es bueno que sepas que cuentas con ella.

—Sé que siempre puedo contar contigo, Ava.

Cuando Imogen colgó el teléfono sintió que todo encajaba, que aquel era su sitio en el mundo y que no había sido el azar quien la había llevado hasta allí.

A lo largo de aquella semana, Imogen volvió a encontrar post-its de Liam a su llegada del trabajo. Algunos con su nombre, pegados en cacerolas con guisos y en envases con porciones de repostería aún calientes. Otros colocados estratégicamente en el suelo del salón para recordarle el orden de los pasos que siempre se le olvidaban de la danza irlandesa; incluso llegó a dejar alguno en la puerta de su dormitorio con estrofas de las canciones que él consideraba motivacionales y que hacían reír a Imogen.

Coincidieron poco en casa y, durante esas horas, emplearon el tiempo en terminar la caseta de *Viejo George*.

En uno de esos días, Imogen decidió participar pintando la madera de color verde.

—¿Es tu color favorito? —le preguntó socarrón Liam.

—Ummm... no es mi favorito, pero creo que me trae suerte —contestó ella dando un ligero brochazo hacia arriba—. ¿Y cuál es tu favorito?

—El rojo.

La sonrisa abierta de Liam, algo ladeada y potenciada por aquella ceja izquierda elevada, hicieron que Imogen se sonrojara haciendo desaparecer las pecas de sus pómulos. Antes de lograr articular palabra, carraspeó, recolocó su trenza hacia el otro lado de su cara y contestó sin mirarle.

—Creí que sería el azul, por el mar.

—No, ahora es el rojo —volvió a decir él con seguridad y sin dejar de mirarla.

¿Se estaba declarando o acaso se estaba burlando de ella? Liam no se movía de su sitio, estaba lijando la superficie de una tabla, pero su mirada era demasiado intensa como para que Imogen no sintiera que se le estrangulaba la boca del estómago.

—Ah, ¿y por qué? —se atrevió a preguntar.

—Porque creo que es el color que me va a traer buena suerte.

Imogen lo miró sorprendida, con un cosquilleo en las mejillas. No hacía mucho, él había dicho que los pelirrojos traían mala suerte y aquello le daba la vuelta a la tortilla, dándole a ella la razón. Liam rio y ambos continuaron la tarea con las sonrisas retenidas y el pulso menos firme.

Por su parte, durante aquella semana, Imogen también le dejó post-its repartidos por la casa: de agradecimiento o con frases de los libros que había leído y que le recordaban a los momentos que ambos compartían. Había un efecto curativo en aquello para ambos, algo que conseguía solidificar su relación sin verse, que le daba alas a su imaginación y esperanzas a su corazón.

El viernes por la tarde llegó Ava para quedarse a dormir con ella, ya que el padre de Declan era un hombre de fuertes convicciones cristianas que no veía con buenos ojos que aquella chica se metiera en el cuarto de su hijo a pasar la noche previa a la boda de su otro hijo. La rubia llegó con dos maletines, una maleta de ruedas y un novio complaciente que había ido a buscarla a la estación de tren y que cargaba con todo.

—¿Dónde puedo dejar todo esto, Imogen? —le preguntó Declan alzando los ojos al techo.

—En mi cuarto, está abierto —le contestó risueña antes de mirar atónita a su amiga—. ¿Vienes para una noche o para quedarte un mes?

—No quiero ni una sola protesta. Mañana, cuando te veas preciosa después de pasar por mis manos, te preguntarás cómo seguir viviendo sin todo lo que contiene mi equipaje. Y eso va también por ti, Liam.

El muchacho que había entrado por la puerta trasera al oír las voces abrió los ojos y se encogió de hombros.

—¿Y qué es lo que quieres hacer conmigo exactamente? —preguntó apoyando las manos en el respaldo del sofá dejando caer el peso de su cuerpo hacia delante.

—Mañana, mañana...

Ava agitó su mano en el aire y siguió a Declan por el pasillo hasta la habitación de Imogen.

Liam miró desconcertado a Imogen y ella también se encogió de hombros:

—A mí no me preguntes, es tu *cuñada*.

Durante la cena, los hermanos contaron sucesos vergonzantes del otro para deleite y divertimento de las chicas. Bailaron los cuatro la danza irlandesa con la que al día siguiente todos los miembros de la familia O'Shea animarían el convite y, a una hora prudencial, Declan se marchó a su casa para que todos pudieran descansar.

Sin embargo, Imogen sabía que Ava no la iba a dejar descansar mucho aquella noche. En susurros le relató las mil y una maravillas que proporcionaba el hecho de tener por novio a un chico seis años menor que ella, sonrojándola y divirtiéndola a partes iguales. También hubo tiempo para ponerse serias hablando de nuevo de la tragedia de Liam, de aquella casa, de los recuerdos y de lo increíble que les parecía que algo así le hubiera sucedido. Terminaron fantaseando sobre la posibilidad de ser cuñadas y sobre cómo serían sus reuniones familiares compartiendo semejante suegro. Cuando decidieron cerrar los ojos, ninguna de las dos lo hizo realmente para dormir, sino para pensar en silencio en sus chicos O'Shea. Imogen volvió una y otra vez a las veces que había captado la mirada de Liam aquella noche, las sonrisas que parecían ocultarle algo, los roces ocasionales, quizás fortuitos, quizás provocados. Su corazón galopaba y el miedo a que los sentimientos de Liam hacia ella no fueran más fuertes, o iguales, que los que tenía de un recuerdo, le impidió conciliar el sueño con normalidad.

—¡Arriba perezosa! Hay mucho que hacer.

Ava tiró de sus párpados sin compasión, la destapó sin miramientos y le puso una taza de café en la mesita.

—Yo ya estoy arreglada, tienes que ponerte las pilas.

—¡Qué guapa estás! Pero no tienes que hacerme nada, Ava. Déjame dormir, no he pegado ojo esta noche con tus ronquidos. Hay tiempo de sobra —bufó.

—Yo no ronco, solo respiro fuerte. Y me da igual lo que digas, no voy a dejar que vayas a esta boda modosita y sosa. Tienes que deslumbrar, más que la novia si cabe, pero no más que yo, por supuesto —dijo meneando la cabeza y los flecos de su espectacular vestido rojo.

—¿Más que la novia? Eso no solo es algo imposible, sino que además es una crueldad.

—No creas... Dios sabe que he peinado a novias que parecían sacadas de una película de terror.

—Solo quiero un recogido sencillo —pidió sacando los pies por el lateral de la cama.

—Un recogido sí, sencillo, no. ¡Vamos, a la ducha!

Imogen no tuvo más remedio que dejarse hacer sentada frente al tocador. Sintió los tirones de pelo y las horquillas clavándose en su cráneo, los brochazos perfilando líneas de su rostro que nunca se le habría ocurrido a ella remarcar... Cuando fue a descolgar el vestido que pensaba ponerse, Ava la detuvo.

—Ni de coña vas a llevar eso. Ese traje tiene el nombre de Andrew por todas las costuras. Es cerrado, liso, soso...

—Me lo regaló él, pero a mí me pareció muy bonito —reconoció ella.

—Pues este lo es más —dijo su amiga sacando de una funda un delicado vestido de color turquesa pálido.

Al verlo, se echó a reír, cogió la percha y admiró lo bonito que era colocándoselo por delante.

—Es una pasada, pero yo no puedo llevar este tipo de vestidos, Ava. El escote de la espalda llega hasta el trasero. Yo no soy como tú, necesito ponerme un sujetador.

—¡Qué anticuada estás para venir del Nuevo Mundo!

Ava fue a uno de sus maletines y sacó dos adhesivos que le mostró con picardía.

—Ábrete la bata y ven para acá.

—¿Qué es eso? —exclamó Imogen protegiéndose los senos con las manos.

—No duele, solo es una pegatina con su protector para el pezón. Es un sujetador del siglo veintiuno, Imogen.

Ava la agarró por la cintura y le desabrochó la bata para poder colocarle aquellos parches con forma de flor.

—¿Y si se despegan? —preguntó escéptica la pelirroja.

—No lo harán.

—¿Y cómo me los quitaré si no se pueden despegar?

—Con cirugía... ¡Vamos, Imogen! Pues con agua caliente o algo que lleve alcohol. Ahora voy a ir a la habitación de Liam, así que vístete.

—¿Qué pretendes hacerle a Liam?

—Lo que mejor sé hacer—respondió y salió del cuarto como un vendaval.

Imogen miró el vestido que colgaba de su espejo. Su base de tul llevaba pequeñas perlas y flores cortadas con láser en toda la falda. La parte delantera la sujetaban unos finísimos tirantes que dejaban sus hombros al descubierto, pero de los que colgaban dos mangas con volantes transparentes del mismo tul decorado. Pensó que los zapatos plateados que tenía le valdrían igualmente, por lo que con tranquilidad comenzó a hidratarse las piernas mientras intentaba agudizar el oído, por si podía escuchar lo que estaba sucediendo al otro lado del salón.

Cuando terminó de vestirse se miró al espejo y tuvo que reconocer que estaba espectacular. Se mordió el labio deseando que, cuando la viera, Liam quedara igual de impresionado. Su aspecto distaba mucho del descuidado *look* de botas de agua, jerséis gordos y trenzas a medio deshacer por culpa del incesante viento irlandés.

—¡Imogen! —la llamaron desde el salón.

Se apresuró a coger el pequeño bolsito y su abrigo y, con pasos algo inseguros tras una larga temporada sin usar tacones, atravesó el pasillo hasta el salón.

Allí, Ava intentaba cruzarse una capa oscura de terciopelo y *Viejo George* ladraba detrás del sofá.

—¿Y Liam?

—Aquí estoy.

Desde detrás del sofá se incorporó el provocador de esos ladridos, elegantemente vestido con un traje oscuro y aquella sonrisa inconfundible que parecía más amplia, pues la melena de rizos que solían rebelarse a ambos lados de su cara había desaparecido. Su espesa cabellera era una peinada masa de ondas azabache, que dejaban su rostro despejado y descubrían a alguien de aspecto mucho más joven y a la vez masculino.

Imogen abrió los ojos al verle y vio cómo se le abrían a él de igual modo sin que ninguno de los dos fuera capaz de pronunciar ni una palabra.

—Sí, él está ahora bueno que te mueres y tú simplemente preciosa. Es eso lo que queréis deciros, pero no os sale, ¿verdad? —soltó Ava mientras abría la puerta de la casa.

—Bueno, te has cortado el pelo, sí...

—Exactamente eso.

Ambos hablaron a la vez y escucharon cómo Ava se reía ya fuera de la casa.

Liam elevó una ceja, echó los hombros hacia atrás para adquirir un porte erguido y varonil y le ofreció cogerle el abrigo para ponérselo. Ella avanzó hacia él muy nerviosa pero feliz porque su reacción al verla no podía haber sido más perfecta. Disfrutó del gesto cortés de Liam y aceptó su brazo con una amplia sonrisa.

—Tu amiga ha decidido llamar a un taxi. Dice que tu coche no combina con nuestro atuendo —le dijo él sin quitarle el ojo de encima.

—Bien, me parece bien —respondió ella en una nube.

El taxi los llevó hasta la iglesia de la Asunción, donde un buen número de familiares y amigos ya esperaban a los pies de sus muros grises, detrás de la valla de forja que delimitaba el pequeño jardín que rodeaba el precioso edificio gótico.

Ava e Imogen se sentaron discretamente en los bancos del fondo dejando los primeros para los familiares directos, pero no por ello dejaron de ser objeto de miradas curiosas entre los invitados.

—¿Te imaginas algo así, Imogen? ¿Tú y Liam? —preguntó Ava con picardía.

—Sabes que sí. Sueño con algo así desde los ocho años, pero ahora también me da miedo, Ava —le confesó en susurros.

—¿Miedo de qué?

—Pues a volver a perderme, a dejarme llevar por otra persona y desaparecer. Olvidarme de mí misma para ser lo que la otra persona necesita o quiere, me da un miedo atroz volver a ser quien era.

Ava la miró y cuando iba a contestarle hizo su aparición la novia y comenzaron a sonar acordes clásicos con los que ella avanzó para cruzar el pasillo que la llevaba hasta el altar.

A Imogen le pareció que Didi iba preciosa, con un vestido sencillo de caída pronunciada y una cola recortada que dejaban protagonismo a un precioso velo de encaje con el que se tapaba también la cara. También observó el altar, donde la esperaba Connor rodeado del resto de los hermanos O'Shea con aquella amplia sonrisa que los caracterizaba a todos. Liam miraba a la chica y los ojos le brillaban. Imogen se mordió el carrillo, rabiosa por no poder saber lo que estaría pensando en ese momento, si surcaban por su mente los recuerdos del día que se casó con aquella dulce chica que le dio una hija, o simplemente estaba admirando la belleza de la novia de su hermano. Por un momento, se preguntó si en algún recoveco de su mente había espacio para pensar en ella.

—Imogen, no tienes que tener miedo. Tú ya no eres la Imogen de antes y no podrías volver a serlo. Además, amar a alguien no significa tener que ser su sombra. Es desear querer hacerlo todo con esa persona, pero no necesitarla para hacerlo. Si tú dejaras de ser tú para convertirte en la otra persona, quizás dejarías de gustarle.

—Quizás por eso dejé de gustarle a Andrew.

—No te quepa la menor duda. Te convertiste en él y hasta él detestó estar con alguien así. —Ava rio y la gente la miró con reprobación.

Ambas se miraron cómplices y permanecieron el resto de la ceremonia en un prudente silencio.

El convite se celebraba en The Abbey Tavern, a unos metros de la iglesia, por lo que, en cuanto la ceremonia religiosa terminó, todos dieron un paseo por la calle, para deleite de vecinos y turistas.

Antes de comenzar, el señor O'Shea pidió un micro y reclamó la atención de los invitados:

—Hijo mío, hija mía... Os deseo que siempre tengáis paredes que os protejan del frío, un techo para la lluvia, risas que os animen y a todos los que amáis cerca de vosotros, como hoy.

Alzó su copa y ofreció un brindis que animó a todos para pedir un beso entre los recién casados.

El banquete avanzó entre platos de marisco, como no podía ser de otra forma, maridados con botellas de sidra. Cuando llegaron los postres, la suave música ambiental cesó y las luces del salón se atenuaron, provocando que todos comenzaran a aplaudir y a clamar entusiasmados. Imogen miró de un lado a otro con intriga. Todo le estaba pareciendo tan divertido que se esperaba cualquier cosa, por lo que, en cuanto vio levantarse de las mesas a todos los miembros masculinos de ambas familias, y que se dirigían al centro de la pista de baile, se unió a los aplausos. La percusión de unos tambores comenzó a sonar y, de pronto, se sumó un potente repiqueteo que salía de los zapatos de todos los bailarines. A Imogen se le antojó como un claqué celta muy sexy, con aquellas posturas erguidas y una perfecta coordinación. Pero no solo estaba impresionada con aquella danza irlandesa protagonizada por aquel grupo de imponentes hombres trajeados, sino que al ver los desenvueltos movimientos de pies de Liam, que no le quitaba ojo de encima, sintió que le conquistaba otro pedazo de corazón. Consideró que tal vez un buen número de sus ausencias se habían debido a las horas de ensayo y eso la animó. Quizás no habían sido tantas las huidas en busca de soledad y quizás, solo quizás, eso quería decir que su corazón no estaba tan cerrado como había pensado.

El baile aumentaba de ritmo a la par que el de las palmas de los invitados que disfrutaban con el espectáculo. El grupo comenzó a formar un semicírculo que reclamó a la novia con las manos. Esta se levantó, fue hacia ellos y el grupo se cerró en torno a los novios para dar vueltas a su alrededor hasta terminar la canción todos con un fuerte grito. Entonces, los hombres se giraron y reclamaron desde allí a sus parejas de baile para la siguiente danza. Imogen se puso tan nerviosa al ver aquel dedo índice llamándola a lo lejos que sintió el cuerpo untado con cemento.

—Vamos, nena, descálzate. Sé que has estado ensayando duro. —Ava la apremió y ambas fueron hasta la pista de baile. Se la entregó a Liam y ella se colocó frente a Declan.

—Ha sido impresionante. Sois todos unos bailarines alucinantes —confesó con los ojos llenos de pavor.

—¿Entonces por qué vienes con tanto miedo? Solo es bailar. —Él la agarró de la mano para tranquilizarla.

—Claro, solo bailar. Delante de todos —ironizó ella.

—No, Imogen. Bailar conmigo —se acercó a su oído para susurrárselo mientras la cogía también de la otra mano.

Aquello no tranquilizó precisamente a Imogen. Aquel contacto, el roce de su mandíbula afeitada sobre su hombro y el olor de una colonia que ya siempre le recordaría a él, dispararon su corazón.

Sintió cómo él la empujaba hacia atrás durante los primeros acordes de aquel violín y entendió que ya se habían formado las dos filas enfrentadas. Vio que tía Agatha era la pareja del Capitán O'Shea y no pudo evitar sonreír. Comenzaron las vueltas de brazos enlazados, los pasos coordinados en línea, dando palmadas en el aire, creando grupos que se formaban y deshacían con los brazos elevados. Era una coreografía liosa que salía a la perfección y que Imogen decidió disfrutar sin miedo a equivocarse, pues solo tenía que concentrarse en mantener la mirada en aquellos trozos de cristal que la guiaban. Apenas podía respirar, su cabeza daba vueltas con los giros y el vestido se le enroscaba en las piernas para deslizarse al lado contrario al siguiente segundo, pero fue liberador y divertido.

Para cuando la canción terminó estaba tan descolocada que no se dio cuenta de que estaba entre los brazos de Liam y que por fin sonaba un tema lento con el que se dejaron llevar. Ambos reían e intentaban recuperar el aliento casi robándoselo el uno al otro.

Imogen se agarró de los hombros de Liam y él la sujetó con firmeza con una mano abierta al final de la espalda mientras con la otra le recolocaba el fino tirante del vestido que se le había escurrido por el brazo. El recorrido de aquel dedo sobre la piel la estremeció y se aferró a él con más fuerza, lo que provocó que él también se aproximara más. Imogen cedió al deseo de acercar su cara al pecho de Liam, pero antes de que ella escondiera allí su rostro, él la paró con un dedo, retuvo su barbilla y la levantó hacia él.

—Si haces eso no podré seguir mirándote a los ojos —le dijo.

Con aquel mismo dedo estremecedor acarició el lóbulo de la oreja a la que acababa de susurrar. Imogen obedeció y encontró aquella profundidad transparente donde se leía una intensidad y un deseo muy similar al que ella sentía. Imogen no pudo evitar que se le acelerara la respiración y susurrar su nombre como si le pidiera auxilio.

Aquello era revelador y excitante, y estar en medio del salón de baile con toda su familia mirándolos de reojo aumentaba aquella sensación, al convertir en prohibida cualquier muestra más descarada de intimidad entre ellos.

Imogen notaba que la piel le ardía; ni siquiera escuchaba la música. Se sentía dulcemente atrapada en un momento mágico ajeno al tiempo.

Sin embargo, la romántica melodía cesó y el ritmo cambió bruscamente con una canción mucho más animada que atrajo al resto de invitados a la pista de baile. Se vieron envueltos por la multitud, casi inmovilizados y, aun así, incapaces de soltarse. Fue Ava quien, con un tirón, le recordó entre risas que todavía iba descalza.

Imogen se dejó arrastrar por su amiga hacia la mesa para recuperar su calzado sin dejar de observar a Liam, que se había quedado quieto viendo cómo ella se alejaba.

—Imogen, estás temblando —le dijo Ava con las cejas alzadas.

Imogen se había sentado para ponerse los zapatos, pero no conseguía atarse la lazada en sus tobillos. Sentía los dedos adormilados, y miró a su amiga queriendo sonreír, pero sin conseguirlo.

—Ava, puede... puede que entre Liam y yo ocurra algo. Puede que él también sienta algo por mí.

—Cielo, creo que eres la última de toda esta sala en darte cuenta de eso. Y necesitas una copa.

Ava le llevó dos chupitos de whisky que, tras brindar por lo que pudiera pasar aquella noche, se tomaron sin respirar. A esos les siguieron otras dos rondas que intentaron quemar en la pista bailando.

A Liam lo habían atrapado sus primos, pero ambos se miraban en la distancia sin cesar. Imogen bailaba y bailaba, buscaba sus ojos y volvía a dejarse llevar por el reclamo general de no perder el ritmo. Ava estuvo con ella hasta que Declan apareció para llevársela sin preguntar, y fue entonces cuando Imogen se dio cuenta de que Liam había desaparecido. Sintió que el corazón se le paraba. Lo buscó frenéticamente entre toda aquella gente que parecía dar vueltas descontroladas en su mente. Le hablaban, pero ya no entendía nada. Lo buscó con desesperación y terminó por acercarse a la mesa donde estaba su bolso y su rebeca. No podía creer que él se hubiera marchado sin ella, no después de aquel baile.

Salió del salón de aquella taberna del siglo XVI reformada, con el ánimo roto y en busca de aire fresco que sosegara la profunda decepción que sentía. Ya en la calle vio que era noche cerrada. Respiró profundamente e hizo esfuerzos por no llorar. Fue hasta la esquina del edificio y se apoyó en la fachada. Sentía tanta rabia y desilusión...

—¿Imogen?

Miró a su izquierda, hacia el estrecho callejón que había entre la taberna y otra antigua casa de piedra gris, y vio salir de allí a Liam.

—¿Qué hacías ahí? —preguntó ahogada.

En aquel callejón no había nada ni nadie, apenas llegaba la tenue luz de la farola que había en la acera. Se separó de la pared y giró para acercarse a él.

—Respirar... y pensar en ti —comentó mostrando por fin sus sentimientos.

—¿En mí? ¿Y qué pensabas? —La voz le tembló y apretó el pequeño bolsito entre sus manos.

Pero Liam no habló. Se acercó con ímpetu a ella y le agarró la cara con ambas manos para besarla con fuerza mientras la apoyaba contra el muro del callejón.

Imogen no podía creer que los labios de Liam estuvieran presionando ansiosos los suyos, por lo que tardó unos segundos en reaccionar y devolverle los besos. Y cuando eso ocurrió, se aferró a su espalda y él soltó su cara para rodearle la cintura. Liam la elevó sutilmente y pegó su torso al tembloroso cuerpo de Imogen. Cuando se estaban quedando sin aire, Liam la dejó respirar apartando su cara apenas unos milímetros.

—Creí que te habías ido —gimió ella.

Liam acunó su mejilla con la mano y acarició la piel moteada como si fuera seda.

—Lo siento.

Volvió a besarla y esta vez Imogen no se contuvo, devolvió cada beso con pasión aferrándose a él con todas las fuerzas de su cuerpo. Había deseado aquel momento demasiado, había soñado con eso incluso antes de conocerle. Sentir aquello por alguien, recibir tanto de alguien. Y ese alguien era Liam y no podía sentirlo más irreal por real que fuera.

Liam deslizó las manos para aferrarse a sus muslos y levantarla hasta apoyarla en sus propias caderas. Imogen era una pluma fácil de manejar entre sus brazos, era ligera y se dejaba llevar. Siguieron besándose mientras daban vueltas de una punta a otra del callejón hasta que la respiración se hizo agónica y la oscuridad les atrapó por completo.

—Voy a llamar a un taxi para ir a casa—dijo él jadeante.

—Bien, me parece bien —rio ella.

Buscó su mano y la condujo fuera de aquel estrecho callejón. Sacó de su bolsillo un teléfono y buscó el número para llamar.

—¿Tienes un móvil? —le interpeló ella anonadada.

—Claro.

—¿Desde cuándo?

—Desde siempre.

—Pero yo creía que no te gustaban las tecnologías, ni siquiera tenemos televisor en casa.

—Tengo conexión a Internet con el teléfono, no necesito nada más. ¿Te supone un problema? —le preguntó extrañado.

Imogen se mordió el labio, lo miró a los ojos y vio la preocupación en su rostro. Recordó las imágenes borrosas de él cuidándola cuando no se conocían, las tazas reparadas, las tortitas de *colcannon*, el paseo en barco, la caseta de *Viejo George*...

—No, no hay ningún problema.

Era absurdo culpar a la tecnología de lo que le había sucedido con Andrew. Liam no tenía nada que ver con él; ni la mejor versión de su ex se le podría comparar, pero sonrió al darse cuenta de que ella tampoco tenía nada que ver con la antigua Imogen. No había de qué preocuparse; de hecho, sintió agradecimiento cuando en menos de cinco minutos apareció el taxi que los llevaría hasta el acantilado.

Durante todo el trayecto Liam habló con el taxista a quien, por supuesto, conocía. Ella guardó silencio, tenía su mano entrelazada con la suya. Solo podía concentrarse en aquella sensación, en las suaves caricias que él inconscientemente le hacía con el dedo en el interior de su palma. Lo miró de reojo. Él sonreía... cómo no. Hablaba con desenfado de algo a lo que ella no prestaba atención. Estaba encandilada por el brillo de sus ojos cristalinos, por su perfil despejado y masculino, por el sonido de su voz grave y resuelta.

Cuando bajaron, Imogen se aproximó a la puerta para abrir con su llave mientras Liam pagaba la carrera, pero antes de que ella pudiera encender la luz él la detuvo atrapando su mano en el aire. Ella se quedó petrificada, el corazón le latía tan apresuradamente que su respiración no podía más que ir al mismo ritmo. Liam cerró la puerta con el pie y la agarró desde detrás por la cintura.

—¿Quieres que te acompañe? —le susurró acariciándole el cuello con su labio inferior.

Imogen no contestó. Se giró entre sus brazos, se agarró a sus hombros y lo besó. Liam entendió aquello como un claro consentimiento, por lo que, con un rápido movimiento, la cogió en brazos. Ella rio y se dejó llevar por el pasillo hasta su dormitorio.

—¿Está echada la llave? —preguntó él.

—Nunca ha estado echada —contestó ella buscando sus ojos.

Liam empujó con suavidad la puerta y entraron a una habitación iluminada levemente por la luz de la luna que entraba por el ventanal.

Imogen sintió cómo la dejaba escurrir hasta el suelo y retrocedía un paso, lo que hizo que se le detuviera el corazón. Por un segundo temió que él se hubiera arrepentido, pero entonces vio que se quitaba la chaqueta y ponía una rodilla en el suelo frente a ella. Imogen entendió sus movimientos cuando le reclamó un pie. Se sentó en el borde de la cama y puso la punta del zapato de tacón sobre su rodilla.

Liam miró un par de veces para adivinar por dónde se desataba y, cuando lo descubrió, elevó las cejas, lo que la hizo reír de nuevo.

Imogen estaba muy nerviosa, pero incluso en aquel estado él conseguía hacerla reír y mantener el deseo a partes iguales. Cuando sus pies estuvieron descalzos, él agarró sus tobillos e Imogen se estremeció. Cerró los ojos por un momento y respiró con profundidad al sentir cómo las manos de él ascendían por sus piernas y levantaban el vestido por encima de sus rodillas dejando las manos allí fijas. Al abrir los ojos encontró los de él mirándola desde abajo. Brillaban en la oscuridad como la luz potente de un faro. Se incorporó un poco hasta alcanzar su boca y la besó. Primero un beso tierno, luego otro más prolongado hasta terminar abriendo su boca con intención de entregarle toda su pasión. Se echó sobre ella reclinándola y, cuando Imogen apoyó la cabeza en la cama, sintió un fuerte pinchazo que la hizo chillar.

—¿Qué pasa? —Liam paró el beso y se incorporó levemente.

—Ay, Dios... es el recogido. Ava me ha puesto más de dos docenas de horquillas en el pelo y se me ha clavado alguna —contestó ella.

Aquella carcajada fue tan potente que Imogen sintió que acababa de arruinar el momento.

—Lo siento —dijo compungida.

—¡Qué tontería! Vamos a solucionarlo.

Liam se subió a la cama y se colocó detrás de ella, puso las manos en su pelo y comenzó a tantear sobre el recogido en busca de las horquillas. Una a una las fue quitando con cuidado mientras se las entregaba y las iba contando. Los mechones de pelo iban desenroscándose sobre su espalda y él los acariciaba antes de soltarlos.

—Y veintidós —susurró.

Imogen se giró para mirarle y sonrió. Él le ofreció una sonrisa idéntica, pero cargada de diversión, lo que provocó en Imogen el impulso de acariciar sus labios. Liam le besó los dedos y enroscó un mechón de aquella melena pelirroja en uno de los suyos. Ella se dio la vuelta por completo encarándose a él y decidió bajar la mano hasta los botones de su camisa para abrírsela. Le temblaban, pero no paró hasta ver su torso desnudo. Y con solo una caricia hizo que él quisiera atrapar de nuevo su boca. Se aproximaron el uno al otro, él consiguió bajar la corta cremallera trasera del vestido y capturar los finos tirantes para que se deslizaran hasta su cintura. Los besos de él eran voraces y cuando Imogen creía que iba a perder el conocimiento al sentir los dedos de él acariciar su pecho, Liam volvió a retirarse de forma brusca.

—Pero qué es esto...

Imogen que no comprendía se miró y, al verse, volvió a gritar y se tapó con las manos los senos para dejarse caer hacia delante en la cama hundiendo la cara en el edredón, muerta de vergüenza.

—Ava me puso unos adhesivos para sujetar el pecho —dijo con la voz amortiguada por el edredón.

Otra vez aquella carcajada que rompía todo atisbo de erotismo. Imogen no podía creer que aquello estuviera sucediendo y quiso que la cama se la tragara y la transportara a un planeta lejano.

—Anda, vamos, date la vuelta. —Liam consiguió voltearla y miró con curiosidad el discreto dispositivo de sujeción—. ¿Y esto cómo se quita?

—Ava dice que con agua caliente o alcohol —suspiró Imogen.

—Espera, ahora vuelvo.

Liam salió de la habitación con la camisa abierta y por fuera de los pantalones. Imogen escuchó ruido de cajones y de objetos chocar, luego las pisadas regresaron y se sentó a su lado con una botella en la mano.

—Whiskey, seguro que es más fácil así.

—Qué vergüenza, Liam... —se lamentó Imogen.

—Tonterías, esto no tiene por qué ser tan malo. Déjame a mí —le propuso él y la besó con ternura, hasta devolverle la sensación de que no había otra cosa en el mundo que él deseara más que estar con ella.

Roció su pecho con *Jamenson* y tiró con suavidad de una de las tiras:

—¿Duele?

—No —contestó temblorosa. El contacto de sus manos hacía que no sintiera otra cosa que no fuera aquella corriente eléctrica que le surcaba todo el cuerpo.

—¿Esto se reutiliza? —le preguntó Liam curioso cuando separó una por completo.

Imogen negó con la cabeza. Era tremendamente embarazoso revelarle su intimidad de aquella manera, pero solo porque él permanecía tranquilo, con aquel tono divertido en su voz, no salió corriendo para encerrarse en el baño. Quizás la Imogen de antes lo hubiera hecho, pero aquella no pensaba salir huyendo.

Cuando Liam terminó su labor, la miró a los ojos y sonrió triunfal.

—¿Hay algún otro objeto en tu cuerpo del que deba liberarte?

—Por Dios, Liam, cállate y bésame.

No se hizo de rogar. Se abalanzó sobre ella haciéndola caer hacia atrás y devoró su boca con ansiedad. Había urgencia y necesidad de dominar aquel espacio, de descubrirlo por completo: su tacto, su suavidad, sus movimientos... Imogen se sintió deseada. Él surcaba las curvas de su cuerpo como si sorteara olas en el mar y fue fácil seguir su ritmo porque solo tenía que dejarse llevar por un buen patrón de navegación.

Fue rápido, ansioso, explosivo e intenso. A Imogen prácticamente no le dio tiempo de asimilar lo que estaba sucediendo cuando perdió el control y fue suya por completo. Y, aun así, respirando con dificultad, sintiendo su cuerpo ligado al de él, no era capaz de creer que fuera real, que en aquel momento él fuera suyo y ella de él.

Liam la rodeó entre sus brazos mientras recuperaban el aliento. Sus respiraciones acompasadas se mezclaban con el sonido del mar embravecido, por lo que las palabras sobraban. Él le acarició el pelo, le besó el hombro y permanecieron así hasta que el sueño los venció.

22

Con toda la emoción y los nervios que había experimentado, le pareció mágico que el sueño la atrapara con tanta facilidad. Había tenido una noche perfecta, pero al despertar notó algo extraño. El sol no iluminaba con normalidad, la habitación estaba sumida en una grisácea penumbra y hasta el viento, que sacudía siempre con ráfagas intermitentes su ventana, se escuchaba como un silbido atenuado. Pero Imogen era consciente, sin llegar a abrir del todo los ojos, de que el sol ya había salido. Se desperezó un poco y notó que estaba sola en la cama, lo que la hizo abrir del todo los ojos y sentir cierto miedo.

La casa estaba sumida en el silencio y caldeada como si por efecto de algún aislante externo conservara aún el calor que habían emitido sus cuerpos durante la noche.

Imogen se incorporó en la cama y se restregó los ojos para poder ver las sombras de su cuarto. Se levantó, tanteó con la mano la pared en busca de la bata de seda de Ava y se acercó a la ventana para ver el extraño efecto climático que envolvía el *cottage*. Agarró la cortina de red y apoyó una rodilla sobre el banco para acercarse al cristal empañado. Quitó la humedad con la mano y descubrió una espesa bruma sobre la explanada. Se fijó bien y distinguió la figura difusa de Liam. Estaba sentado de espaldas a ella, en el banco junto al muro de piedra del acantilado. Se cerró la bata un poco más y se abrazó los codos. Temió lo que pudiera estar surcando la mente del pescador: si este ardía en deseos de huir, si había salido necesitado de oxígeno con el que darle lucidez a su mente, si se arrepentía profundamente del paso que había dado, si...

El miedo caló hasta sus huesos y la hizo temblar, pero decidió salir e ir hasta él. Avanzó sintiendo cómo se le humedecía la bata con el vapor y se contrajo para protegerse.

—Liam —lo llamó con suavidad.

A pesar de llevar puesto tan solo unos pantalones de algodón, él no parecía sentir frío. Estaba tan hipnotizado mirando el mar que no había escuchado los pasos de ella y, al sentir su pequeña mano en el hombro, se estremeció.

—Imogen —dijo su nombre con tono sorprendido, pero no la miró. Su vista seguía anclada en el horizonte velado como si esperase ver algo más allá.

—¿Te encuentras bien?

—¿Habías estado antes dentro de una nube? —Sin responder y sin mirarla, consiguió poner una mano detrás de una de las rodillas de la chica.

—La verdad es que no —contestó ella con el corazón encogido. Alzó los brazos y estiró los dedos de las manos para acariciar aquella textura casi imperceptible—. Pero es una nueva experiencia, y me gusta.

Imogen tenía pegada la bata a su cuerpo, sentía gotas de agua formarse sobre sus piernas. La cara humedecida mantenía alerta todos sus sentidos, concentrados en el punto donde él la estaba tocando.

—¿Estás aquí, así, porque te arrepientes de lo que ha pasado entre nosotros? —preguntó ella con suavidad.

Liam sopló y la bruma formó espirales frente a su boca. Tardó un poco en contestar, el tiempo suficiente para que Imogen sopesara la posibilidad de salir corriendo de allí, de escapar antes de escuchar algo que con seguridad rompería su corazón.

—Yo no soy lo que necesitas, Imogen, no soy lo que nadie pueda necesitar —contestó con amargura.

—Es que yo no quiero necesitarte, tan solo quiero compartir esto contigo. —Imogen dejó que sus manos bailaran agitando la bruma entre ellos.

Las olas del mar rompían de forma estruendosa contra la alta pared de piedra dotando de profundidad aquel momento de confesión.

—No quiero dejar de sentir este dolor. El dolor es lo único vivo que me queda de ellas. No voy a renunciar a él, Imogen. Y eso me convierte en alguien inestable, como el mar que puede pasar de estar en calma a desatar su furia como una tormenta en unos minutos.

Era difícil pensar que los surcos profundos de su frente se habían formado con sufrimiento, que aquellos músculos fuertes de alguien que debería estar comenzando a vivir, habían enterrado ya toda una vida.

—Pues saltaré las olas bajo la lluvia, las saltaremos juntos. ¿Acaso la vida no es eso, disfrutar de los escasos momentos de felicidad mientras superamos los obstáculos? No quiero que te alejes de mí cuando te sientas así. Quiero abrazarte, incluso cuando llores por ellas. —Puso la mano en su cara con suavidad y la acarició hasta despegar la yema de sus dedos al final de la barbilla.

Liam, sentado frente a ella, la agarró por las caderas y la colocó entre sus piernas. Apoyó la frente en su vientre y respiró. Imogen comenzó a temblar. Seguía perdida dentro de la mente de aquel corazón roto, pero su cuerpo reaccionó en cuanto él deshizo el nudo que mantenía la bata cerrada para abrírsela y dejarla aún más al descubierto. Ella enredó sus dedos entre las hondas de su pelo e intentó mantener un ritmo coherente en la respiración mientras él besaba su ombligo.

Terminó por sentarse a horcajadas sobre él al sentirse atraída por sus manos, y le besó. Aquel beso fue diferente, fue cálido, tierno y lento. Aquello provocó en ella unas oleadas de deseo que le hicieron aferrarse a su espalda con fuerza. Las emociones de Liam eran tan intensas que Imogen sentía la necesidad de entregarse a él por completo. Él se levantó con ella en brazos y cruzó la niebla con pasos seguros para regresar al interior de la casa.

Volvieron a hacer el amor de forma pausada, intercambiando muchas miradas profundas. La bruma se deshizo y el sol comenzó a iluminar la habitación con un brillo cálido.

Guardaron silencio durante bastante tiempo. Ambos estaban perdidos en sus pensamientos, pero Imogen sentía las caricias de Liam en su brazo. Allí, recostada sobre aquel pecho que encerraba un corazón palpitante, encontraba un millón de razones por las que quería permanecer así y solo una por la que huir: el miedo a que todo aquello terminara rompiendo de nuevo su corazón.

—No tiembles, Imogen. Voy a quedarme.

Ella alzó la cabeza para mirarle una vez más y sonrió. Había sinceridad, una promesa firme y eso era más que suficiente para ella. Además, la cara de Liam era demasiado irresistible. Lo besó con rapidez y se sentó en la cama para activar el día.

—¿Desayunamos?

—Podemos ir a Prudy's Pot y luego podríamos salir a navegar. Quiero enseñarte a pescar langostas.

—Eres una fuente inagotable de nuevas experiencias —dijo ella perdiéndose de forma traviesa entre las sábanas.

—Unas mejores que otras, espero... —comentó con picardía.

—Desde luego, unas muchísimo mejor que otras.

Se ducharon y se vistieron con ropa cómoda para pasar el día en alta mar. La niebla había dado paso a un cielo despejado de primavera en el que se podía respirar paz. Decidieron bajar paseando hasta el pueblo, disfrutando del precioso color clorofila que tenía el campo y descubriendo las flores que comenzaban a aparecer salpicando el terreno.

A medida que se iban cruzando con vecinos de Howth, Imogen se puso nerviosa. Liam la llevaba agarrada de la mano, algo que ella no esperaba, pero que la mantenía flotando en el aire. Pero aquello era tan sorprendente para ella como para la gente que le conocía a él y sabía de su trágica historia. Él los saludaba a todos con naturalidad, y apretaba su mano con más firmeza frente a las miradas más descaradas.

—Nos miran, Liam —le dijo ella dándole un tirón a su mano.

—Yo creo que te miran a ti, a mí me tienen ya muy visto —bromeó él.

—Vamos a ser la comidilla de mucha gente hoy.

—Alguien tendrá que animar sus vidas, ¿no? —repuso Liam para mostrarle lo poco que le importaban las habladurías de la gente.

Desayunaron en la mesa central del local por elección de Liam, por lo que eran diana fácil de todo aquel que entraba. Tardaron más en desayunar de lo normal, porque cuando Liam saludaba a alguien no se contentaba con un «buenos días», sino que tenía que intercambiar al menos cuatro frases con cada uno.

—¿Siempre has sido tan popular por aquí? —le preguntó ella, quien había optado por concentrarse en su plato y comer mientras a él se le enfriaba todo.

—No sé si popular o polémico... pero tuve mi momento cuando cantaba en el Hoogan —sonrió.

—Puedo hacerme una idea. ¿No has pensado en volver a hacerlo?

—¿Cantar en un pub? —Negó con la cabeza y arrugó la frente—. Los grandes artistas saben cuándo es el momento de retirarse.

—Bueno, no estoy de acuerdo. Mira a Mick Jagger, o a Bono, que es irlandés.

—Exacto, ellos saben que aún no ha llegado el momento. —Ambos rieron—. La verdad es que lo dejé porque era insoportable vivir con las fans y las groupies siempre detrás de mí.

—Oh, sí... Eso también puedo imaginármelo. —Imogen le puso morritos cómicos, miró al techo y se cruzó de brazos en el asiento para ver cómo él se terminaba su desayuno irlandés completo.

Aunque en cierto modo aquello podía haber ocurrido de verdad, solo tenía que imaginárselo con diez años menos, en plena adolescencia, con aquella sonrisa, esos ojos y la palabra «problemático» tatuada en la espalda. Tuvo que ser terriblemente irresistible y los vestigios de aquello los encontraba en la forma de mirarle que tenían todas las chicas del pueblo.

Encargaron allí mismo unos bocadillos de carne para llevarse al barco y siguieron su camino hacia el puerto.

—¡Focas! ¡Liam, son las focas! —gritó Imogen al ver los bigotes alargados de dos cabezas grises junto a las rocas.

—¿Pero es que todavía no habías visto la principal atracción de Howth?

—¡No! —Imogen juntó las manos a la altura de su pecho con emoción.

—¿Vas a llorar otra vez? —preguntó burlón.

—No —dijo negando con los labios apretados.

—Estás llorando —rio Liam.

—¡Es que son tan bonitas! —tuvo que reconocer.

—¿Quieres darles de comer?

—¿Se puede?

—Pues claro, espera.

Liam se acercó a un chico, al que le pidió una bandeja de arenques, y sacó un par para dárselos a Imogen.

—Lánzales uno.

Imogen lo hizo y la foca dio un salto artístico con el que consiguió apresar el ejemplar. Volvió a repetirlo con el otro pescado y aplaudió entusiasmada.

—¡He visto a las focas! —chilló con alegría.

—Eres como una niña pequeña con caramelos.

—Solo disfruto con las pequeñas cosas —aplaudió.

—Con un entusiasmo inocente —comentó enternecido antes de besarla allí mismo.

—¿Y esto? —preguntó ella asombrada por aquella impulsiva muestra de cariño.

—Esto es solo el comienzo del día.

Comenzaron a andar hacia su punto de amarre agarrados de la mano atrayendo más miradas y cuchicheos.

Liam dejó que Imogen llevase el timón en cuanto salieron del puerto y navegaron un buen rato hasta que él eligió el sitio en el que esperaba atrapar alguna langosta.

—Ven y aprende, Imogen. Este arenque en salazón que he comprado será el cebo. Se pone dentro de la nasa, la langosta lo huele y entra en la trampa. A las langostas les gusta meterse entre las rocas y sitios así. Ahora la echamos al agua atada a la boya y, con suerte, dentro de unas horas tendremos la cena esperándonos.

Liam echó al mar cuatro nasas más, que Imogen le ayudó a preparar con curiosidad, y luego volvieron a poner los motores en marcha. Llegaron hasta la isla, la bordearon para avistar las distintas especies de aves que allí vivían y continuaron por la costa como si aquello fuera una ruta turística para que Imogen viera Irlanda desde otra perspectiva. Empezaba a gustarle la sensación de libertad, de pureza e inmensidad que acompañaba al mar, pero cuando Liam se alejó demasiado de la costa, se puso nerviosa.

—¿Pretendes llegar a Gales? —le preguntó tensa.

—Tienes miedo de perder de vista la costa, ¿eh? —bromeó.

—No es eso...

—Me siento ofendido. Soy un gran marinero que ha surcado casi todos los mares del planeta y aun así temes perderte junto a mí —dijo con una ceja elevada.

—Bueno, mira lo que le pasó al *Titanic*.

Liam soltó una gran carcajada y dejó los mandos para agarrarla por la cintura.

—¡Estás loco, agarra el timón! —exclamó ella zafándose de él.

—Está bien, volvamos a la costa, pero para tu tranquilidad: por aquí no suele haber icebergs flotando.

Echaron el ancla cerca de la isla del Golf para comer disfrutando de la calidez del sol, a ratos velado, pero más que suficiente para dos cuerpos que al más mínimo roce respondían con arrebatos que les hacían subir la temperatura en décimas de segundo.

Aunque Imogen estaba ávida de besos, notaba la falta de sueño y, tras una buena tanda de arrumacos, se quedó dormida en los sillones de cubierta bajo una manta, mecida por el vaivén de un mar que les hacía llegar olas suaves y espaciadas.

Al despertar, el sol quemaba la línea del horizonte, como si un volcán estuviese derramando lava sobre la superficie azulada. Liam había arrancado los motores, pero dejó que ella permaneciera tumbada, protegida del frío para disfrutar del paseo. Imogen no podía tener unas vistas más espectaculares, la ancha espalda de Liam, su cuello despejado y musculado sobre el que se dibujaba la línea de una mandíbula marcada, y su perfil parecía también teñirse con el ocaso del sol. Con aquello Imogen revivió en su mente las apasionadas escenas que habían compartido desde la noche anterior. Aún no había pasado ni un solo día desde su primer beso y ya no era capaz de imaginar una realidad donde aquellos besos dejaran de existir para ella. El corazón le estallaba de amor. Estar con él hacía que el reclamo de su familia para que regresara a Filadelfia enmudeciera; pero todavía era más potente el hecho de que su compañía había enterrado definitivamente los recuerdos de Andrew y convertido lo que un día consideró auténticos sentimientos de amor en un fraude. Lo que sentía por Liam... eso sí que era verdadero y auténtico amor, porque era libre y ella misma junto a él.

Llegaron hasta las boyas y las subieron entre los dos, una a una, dos vacías y tres llenas.

—¡Vaya, pelirroja! Voy a tener que traerte a faenar más a menudo, me has traído suerte.

—¡Pero si hay dos vacías!

—A veces lo están todas. Te aseguro que tres de cinco es muy buen número.

Liam sacó con cuidado las langostas azules con motas blancas y, con ayuda de unas tenazas, les puso unas gomas en las pinzas.

—Esto es porque quiero conservar todos mis dedos —bromeó—. Mira, esta es una hembra y hay que lanzarla de nuevo al mar, porque son las que ponen los huevos. Antes hay que hacerles una marca en la cola en forma de «uve» para avisar a los futuros pescadores de que es una hembra y que así no la capturen. Hacerlo es como echarnos piedras sobre nuestro propio tejado, ¿entiendes?

—¿Y esta? ¿Podemos quedarnos con esta?

Liam cogió un medidor que puso entre el ojo y el final del lomo del ejemplar y, como tenía más de cuarenta centímetros, le dijo que sí.

—¡Tenemos cena! —exclamó feliz Imogen.

—Tenemos dos para la cena —afirmó él al medir la última.

—Menudo festín. ¿Cómo las va a preparar, chef?

—Pues en el barco no tengo una gran despensa así que tendremos que conformarnos con cocerlas, pero tengo vino.

—Suena perfecto. —Imogen le besó y él sonrió para repetir sus palabras y volver a besarla.

Bajaron al camarote para cocinar entre risas, tropiezos por culpa del vaivén del barco y recesos que se imponían por la necesidad de besarse. Los dos estaban más hambrientos de besos que necesitados de alimento. Cenaron copiosamente, alumbrados por la tenue luz de unas velas, bajo un cielo plagado de estrellas. Imogen jamás había visto algo igual. Era como si el cielo siempre hubiera estado apagado y él hubiera encendido su interruptor. Y allí, rodeados por la nada, volvieron a hacer el amor hasta que Imogen le recordó que debían regresar o llegaría tarde al trabajo.

23

Imogen llegó volando a la clínica, entró saludando con alegría a todo el mundo, como si en lugar de estar terminando el día, para ella fuera el comienzo.

—¿Qué le pasa hoy, enfermera Murphy? —le preguntó una auxiliar.

Imogen sonrió y se encogió de hombros, como si no entendiera por qué preguntaba. Se sacó el jersey y lo guardó en su taquilla.

—Estará enamorada. Tiene esa sonrisa de atontada que es inconfundible —contestó la otra auxiliar de más edad.

Imogen salió riendo de la sala de enfermeras, preparada para comenzar su ronda con entusiasmo, pero la directora la reclamó por los pasillos.

—Enfermera Murphy, ¿puede pasar a mi despacho un momento? Hay algo de lo que quiero hablar con usted.

—Sí, por supuesto. Iba a ver a la señora Corey. Me han dicho las del turno de tarde que ha sufrido mareos durante el día.

—Solo serán unos minutos —aclaró con tono seco.

En décimas de segundo pensó en lo último que había hecho allí el jueves por la noche, en algún posible error cometido con algún paciente, algo que se le hubiera pasado por alto.

La directora le indicó que se sentara al otro lado de su escritorio y juntó las manos.

—Imogen, ya lleva trabajando aquí cinco meses y sé que su contrato es de un año completo.

—¿Me va a despedir? —preguntó angustiada.

—¡No, por Dios, Imogen! ¿Por qué iba a hacerlo? Todo lo contrario. La enfermera Kingston sufre de fuertes dolores debido a su fibromialgia y se ha tomado la baja definitiva, por lo que ese puesto en el turno de mañana queda libre. He seguido su trabajo de cerca, he visto cómo se relaciona con los pacientes, lo que disfruta con el trabajo y la excelente actitud que tiene frente a cualquier inconveniente. Además, he observado que consigue llegar a nuestros pacientes más especiales. Por todo eso, he pensado que podría estar interesada en ocupar su puesto como enfermera en el puesto de día, con un contrato fijo, si es que su intención es quedarse a vivir aquí, claro.

—Wow —contestó ella sorprendida. No era lo que esperaba, en realidad era mucho más de lo que ella podía esperar.

—No quiero que me conteste ahora, piénselo y me lo dice antes de que termine la semana para pensar en otra persona si no está interesada.

—Por supuesto. Quiero decir, claro, lo pienso con tranquilidad y le contesto cuanto antes. Yo, me siento muy agradecida. Gracias por pensar en mí.

Imogen intentaba respirar con normalidad, pero le temblaba todo el cuerpo antes la nueva oportunidad que se le presentaba. Era algo muy importante, casi definitivo. Implicaba tomar la decisión de despedirse de Filadelfia y de los suyos para quedarse allí a vivir.

Le habría contestado un «sí» rotundo y habría firmado en aquel mismo instante el contrato, pero aceptó ese margen de tiempo que la directora le concedía. Debía pensar las cosas con tranquilidad, pensar en lo que eso implicaba para Liam y ella, hablarlo con él... pensar en ella misma. Qué era lo mejor y qué era lo peor, en frío. Pero, de todas formas, salió de aquel despacho con una gigantesca sonrisa atrapada en su corazón porque el futuro se dibujaba extraordinario, acariciaba una vida perfecta con la punta de los dedos y podía sentir el maravilloso cosquilleo que esta le producía.

Se pasó por la habitación de Rosie, pero no llegó a entrar porque, desde el pasillo, vio cómo hablaba desenfadadamente con otra chica que acababa de ingresar con su mismo problema. Le estaba enseñando sus libros de lectura y ambas reían. Tan solo se asomó y les indicó que bajaran un poco la voz.

Cuando el edificio se sumía definitivamente en el silencio y la oscuridad de la noche lo envolvía todo, Imogen sabía que era la hora de tomar su café de máquina. Se lo llevó al mirador del pasillo, cuyas amplias ventanas daban al mar, y se apoyó en la pared para beber la poción mágica y suspirar mientras acudían a su mente los recuerdos de aquel día. No había luna que iluminara el mar, pero podía oírlo y casi sentir de nuevo las gotas que habían salpicado su cara durante la navegación.

—Aunque tengo unas vistas parecidas desde mi ventana, este sigue siendo mi rincón favorito, y parece que ahora es el tuyo también.

Moira apareció agarrada a su gotero, casi transparente y etérea, con su larga melena rubia y lacia envolviendo su cuerpo como si fuera una manta natural.

—Sí, es mi lugar favorito.

La paciente se apoyó en la pared contraria y su mirada se perdió a través del cristal.

—¿Has tenido un mal día, Moira?

—No, todo lo contrario. De hecho, creo que todo empieza a encajar, que es como debe ser —contestó con aquella voz tierna.

—Eso está bien. Entonces ha sido un buen día para las dos.

—Se te ve muy contenta, hoy brillas de forma especial.

—¿Brillo? —rio Imogen—. Bueno, es que estoy muy feliz.

—¿Y tiene que ver algo de esa felicidad con un guapo irlandés?

Imogen sonrió. Se suponía que no debía hablar de su vida personal con las pacientes, pero ella opinaba que para que otra persona se abriera también debías entregar algo.

—Sí y no. Liam y yo... bueno, por fin parece que somos algo. No sé muy bien el qué realmente, pero es bueno, muy bueno. Pero a la vez se trata de mí más allá de él, de quien soy aquí, de lo que he conseguido por mí misma. Llega un día que paras, lo ves todo desde fuera y te gusta lo que ves.

—Eso es maravilloso, se te ve feliz.

—Lo estoy, muy muy feliz.

—¿Y a él se le ve feliz?

—¿A Liam? —Imogen la miró y frunció el ceño—. Bueno, a su manera, yo creo que sí.

—Todo empieza a encajar —repitió Moira. Se llevó una mano al pecho y la miró con ternura.

Imogen la vio tan bonita, delicada y perdida a la vez que quiso abrazarla, pero recordó que a ella no le gustaba el contacto físico. Por ello, cuando ambas callaron para volver a mirar a través de la ventana y sintió que ella buscaba su mano, se la cogió y pensó que hasta la noche más oscura podía tener luz.

Con el amanecer terminó su nerviosismo. Imogen no había dejado de pensar en la propuesta de la directora, en las posibilidades que aquello le ofrecía, y estaba deseando encontrarse con Liam para comentárselo. Sin embargo, sabía que cuando llegara a casa, él ya habría salido a faenar, por lo que decidió ir a desayunar al puerto por si se lo encontraba.

Dio un paseo por los muelles, pero no vio su barco, por lo que, con un profundo agotamiento, se fue a Prudy's para comprar un desayuno caliente y tomárselo de camino a casa.

—¿Qué quieres hoy, Imogen?

—Algo para llevar... ¿tenéis bagels?

—¿Bagels aquí? —rio Prud—. Te prepararé algo parecido.

Imogen se sentó en uno de los taburetes altos de la barra y apoyó la barbilla en una de sus manos mientras sentía cómo el sueño la llamaba de forma seductora.

—Imogen, me preguntaba si podría ir a ver la casa del acantilado. Me gustaría verla tras las reformas. —Le dijo de repente Prud mientras revolvía unos huevos.

Imogen la miró con sorpresa. No es que le molestara enseñar la casa, pero tampoco es que entre ellas se hubiese establecido una relación de amistad como para compartir el interior de su vivienda.

—Claro, ven cuando quieras —contestó insegura.

—He intentado hablar con Liam por si pensaba hacer un día de puertas abiertas o algo de eso, pero es muy escurridizo. La verdad es que he soñado toda mi vida con vivir allí. Bueno... quién no —la chica rio, pero Imogen no conseguía seguirla.

—¿Un día de puertas abiertas? —preguntó confusa, irguiéndose.

—Bueno, es que la oferta lleva ya medio año en la inmobiliaria. Y claro, es una suma importante de dinero... He hecho cuentas con mi novio y, aunque significaría hipotecarse de por vida, con esas vistas puede que mereciese la pena intentarlo. Pero claro, me gustaría ver las condiciones en las que se encuentra la casa antes de comprarla. Aunque Liam no lo está poniendo nada fácil con tantas exigencias. Si tú supieras de qué manera conseguirlo, por favor, dímelo.

Imogen intentaba procesar lo que acaba de escuchar. Prud le puso delante un emparedado con huevos revueltos, beicon frito y queso fundido envuelto en papel marrón y eso la hizo reaccionar.

—Claro, descuida. Lo haré —respondió de manera atropellada, con la mente todavía en estado de *shock*.

Cogió el bocadillo y salió por la puerta del pub con paso aletargado. En la primera papelera que encontró tiró su desayuno y aceleró el paso hacia el acantilado.

¿Liam tenía puesta en venta la casa? ¿Por qué no se lo había dicho? Se sentía engañada y dolida. Ella no solo se había enamorado de él, también de aquella casa. Quizás era algo tonto, pero relacionaba aquel lugar a su cambio de vida. No quería perderlos.

Le costaba pensar, llevaba demasiado tiempo sin dormir lo suficiente y había vivido emociones demasiado fuertes los últimos días. Subió el empinado ascenso con dificultad, respirando bocanadas insuficientes de aire y con los ojos resistiendo la fuerza de unas lágrimas que querían salir. Se había dibujado un futuro demasiado bueno para ser verdad, y en lo único que podía pensar era en el requisito de alquiler por solo un año que había firmado. Pero Liam la había amado, la había acunado y mirado a los ojos con amor. ¿O quizás ella solo era una tirita pasajera para la herida de su corazón? Aunque intentaba encontrar razones justificables, los pensamientos negativos se apoderaron de su mente y, cuando llegó a la cima, no tuvo fuerzas para entrar. Se sentó en el banco frente al muro de piedra y su alma se desplomó.

Quizás aquello solo había sido un paréntesis, algo que le había dado valor, que le había enseñado a buscarse y, aún más importante, a encontrarse. Quizás Irlanda, Howth y la casa en el acantilado solo eran algo a recordar, y su destino estaba en otro lugar... porque ella no se quedaría allí si no era para estar junto a Liam. Eso lo tenía claro. Si su corazón volvía a romperse, sabía que podría volver a sanarlo, pero no allí. ¿Y a dónde podría ir? Desde luego, regresar a Filadelfia tampoco era su deseo. De pronto, el mundo se hizo grande, sin puertas ni fronteras. Todo eran posibilidades, pero todas le hacían llorar porque ella quería quedarse, quería amarle, quería ver aquel mar cada mañana y cada noche.

Se recostó hecha un ovillo en los húmedos tablones de madera del banco y rompió a llorar, porque sentía que el amor se le escurría por los dedos junto con todas sus ilusiones.

No fue consciente del paso del tiempo. A ratos el sueño la vencía y la realidad se mezclaba con escenas soñadas en las que volvía a escuchar a Prud, o Liam aparecía con un macuto a su espalda. Quería gritarle que no se fuera, que se quedara junto a ella, pero él seguía su camino, perdiéndose en la bruma espesa. Abría los ojos y recordaba que estaba allí tumbada y el sol lucía en lo más alto del cielo, semioculto por nubes gris ceniza.

—¿Qué haces aquí fuera, Imogen?

Imogen se despertó y tardó unos segundos en reaccionar. Sintió una mano en su hombro y, antes de que pudiera moverse, Liam se agachó frente a ella con preocupación.

—¿Qué te pasa? —preguntó retirándole el pelo de la cara.

Imogen se incorporó y le apartó la mano para peinarse ella sola. Tomó aire y fuerzas para mirarle a los ojos.

—¿Vas a hablarme? —insistió Liam, incorporándose. Se cuadró frente a ella sin intención de moverse hasta obtener una respuesta.

—Prud me ha preguntado si vas a hacer una sesión de puertas abiertas porque está interesada en comprar la casa, ya que lleva meses a la venta, y quiere ver las mejoras —le soltó con la frente arrugada.

Liam soltó el aire y se giró para ver el mar un segundo antes de enfrentarse de nuevo a ella.

—Y estás enfadada.

—¿Por qué iba a estarlo? ¿Quizás porque anoche me ofrecieron un contrato permanente en la clínica y me había hecho ilusiones de quedarme aquí? Pero claro, ahora me doy cuenta de que todo esto tenía un año de caducidad. No tenía ni idea de que en tus planes estuviera el vender la casa, porque no me lo habías dicho, y ahora siento que la idea de quedarme aquí es absurda, porque tú no quieres esto, ni quieres quedarte aquí, ni... a mí. Y ahora no sé qué hacer, y eso no te importa, pero me has preguntado y esto es lo que hay. Esto es lo que soy, una tonta que se hace ilusiones, porque, como dice Ava, soy una romántica sin remedio que ve futuros ideales donde no los hay. Así que sí, estoy enfadada... pero conmigo, por soñar.

Imogen se levantó y se encaminó hacia la casa, convencida de que Liam se quedaría allí, mirando el mar porque ella no era algo por lo que luchar.

—¡Pero qué equivocada estás! Aunque sí que eres un tanto dramática...

Imogen se giró indignada. Descubrió una sonrisa en su cara cuando ella sentía su alma rota y aquello la hizo apretar los puños. ¿Acaso para él todo era motivo de broma? Después de lo que él había sufrido no entendía cómo podía tener tan poca empatía. Vio cómo él se acercaba a ella en una carrera risueña y, cuando intentó agarrarla, ella se zafó retrocediendo.

—¡Imogen! ¿Quieres escucharme ahora?

—¿Ahora? ¿Ahora te parece buen momento para comentarme que en unos meses estaré en la calle?

—Bueno, en realidad se suponía que era lo que tú querías, por lo que firmaste, pero... ¿Te han ofrecido un empleo fijo? ¡Eso es maravilloso!

—¡Era maravilloso!

—¡Es maravilloso!

—¿Y a ti qué más te da?

—Imogen, al mes de regresar ya tenía veinte ofertas por la casa y las rechacé todas. Hasta la fecha, he rechazado más de ochenta, y te aseguro que me han ofrecido cantidades de auténtica locura, pero no podía aceptarlas. Escúchame. —Liam la agarró con fuerza por los brazos obligándola a mirarle a los ojos, esos con lo que era capaz de hipnotizarla—. Al principio no podía porque sentía que era como deshacerme de ellas. Pero luego, tú formabas parte de todo esto, y me gustaba. Me gustaba regresar a casa y saber que estabas ahí dormida, me gustaba cuidarte, me gustaba volver aquí, volver a ti. ¿No lo entiendes? Eres una tonta romántica, sin lugar a dudas, pero yo también tengo sueños nuevos, y son contigo, aquí. No voy a vender esta casa. No, mientras vuelva cada día y tú sigas ahí dentro.

A Imogen le comenzó a temblar el labio inferior, se abrazó a sí misma, sin terminar de creerse las palabras de Liam que permanecía ante ella con una sonrisa.

—Siento no habértelo dicho, pero aún no estoy seguro de que todo esto sea bueno para ti. Sé que yo no volvería aquí si tú no estuvieses, pero no puedo asegurarte la felicidad junto a mí, Imogen. Eso sí que no puedo. Solo puedo prometerte que lo intentaré —afirmó Liam con seriedad, y la soltó, por si ella deseaba alejarse de nuevo.

—En la vida nunca hay nada seguro, Liam.

—¿Entonces, me perdonas? —Él hizo una mueca con la que intentaba hacerla reír.

—¿Quieres intentarlo? Tener algo aquí, conmigo.

—Creí que ya lo estábamos intentando, pero si tengo que ponerle más empeño para convencerte... —Liam movió las cejas arriba y abajo con rapidez y aquella vez sí que consiguió hacerla reír.

—¡Deja de comportarte como un idiota! —Imogen se lanzó a sus brazos. Se abrazaron con fuerza, aferrándose a aquel sueño por el que ambos querían luchar.

—Eso sí que es imposible, Imogen. Tú eres la tonta romántica y yo el idiota que se ha enamorado de ti.

Imogen al escuchar aquella declaración se quedó petrificada.

—¿Te has desmayado? —preguntó él burlón.

Imogen se separó un poco para mirarle y le contestó:

—Yo también estoy enamorada de ti.

—Ya lo sé, se te nota —rio—, pero nunca olvides que yo lo dije primero. Esas cosas importan.

—Cállate ya y bésame.

Liam obedeció y atrapó su boca con ímpetu. Se la devoró, le quitó el aire, prácticamente fusionó su cuerpo al de ella en aquel abrazo y no esperó a entrar dentro para comenzar a desnudarla.

El resto de la semana pasó de forma mágica. Imogen comenzaba a vivir aquella vida maravillosa con la que siempre había soñado. Aceptó el empleo y Liam retiró la oferta de venta de la inmobiliaria.

Con el nuevo turno de trabajo llegaron nuevas obligaciones que cubrir en la residencia, pero aquel horario le proporcionaba más tiempo para relacionarse con los pacientes y pronto congenió con sus nuevos compañeros de trabajo.

Con la entrada de la temporada de pesca de la langosta, Liam comenzó a tener peticiones de turistas y empresas privadas. Su negocio arrancaba con buen pie, pues aquel año parecía que las proyecciones de pesca eran muy positivas.

—Me parece que este es el último fin de semana que tendré libre hasta el otoño —dijo Liam revisando su agenda con cara de satisfacción.

—Bueno, no vas a estar pescando ahí fuera las veinticuatro horas, ¿no?

—No, pero sí que tengo días con varias salidas programadas.

—Bueno, eso es maravilloso. Felicidades, Liam. —Ella le dio un beso en una cara que aquel día volvía a raspar.

—Gracias. Lo necesito para pagar todo lo que invertí.

Imogen se mordió el carrillo y estiró los pies sobre él en el sofá en el que estaban sentados los dos.

—Liam, sé que no quieres que te siga pagando el alquiler porque estamos juntos y eso, pero yo quiero contribuir. No es justo que dejes de percibir un dinero que necesitas solo porque tu inquilina duerma en tu cama ahora.

—¿Quieres que meta a otra inquilina para que duerma en la tuya? —le preguntó con sorna.

—¡De eso nada, idiota! Lo que quiero es contribuir con los gastos. Déjalo de llamar dinero por el alquiler, llámalo fondo común si quieres. Pero, aunque estemos juntos, no quiero empezar a sentir que vivo en tu casa, quiero seguir sintiendo que estoy en mi casa.

Liam la miró con una ceja elevada y meneó la cabeza mientras pensaba.

—Me parece bien si es lo que quieres.

24

Desde que Imogen trabajaba en el turno de día había tenido la posibilidad de intimar con muchos pacientes y con familiares de estos, pero, por otro lado, había perdido los momentos de tranquilidad y silencio en el ventanal del pasillo que las noches le habían proporcionado.

Aunque había podido seguir los avances del señor Turner con su eterna amada y compartir divertidas sesiones de lectura junto a Rosie y la nueva ingresada, había perdido a Moira.

Esta pasaba gran parte del día durmiendo, huyendo del contacto con cualquiera de los internos, por lo que Imogen empezó a comprender por qué pasaba sus noches en vela dando largos paseos por los pasillos. Por ello, le sorprendió aquel día cuando, a pocos minutos del final de su jornada laboral, la avisaron de que aquella paciente deseaba verla en su habitación.

Cuando Imogen abrió la puerta encontró a Moira sentada a los pies de su cama, con aspecto de profundo cansancio, pero con una sonrisa batallando por aguantar en sus labios.

—¡Moira! ¿Cómo estás? Llevaba días deseando encontrarte despierta. ¿Has comido algo hoy?

—¡Ya lo he terminado! —dijo ella ignorando la preocupación de la enfermera.

Imogen la miró confusa y entonces Moira señaló con su mano blanca, sobre la que destacaban las líneas moradas de sus venas, un lienzo envuelto en papel estraza y anudado con un cordón en un acabado precioso.

—¿Es para mí?

—Sí, como agradecimiento.

Imogen se aproximó a ella emocionada.

—Pero si yo no he hecho nada especial. Cuidarte es mi trabajo, con el que disfruto, pero es mi trabajo. No tenías por qué hacerlo, pero reconozco que me hace mucha ilusión.

—Has hecho más de lo que imaginas. Me has hecho sentir... libre.

A Imogen se le encogió el corazón. No entendía de qué forma ella le había proporcionado libertad. No se sentía merecedora de ningún obsequio ya que, desde el punto de vista clínico, Moira no había mostrado ninguna mejoría por mucho que le estuviera diciendo que de alguna forma ella la había ayudado. Sintió la necesidad de abrazarla y le pidió permiso. Moira aceptó, pero no se movió mientras Imogen la rodeaba con los brazos.

—Aunque muero por verlo, mejor lo abriré en casa. No quiero estropearlo por el camino. ¡Mañana te diré cuánto me ha gustado! Porque no me cabe la menor duda de que me va a encantar.

—Voy a descansar un poco ahora.

Moira se tumbó en su cama, le dio la espalda y clavó la mirada en la ventana.

—Come un poco, Moira. Les diré que te suban algo antes de irme, ¿de acuerdo? Hasta mañana.

Aquella alma quebrada se recogió como un ovillo y no contestó, por lo que Imogen cargó con su regalo y salió, sin saber muy bien cómo debía sentirse. Era el primer regalo que le hacía un paciente agradecido, pero ¿agradecida por qué? El cuadro no era muy grande, pero su carga se le hizo pesada. La intriga le pudo y apenas esperó a llegar al coche para deshacer los nudos, rasgar el papel y ver la obra.

Se encontró con la representación de un paisaje que pudo reconocer como el muro de piedra que delimitaba ciertas zonas del acantilado. Sobre este se erguían dos gaviotas, una grande y otra pequeña, y sobre ellas se abría un cielo azul surcado por alargadas nubes por las que se colaban los rayos del sol. Sonrió. Era muy bonito, perfecto para ser colgado en una de las paredes de la casa. Estaba segura de que a Liam también le gustaría, por lo que, despejando su mente de los problemas que ella era incapaz de solucionar allí dentro, arrancó el motor de Saltamontes y se dirigió a casa deseosa de enseñar su regalo con orgullo.

Al llegar, se la encontró vacía, pero había un mensaje de Liam escrito en la pizarra, en el que la avisaba de que le había surgido un imprevisto y que no regresaría hasta la noche. Imogen se desinfló. Si al principio Liam desaparecía con frecuencia por su necesidad de huir, sus ausencias por el aumento de trabajo tampoco ayudaban, y ella seguía sintiendo que le faltaba de igual manera. Resopló y se conformó pensando que al menos dormiría entre sus brazos.

Dio varias vueltas al salón buscando el lugar adecuado en el que colgar aquel cuadro y sin duda determinó que el sitio idóneo era sobre la chimenea. Pensó que sería una bonita sorpresa para Liam, entrar y verlo ya colgado. Aquella casa había ido cobrando vida gracias a sus aportaciones: las tazas con las flores, los libros repartidos por doquier, sus frases inspiradoras pegadas en rincones estratégicos... Poco a poco, aquella casa se había convertido en un verdadero hogar para ambos.

Apoyó el cuadro en la repisa de la chimenea y comenzó a buscar la caja de herramientas abriendo cajones y puertas de armarios, hasta dar con ella en el altillo del armario del zaguán trasero. Al sacarla, arrastró otra caja que se cayó al suelo, abriéndose y desparramando su contenido.

—¡Siempre tengo que tirar algo! —se lamentó.

Dejó la caja de herramientas a un lado y se agachó dispuesta a recogerlo todo. Pero al ver lo que había, se quedó petrificada. Se trataba de un montón de fotografías, algunas brillantes y otras sepia, lo que indicaba la época en que se habían revelado. Se debatió entre la opción de recogerlas sin más o echarles un vistazo, pero era difícil ignorar la curiosidad. Terminó por decidir que mirar las que habían caído boca arriba era algo casi imposible de evitar.

La primera era la de una mujer pelirroja con un bebé en brazos y dedujo que, por el peinado y la ropa, se trataba de la madre de Liam. El niño bien podía ser cualquiera de sus cuatro hijos, pues todos eran parecidos, pero supuso que se trataba de él. Sonrió ante aquel bebé con los mofletes reposando sobre el pecho y las piernas como rosquillas. La metió entre un montón de fotos y las devolvió a la caja. La siguiente que descubrió fue una de Liam de adolescente sobre el escenario de un pub, con una chaqueta de cuero, agarrando un micro y la guitarra colgada al hombro. Aquella la hizo reír, le encontró un rollo muy roquero y sexy, algo que sin duda no había perdido con los años. Al ponerla sobre otro montón de fotos dejó al descubierto otra que le contrajo la boca del estómago. Algo le dijo que aquella niña era Effie, un pequeño angelito rubio que abría regalos bajo un árbol de Navidad. Fue entonces cuando sintió que estaba invadiendo la intimidad de Liam y, con los ojos emocionados, se apresuró a recogerlas todas sin detenerse a mirar más. Colocó la caja en la estantería y se agachó para coger la de herramientas, pero una foto se le había pasado por alto. Imogen se paró en seco y miró aquella instantánea con temor. Estaba boca arriba y pudo ver la imagen de una muchacha y una niña sentada a su lado en el banco junto al muro del acantilado que tan bien conocía.

La cogió y se sentó en el suelo porque las piernas le temblaban mientras iba repitiendo como en una letanía:

—No puede ser. No. No. No. No.

Los latidos de Imogen se desbocaron y la vista se le nubló, sintió que se mareaba y que el aire no le entraba en los pulmones. Reconoció en aquella muchacha rubia, de aspecto delicado pero sonriente y llena de vida, a Moira. Ante aquel descubrimiento, se levantó agitada y volvió a coger la caja de fotografías, que abrió con torpeza volviendo a tirar su contenido. Fue buscando, una a una, fotos en las que apareciera para corroborar que lo que creía era cierto. Tras encontrar más de una docena de fotos donde salía su paciente viviendo los mejores días de su vida, comenzó a atar cabos. De pronto le vino a la cabeza la cara del hombre que había sorprendido con un puñetazo a Liam la noche en la que ambos cocinaban juntos por primera vez, y lo recordó saliendo del cuarto de Moira. ¡Era su padre!

¡Moira era la mujer de Liam! Aquella revelación electrocutó su corazón. ¡No estaba muerta! Y Liam no lo sabía.

—¡Liam no lo sabe! —exclamó aterrorizada.

Se levantó y se fue corriendo al teléfono con intención de llamarle, pero tras descolgar el auricular se dio cuenta de que no sabía cuál era su número de teléfono.

—Dios no. No. No.

Comenzó a deambular por la cocina con las manos tapándose la boca. El miedo se apoderó de ella. Liam debía saberlo, tenía que llevarlo hasta Moira, aunque aquello significara perderle. Comenzó a llorar sin control, pero fue corriendo a su cuarto para coger el abrigo y salir hacia el puerto en su busca.

Conducía sin parar de llorar y más rápido de lo que debía. Cuando llegó al puerto, salió corriendo con las lágrimas surcándole el rostro y la respiración agónicamente entrecortada. Corrió entre los pantalanes hasta llegar al punto de amarre de Liam, pero cuando llegó encontró el barco con la cubierta protectora colocada y comenzó a buscarle entre todos los barcos sin enfocar bien a ninguna parte.

—¿Te encuentras bien? —le preguntó alguien.

—No, necesito ver a Liam O'Shea. ¡Es urgente! —dijo ella muy nerviosa.

—Liam se fue hace un rato, pero no sé a dónde. ¿Están todos bien? ¿Ha pasado algo?

Pero Imogen no le contestó porque en cuanto escuchó que Liam no estaba allí, volvió a salir corriendo hacia el coche.

Pensó que podría haber regresado al acantilado por otro camino y que se debían haber cruzado, y se maldijo a sí misma por haberse ido de casa.

Condujo de vuelta pensando en mil y una formas de decirle a Liam que su esposa, a la que creía muerta desde hacía cinco años, estaba viva y se encontraba en la residencia, a menos de una hora de su casa, pero ninguna parecía adecuada.

Salió del coche con el corazón tan encogido que la sangre debía haberse estancado en sus venas ocasionándole aquel mareo. Al abrir la puerta se encontró una escena que entendió sin necesidad de explicación.

Liam estaba de pie en medio del salón, junto a él en el suelo un cubo volcado del que se habían escapado dos peces que habían resbalado a un metro de él. Estaba petrificado como una estatua mirando el cuadro que había sobre la chimenea. Ni siquiera se giró cuando Imogen entró, pero sí le hizo una pregunta con la voz grave:

—¿De dónde has sacado ese cuadro?

Imogen se acercó a él con la cara congestionada y se colocó frente a él.

—He ido a buscarte al puerto, pero ya te habías ido.

Liam desvió la mirada para arrugar la frente al mirarla y repitió:

—¿De dónde lo has sacado?

—Liam, es de Moira.

—¿De Moira? ¿Pero de dónde lo has sacado?

Cuando Liam repitió el nombre, Imogen fue consciente de que era la primera vez que nombraba a la que había sido su esposa. Hasta entonces siempre había sido «ella», y aquello lo confirmaba todo.

—¡Moira está en la residencia clínica! No está muerta, Liam. Está allí, es mi paciente. ¡Está allí!

—¿Pero qué locura estás diciendo? Moira se ahogó, se metió en el mar y desapareció. —Liam dio dos pasos atrás rechazando las palabras de Imogen.

—¡Está en la clínica, Liam! Tenemos que ir. Yo quería colgar el cuadro y fui a por la caja de herramientas al zaguán y, al cogerla, se me cayó otra caja que había al lado. Tus fotos se desparramaron por el suelo y la vi. ¡Vi a Moira en las fotos!

—Estás equivocada, Imogen. Moira murió hace cinco años —volvió a negar.

—¡Te estoy diciendo que es ella! ¿Recuerdas al hombre que te pegó un puñetazo la noche que estábamos cocinando? ¡Pues lo volví a ver meses después! Salía de la habitación de Moira y me dijeron que era su padre, pero yo no lo reconocí en aquel momento. Si lo hubiera hecho... —Imogen habló atropelladamente mientras Liam aceleraba la respiración.

Liam retrocedió hasta encontrar apoyo en el brazo de uno de los sillones. De pronto, el teléfono de la cocina comenzó a sonar, pero ninguno se movió. Ignoraron la llamada hasta que desistieron al otro lado de la línea.

—No puede ser cierto. No puede ser... porque si ella ha estado viva estos cinco años, yo...

—¡Vamos a la clínica, Liam! ¡Ya!

Imogen tiró de él y lo condujo hasta su coche. Insistió en conducir ella, y él obedeció porque seguía en estado de *shock*. Se sentó en el lado del copiloto, callado, tenso, con la respiración arrítmica.

—No sé si debería ir. Si es ella de verdad, no ha querido que yo lo sepa —le dijo desesperado, mirando al mar.

—Es ella, Liam, te digo que es ella, pero está enferma.

—¿Qué le ocurre? —Liam se giró alarmado.

Imogen tragó saliva y lo miró un instante antes de contestar.

—Liam, no creo que te guste oírlo.

—Imogen, todo esto ya es una locura. Solo quiero saber qué ocurre y que es real.

—Ella se ha intentado quitar la vida varias veces. Yo no conocía su historia con detalle porque solo soy la enfermera, la que le cambia los goteros, se encarga de tomarle la tensión y revisar su internamiento. Pero ella no está bien, está muy débil, su corazón funciona casi de milagro y...

—¿Y qué, Imogen?

—Y no quiere vivir. Yo creía que estaba mejor, me regaló ese cuadro como agradecimiento por cuidar de ella, pero ahora entiendo muchas cosas. No quiere que nadie la vea, ni ver a nadie, come sola, no sale de su habitación...

—No quiere vivir —repitió Liam—. Yo creía que hacía tiempo que estaba muerta, y lleva cinco años fingiendo estarlo, deseando estarlo. Intentándolo... lejos de mí.

El silencio se instaló entre ellos. Dejaron atrás el acantilado y cruzaron la ciudad para llegar a la clínica.

—¿Cómo has sabido que el cuadro era suyo? —se atrevió a preguntarle Imogen cuando estaban a punto de llegar.

—Porque ella siempre me decía que en otra vida sería gaviota y que seguiría viniendo al acantilado.

En cuanto se acercaron al edificio, pudieron ver una patrulla de la Garda en la puerta con las luces encendidas. Se percibía revuelo desde el aparcamiento y aquello extrañó mucho a Imogen. Ambos se miraron y bajaron del coche con rapidez para entrar.

—A lo mejor no quiere verme... —Liam se paró en seco.

—¡Pero tú tienes que verla! —Imogen insistió. Dejó de pensar en su paciente para hacerlo en él, en su agonía y sufrimiento. El amor que sentía era tal que prefería devolverle aquello por lo que tanto había sufrido, aunque eso fuera en su contra.

Desde dentro, una enfermera la vio y la llamó con insistencia, como si verla fuera la solución para aquel alboroto.

—¡Imogen! Menos mal que has venido, ¿Cómo te has enterado? No hemos parado de llamarte, pero nadie respondía.

—¿Me habéis llamado? ¿Qué ocurre?

—Es una paciente, Moira Farrel.

Imogen vio cómo le cambiaba el color de la cara a Liam al escuchar aquel nombre.

—Se ha escapado, no la encontramos. Se ha quitado los goteros y debe haber salido en algún despiste...

De pronto, mientras ella intentaba procesar lo que su compañera le estaba contando, vio a Liam avanzar hacia el interior, donde un grupo de tres personas discutían acaloradamente. Entonces reconoció al padre de Moira. Este, al ver a Liam, enmudeció.

—Bernard, ¿es Moira? ¿Es ella? —preguntó Liam con la mandíbula apretada.

—Liam, nosotros no lo sabíamos, creíamos que se había ahogado. De verdad. Pero hace medio año nos llamaron, la habían encontrado en Castletownshend, medio muerta en la playa. No quería ni hablar, no quiso contarnos qué había estado haciendo durante todos esos años o dónde había ido, pero su estado era lamentable. La trajimos aquí y no supe qué hacer... Tú no estabas, Liam. Te habías ido hacía años de aquí. Y ella no quería que nadie la viera, ni supiera que estaba viva, porque mi niña decía que no estaba viva. Y luego regresaste y fui aquella noche del infierno a verte para decírtelo porque no me parecía bien mantenerte al margen, y tú estabas... Parecía que tenías una nueva vida y, aunque sentí un odio tremendo, lo siento mucho Liam, decidí que igual lo mejor era dejar las cosas como estaban. Lo siento, Liam. Lo siento...

El hombre arrancó a llorar y se abrazó a Liam, que lo acogió entre sus brazos.

—No sabemos dónde ha ido. Vuelvo a perderla, Liam. ¡Encuéntrala, por favor!

Liam permaneció en silencio, sus ojos se movían al ritmo de sus pensamientos hasta que, de repente, se separó del hombre, miró a Imogen con intensidad, como si supiera dónde podía estar y salió corriendo de la clínica.

Imogen salió tras él.

—¿Dónde vas? —gritó ella.

—A Red Rock Beach.

—No dejaré que conduzcas en este estado. —Imogen se interpuso entre él y el coche. Supo al instante que aquella playa era el lugar donde sucedió la tragedia.

—No vas a poder impedírmelo, aunque sea tu coche —le amenazó él y ella sintió que un agujero se abría en medio de su alma.

—Pues iré contigo. Quizás ella necesite mi ayuda.

Al escuchar aquello, Liam paró una milésima de segundo y asintió con la cabeza.

—Si la encontramos, llamaremos enseguida —avisó Imogen a la directora de la clínica, que parecía necesitar asistencia médica también.

Liam quemó los neumáticos cuando salió marcha atrás del aparcamiento de la residencia. Imogen se agarró al asiento, pero no le dijo nada porque entendía la urgencia que corría por su cuerpo. Ahora veía que todo era real, que el amor de su vida no había muerto y conducía desafiando al agarre de las ruedas y a cualquiera que se pusiera en su camino. Imogen quería llorar, pero sacó fuerzas de su estómago para reprimirlas. Aquel no era su momento, no le pertenecía, no con él a su lado.

—¿Por qué allí, Liam?

—Allí tiramos las cenizas de Effie —contestó con frialdad.

Imogen estaba desolada. Aquel era el Liam oscuro y roto, uno que había perdido aquella sonrisa espléndida que había tardado años en recuperar.

Liam dejó la carretera para meterse por caminos agrestes en el intento de acortar la distancia que le separaba de un fantasma. Cuando Imogen vio que el coche se dirigía directo a un precipicio, supo que habían llegado al punto correcto.

Liam frenó con brusquedad y, sin esperarla, salió corriendo para descender por el sendero que bajaba hasta la pequeña playa natural. Imogen no era capaz de ir tan rápido como él y, antes de que pudiera asomarse, escuchó la voz de Liam llamando con desesperación a Moira. Cuando por fin llegó al sendero, frenó y lo que vio desde arriba, la estremeció.

Liam corría hacia la orilla donde Moira estaba tumbada hecha un ovillo, con el pijama del hospital y su bata empapada, y con la larga melena rubia enmarañada alrededor de su cuello. Él se tiró de rodillas a su lado y la atrapó entre sus brazos, llamándola una y otra vez con agonía.

Imogen no sabía qué hacer, si debía acercarse a ellos para socorrer a Moira o si no había espacio para ella en aquella escena.

—¡Imogen, ven! —gritó él de pronto, desesperado.

Cuando escuchó su nombre recobró el sentido y corrió hacia ellos.

—No abre los ojos, ayúdame —le rogó con mucho miedo en la mirada.

Imogen se acercó a ella y le buscó el pulso. Estaba fría, empapada, con los labios amoratados, pero con una respiración remanente que la mantenía con vida.

—Tiene pulso, dame tu teléfono. Llamaré a una ambulancia. ¡Tienes que hacer que entre en calor!

Liam se quitó el jersey y la envolvió con él, sin dejar de pronunciar su nombre. Cargó con ella hasta el coche, donde se metió con ella detrás. Arrancó como pudo el motor para poner la calefacción al máximo y la recolocó entre sus brazos.

—No te me vayas, Moira, otra vez no.

Eso fue lo que escuchó Imogen cuando se acercó para decirle que los servicios de emergencias ya estaban de camino. Entonces, Moira abrió los ojos con esfuerzo y sus labios se movieron un poco queriendo formar una sonrisa. Después llegó una plegaria:

—Déjame ir... ella me espera.

Esas fueron las palabras que susurró su boca y que suplicaban sus ojos.

—Moira, no puedo, te quiero, vida mía. No me dejes. —A Liam se le quebró la voz mientras besaba su rostro y la abrazaba con fuerza pegándola a su pecho.

—Déjame ir con ella —volvió a repetir.

Liam negaba con la cabeza, le frotaba la espalda enérgicamente con una mano mientras con la otra la aproximaba todo lo que podía a su propio cuerpo.

—No, Moira. No me dejes otra vez —la voz se le quebró mientras sus ojos buscaban con desesperación un nuevo parpadeo de ella.

Moira buscó la boca de Liam con los dedos temblorosos de su mano y volvió a abrir los ojos para mirarle con amor.

—Todo está bien ahora. Déjame ir con ella, es lo que quiero.

Liam paró el balanceo de su cuerpo y dejó de frotarle concediéndose un par de segundos para escucharla. Atrapó sus dedos helados y los besó. Acarició la cara de Moira y ella volvió a hacerle aquel ruego. Liam buscó sus labios y volvió a acunarla con la calma suficiente como para darle paz.

—Descansa, mi amor. Todo está bien, descansa. Ve con ella, descansa, mi vida...

Imogen fue testigo de cómo Liam se rendía y le daba permiso para dejarle. Ambos se miraban con amor, con cansancio, con dolor... hasta que Moira cerró los ojos y Liam gritó con una furia que consiguió rasgar su alma.

25

Imogen vio la casa cubierta por la sombra de una nube. El aire azotaba con ráfagas demasiado húmedas y frías para ser primavera. Ni siquiera el tiempo había sido clemente durante la misa fúnebre pues el viento había azotado las cristaleras de la pequeña iglesia y la lluvia los había mojado a todos a la salida.

Un movimiento de aire desplazó aquella última nube, como si fuera un barco de vela surcando el cielo. Los rayos de sol se proyectaron hirientes sobre la piedra gris de la fachada, iluminando aquel verde acantilado ajeno al dolor humano.

Liam no regresó con ella. Quería despedirse en solitario de las cenizas de Moira. Imogen había comprendido aquella necesidad y había respetado sus deseos, su intimidad; pero cuando al llegar la noche vio que él no regresaba, pensó que tal vez no lo haría nunca más.

Imogen lloró por Moira, había perdido a una paciente con la que había forjado una estrecha relación y a la que no había podido ayudar lo suficiente. Lloró por Liam, porque podía sentir su dolor, uno que ya había experimentado y que, de forma cruel, debía sentir de nuevo. Y lloró por ella misma, porque sentía sus sentimientos triturados. Una cosa era compartir el corazón de Liam con un recuerdo y otra muy diferente, verlo vivo con sus propios ojos. Había vuelto a enamorarse para volver a perder el amor. Había acariciado un sueño y, sentada en aquel banco desde donde el mar parecía terciopelo negro, lloraba con lágrimas ardientes ante la perspectiva de un nuevo adiós.

Pidió unos días de permiso en la clínica, hizo las maletas y se fue a casa de Ava. Era insoportable seguir en aquella casa esperando a que Liam entrara por la puerta.

—Liam se ha ido, Ava, y no tengo la más mínima esperanza de que vuelva. Cuando Moira desapareció, él se marchó y tardó más de cinco años en volver.

—Pero eso fue porque no tenía ningún motivo que le hiciera regresar, no le quedaba nada. Ahora es diferente.

Ava la abrazó y la consoló hasta que Imogen se quedó dormida en su sofá. Cuando habló por fin con su familia y les contó todo lo sucedido, su madre volvió a pedirle que regresara a Filadelfia.

—Huir nunca fue la solución, Imogen. Mira lo que has conseguido, tener el corazón aún más roto de como te lo llevaste de aquí, y encima estás sola, sin tu madre para cuidar de ti.

—Mamá, qué importancia tiene el lugar en el que esté. La vida son olas, son olas...

—Imogen, cuando te pones así no hay quien te entienda. Si no vienes, iré yo a por ti.

—Mamá, volveré a llamarte —contestó con cansancio antes de colgar.

Debía volver a abrirse camino, lo sabía bien; pero también sabía que todo necesitaba su tiempo. Por ello, tras pasar una semana en Dublín, decidió regresar a la vida que se había construido. Se lo comunicó a su amiga y esta alabó su decisión.

—Ya te lo dije una vez, la vida es un lienzo sobre el que pintar. Tú decides con qué pinturas y qué quieres plasmar. La vida puede empezar una y otra vez, incluso hoy, aunque duela.

—Aunque duela mucho.

—Pero eres fuerte, lo sabes.

Imogen abrazó a Ava y fue a por su macuto para guardar las pocas cosas que se había llevado. Estaba dispuesta a regresar, a llorar todo lo que necesitara sin fustigarse por necesitar hacerlo, a luchar por los sueños que le quedaban por cumplir. Quizás lo hiciera en Howth, quizá terminara mudándose a otro lugar si los rincones de aquella casa le traían demasiados recuerdos. Pero no iba a quedarse parada mientras la vida corría veloz, porque ella sí que quería vivir, quería soñar y quería amar.

—¡Imogen!

—Ya estoy terminando, Ava. Dame un par de minutos y nos vamos.

Ava asomó la cabeza por el cuarto y le enseñó su teléfono móvil.

—Declan me acaba de mandar un mensaje para preguntarme si tú seguías aquí. Liam está en casa, y te está buscando.

Imogen cerró la cremallera de la maleta de un tirón y se giró para mirar a su amiga con los ojos muy abiertos. La respiración se le aceleró y empezó a temblar.

—Imogen, ha vuelto por ti —le sonrió.

—Bueno, eso no lo sabes.

—Y tú tampoco lo sabrás si no mueves el culo y te vas de una maldita vez para allí.

Imogen asintió y aceptó que su amiga la acompañara hasta Howth.

—Declan me volverá a traer a casa. No pienso dejar que hagas este viaje sola. Te podría explotar la cabeza pensando en todas las posibilidades —le dijo con la intención de hacerla reír.

Durante el trayecto fue buscando las palabras adecuadas que acababan por parecerle inadecuadas; imaginó cómo él corría hacia ella para besarla y, al momento siguiente, veía cómo él le pedía que dejara la casa y, acto seguido, volvía a imaginar cómo Liam le declaraba su amor.

Cuando por fin entró en casa, encontró a Liam sentado en uno de los sofás, con las manos atrapando su cabeza. Al oírla, la levantó y sus ojos expresaron desconcierto.

—¿Has vuelto? —preguntó, como si no fuera capaz de distinguirla de una visión figurada. La barba le había vuelto a crecer, sus ojos se hundían en unas cuencas sin vida y había adelgazado.

—Eso mismo iba a preguntarte yo.

Imogen dejó el macuto en la entrada y se acercó para sentarse junto a él en el sofá. Se fijó en que el cuadro de Moira estaba colgado en la pared, sobre la chimenea, tal y como ella había tenido intención de hacer.

—¿Te importa que lo haya puesto ahí? —le consultó él advirtiendo que ella lo había mirado.

—Liam, es tu casa, puedes poner lo que quieras donde quieras.

—Imogen, es nuestra casa.

—¿Aún es *nuestra*, Liam? Te marchaste... —Ella no quería romper a llorar, pero su boca temblaba.

—Y lo siento mucho, Imogen. Necesitaba tiempo, sé que no lo he hecho bien contigo, pero no he sabido afrontarlo. Aún no sé cómo hacerlo, por lo que entenderé que quieras dejarme. Y si es lo que quieres, te ayudaré a buscar otro sitio en el que alojarte. Pero...

—Liam, yo estoy enamorada de ti. Eso es todo lo que sé. Tampoco sé cómo hacer esto, solo sé que no puedo fingir indiferencia. Si me marcho y te dejo, en realidad no te dejaré, mi corazón no dejará de sentir. No sé cómo dejar de quererte.

Liam le cogió la mano.

—Imogen, sé que te quiero. De no ser así, ahora mismo estaría en la otra punta del mundo, pero... pero la amaba tanto que ella está tatuada aquí dentro. —Se golpeó con el puño el corazón—. Y ahora mismo, no soy capaz ni de besarte, y eso no es justo.

Las lágrimas surcaban silenciosas la cara de Imogen, pero no podía pedir más sinceridad por parte de Liam. Le dolía verlo así. Sentía que se deshacía por dentro de amor por él, pero hizo un esfuerzo y reprimió las ganas de abrazarle y reclamarle a la fuerza todo el amor que ella necesitaba de él.

—Esperaré, Liam. Lo haré a tu lado. Pero si vuelves a irte, yo también me iré.

Esa fue la promesa de Imogen. Esperaría a que un día él le diera la vuelta de forma inesperada para besarla, a que volviera a ahogarla con un abrazo que anulara el aire entre sus cuerpos. Esperaría hasta que el dolor le dejara respirar de nuevo y volviera a sonreír al verla entrar por la puerta.

El verano se instaló con días largos que favorecían el negocio de Liam. Conseguían capturar una media de nueve langostas al día, con lo que vendía a los restaurantes las piezas sobrantes. Pasaba más horas en el barco que en la casa, pero el mar le sanaba y, cuando caía la noche, siempre regresaba.

Imogen se entregó en cuerpo y alma a su trabajo en la residencia, e incluso se quedaba más horas de las que le correspondían. Llegó el día en que se despidió de Rosie, a quien dieron el alta al conseguir alcanzar un peso que no ponía en riesgo su salud.

—Tienes que prometerme que no tendrás que regresar aquí, que vas a pelear y a seguir con tus sesiones de terapia. Que si un día caes, te vas a levantar el siguiente. Y dime que seguirás viniendo a las reuniones del club de lectura, porque no puedo despedirme de ti —le dijo Imogen mientras la adolescente esperaba en la entrada a que sus padres la recogieran.

—Iré, te lo prometo. Y también prometo no volver aquí, voy a luchar.

Imogen la abrazó y la dejó marchar, con miedo, pero con la esperanza de que aquella chica pudiera encontrar su hueco en el mundo.

Al llegar a casa cuidaba de las plantas, que ahora sabía que habían sobrevivido porque era Liam quien se había hecho cargo de ellas. Leía para no pensar, paseaba con *Viejo George* por los senderos del acantilado y aprendió a reparar las nasas que Liam traía rotas.

Con él la relación avanzaba a palabras, cada día sumando alguna más a la conversación. Algunos días había más miradas, y otros en los que un roce lo decía todo. Imogen se conformaba con poco. Aquello era doloroso, pero la otra opción era romper con todo y alejarse, y solo la idea dolía mucho más que el silencio. Con solo una mirada de Liam cuando él creía que ella no lo veía conseguía llenar su corazón, y así pasaban los días. Cuando caía la noche daban paseos en silencio, pero otros días intercambiaban anécdotas de los clientes pescadores de Liam o de los pacientes de Imogen. Las palabras llegaron a ser suficientes como para llegar a ser conversaciones mientras surcaban el mar en los días libres o bajo el cielo cuajado de estrellas de verano. Se sujetaban con un hilo invisible el uno al otro, sin esquivarse cuando algunos días el dolor quería emerger. Imogen tenía miedo de que Liam no terminara de regresar del todo a ella, pero no podía soltar amarras, estaba atada a él. Latía por él.

—Hace mucho que no coges la guitarra, ¿lo haces por mí? —le preguntó Imogen una noche de finales de agosto en la que el calor era sofocante y ambos se habían sentado en el banco de la casa para tomar el aire.

—No sé si puedo volver a cantar. —Dejó pasar un par de segundos antes de continuar—: Aunque me gustaría. A ella le gustaba. No sé si puedo cantarte a ti su canción.

—Pues cántasela a Moira, como lo hacías antes.

Liam la miró con intensidad antes de declararle lo que veía con aquellos ojos:

—Eres demasiado para mí, demasiado para cualquiera.

Imogen no le contestó, respiró profundamente para intentar que su mente no esperara algo más de aquello. Había aprendido a estar junto a él deseándolo en silencio, pero cada muestra minúscula de interés hacía que se hiciera ilusiones, y aquel proceso por el que él estaba pasando era lento. Aquello también era amor, uno frío que ella esperaba pacientemente a que se encendiera.

Liam se escurrió hasta el borde del banco para apoyarse solo con la parte alta de la espalda en la pared de piedra. Se tapó los ojos con el antebrazo y suspiró.

—Lo siento, Imogen.

Ella lo miró. Aquel cuerpo emanaba calor. Con cada respiración pesada movía el torso expandiendo sus costillas, haciendo que Imogen deseara recostarse en él. Decidió tocarle. Puso la mano abierta sobre su pecho y percibió sus latidos, porque un corazón roto seguía latiendo y ella lo sabía.

—No es culpa tuya, Liam. Lo de Moira no fue culpa tuya.

—Lo sé —respondió bajando el brazo para poder mirar al cielo.

—Lo de Effie no fue culpa tuya— repitió Imogen.

—Lo sé. —Liam apretó la mandíbula.

—No fue culpa tuya. —Imogen cerró su puño estrujándole su camiseta de algodón.

—Lo sé.

—No fue...

Entonces, Liam se giró y, antes de que Imogen volviera a repetir aquellas palabras que intentaban calmar su alma, atrapó su boca entre sus labios. Tiró con fuerza de una de sus piernas para que ella se sentara sobre él y volcó en ella su dolor con besos que abrasaban.

A Imogen le cogió por sorpresa el arrebato de Liam, pero reaccionó ávida de caricias. Cuando notó las manos de él sorteando su blusa por la espalda, se arqueó como si la electrocutara el roce de sus dedos, se agarró a los rizos que volvían a crecer en su nuca y sintió que el amor salía con furia.

Liam deshizo la larga trenza de Imogen, enroscó un par de dedos en las ondas para besarlas y las surcó hasta el final acariciándole con el revés de su mano el perfil de su pecho. Ya no importaba si hacía calor; les dio igual quemarse en las brasas porque necesitaban entregarse el uno al otro, por completo, con un lenguaje mucho más explícito que las palabras.

Cayeron sobre la cama como llevados por una enorme ola, y rodaron por ella quitándose la ropa de forma desordenada. Se abrieron camino con urgencia, comprendiéndose y sorprendiéndose como si fuera la primera vez. Liam terminó hundiéndose en el pecho de Imogen, como si aquel fuera el mejor refugio para su corazón naufragado, y temblando todavía, le susurró:

—Gracias por quedarte. Ya he vuelto y no volveré a marcharme.

Imogen lo mandó callar. No quería escuchar una promesa que quizás Liam no estuviera aún preparado para cumplir. Sin embargo, lo abrazó con fuerza y acarició sus rizos. Habían avanzado día a día, paso a paso, y quedaba mucho por hacer, pero lo importante era que la intención de ambos era llegar a un mismo lugar, juntos.

26

—La verdad es que salvo que las dos novelas están ambientadas en casas de campo, una más grande que la otra, y que las dos giran en torno a un secreto familiar, no hay muchas más semejanzas —dijo Jane en la reunión de aquel domingo.

—A mí me ha cautivado Kate Morton. ¡Qué genialidad! Hace que odies a un personaje para luego tenerle lástima y empatices con él. *Las horas distantes* me ha cautivado.

—Pues yo soy fan de Cecelia Ahern por lo que no he podido ser muy objetiva. *El mañana empieza hoy* me ha enganchado como todos sus libros y me ha parecido alucinante lo del diario. Ojalá yo consiguiera uno así —intervino Rosie con soltura.

—¿En serio te gustaría saber qué es lo que te va a pasar mañana? Yo no querría —repuso Imogen.

—¿Por qué? —preguntó Anna.

—Porque perderíamos la naturalidad, la improvisación, las primeras sensaciones, la sorpresa...

—Deberías ser escritora, te expresas tan bien, Imogen —aseguró Rosie.

Ella se rio y negó con la cabeza. La chica había cumplido su promesa y no había faltado a las reuniones del club. Y eso estaba bien. Por alguna extraña y misteriosa razón, todas las novelas que caían en sus manos contenían algún aprendizaje que encajaba con lo que necesitaba en su vida real y esperaba que Rosie pudiera obtener lo mismo de las lecturas. Había bromeado con la librera más de una vez con respecto a aquello. Era como si fuese capaz de encontrar las historias que cada una de las participantes del club necesitaban en cada momento. Anna insistía en que su elección se basaba en el *stock* de la librería, pero Imogen sabía que eso era totalmente falso y le sonreía con complicidad.

Aquel día, Liam la esperaba a la salida de la reunión. Cuando la besó, pudo escuchar algún suspiro y alguna risa contenida de sus compañeras, que los observaban con mirada soñadora, como si ellos protagonizaran la mejor de las novelas románticas. Se hinchó de felicidad y le apremió para llegar cuanto antes a casa para saciarse de él.

En septiembre terminaba la temporada de la langosta y habían hablado de la posibilidad de tomarse unas vacaciones para irse de viaje. Aunque Imogen había discutido por ello con su madre, que no entendía que no volviera a casa ni por vacaciones, ellos ansiaban descubrir algún país y comenzar a sumar juntos experiencias nuevas. Por el camino, empezaron a hablar de posibles destinos.

—¿Qué te parece Islandia? Tiene los paisajes naturales más impresionantes del planeta y se pueden ver las mejores auroras boreales —dijo Liam balanceando sus manos enlazadas.

—Suena bien.

—O quizás podríamos ir a Múnich. Creo que ahora hay un festival de la cerveza —rio con aquella sonrisa amplia que había recuperado.

—Suena divertido, aunque no sé si sería muy prudente.

—También dicen que los amaneceres en Angkor son inolvidables, ¿te gustaría ver Camboya?

—Suena exótico.

—¡Imogen, por Dios bendito! ¡Colabora un poco! Todo te suena bien, pero no opinas. ¿Dónde quieres ir?

Ella rio y se abrazó a él mientras ascendían por el sendero del acantilado viendo esconderse el sol por el horizonte.

—¿No entiendes que todo me suene bien? Pues te lo explicaré: cualquier lugar me parece un destino perfecto mientras vaya contigo.

Liam echó la cabeza atrás y se quejó:

—¡Eres desesperante y adorablemente romántica! Pero eso no me ayuda a decidir.

—Quiero ver el mundo entero, Liam. Elige tú el orden. —Imogen se encogió de hombros y se acurrucó bajo su brazo.

Al alcanzar la cima de la colina vieron la figura de un hombre sentado en el banco de la fachada.

—¿Qué hace aquí mi padre? —se extrañó Liam.

Imogen tragó saliva y se puso rígida.

—Tranquila, mujer. Terminarás adorándole. —Liam le guiñó un ojo.

Imogen elevó una ceja antes de ofrecer una sonrisa forzada al señor O'Shea, que parecía más serio de lo habitual.

—¿Qué ocurre, papá?

—Esto no va contigo, William. Ve dentro y déjame a solas un momento con Imogen —bramó tenso.

Liam miró a Imogen y torció la boca. Ella le miró pidiéndole auxilio, pero él obedeció al patriarca y entró en casa. Imogen pensó que tendría que recompensarla por lo que acababa de hacer, pero apartó la mirada de la puerta y decidió enfrentarse a aquel hombre imponente que... ¿sonreía?

—No importa lo que haya ocurrido durante el día. Los atardeceres son la prueba de que estos pueden terminar de una forma bella. —El hombre inspiró con la vista puesta en el horizonte y se enfrentó a la mirada atónita de la chica—. Imogen, he venido a disculparme y a abrirte mis brazos para que te sientas una más de la familia O'Shea.

El hombre se abalanzó sobre ella y la estrujó entre sus brazos. Imogen se quedó inmóvil con las extremidades aplastadas contra su costado y los ojos abiertos con desconcierto.

—Gracias por salvar a mi hijo.

—Pero yo...

—No hay más que hablar, ya está todo dicho. Mañana iremos todos al club de Joe para montar a caballo y echar un partido. Allí a las doce —sentenció el señor O'Shea recuperando su porte duro y el semblante autoritario.

—De acuerdo, gracias... ¡Liam! —Imogen lo llamó para que saliera cuanto antes, porque su padre parecía dispuesto a marcharse sin tan siquiera decirle adiós a su hijo.

Se giró a un lado para mirar a uno y otro y, cuando pensaba que la noche no podía ponerse más rara, escuchó la rodada de varios coches ascendiendo por la cuesta.

Liam se puso a su lado, le echó el brazo por encima del hombro y la miró con diversión.

—¿Esperabas visitas de alguien más esta noche, Imogen?

Ella negó con la cabeza y se encogió de hombros. Tres taxis pararon frente a la casa, lo que hizo que el señor O'Shea retrocediera para ver de quién se trataba. Cuando del coche comenzaron a bajar todos los miembros de la familia Murphy, el señor O'Shea dio unos pasos hacia atrás como si se tratara de un enjambre de abejas.

—¡Mamá! —exclamó Imogen absolutamente desconcertada—. ¡Robbie, Mark, Ramona, Kevin, Maggie... Jolines!

Imogen salió corriendo hacia los suyos y, al abrazarse en grupo, pincelaron la colina como si fueran antorchas en la noche.

—Liam, ¡son todos pelirrojos! —le dijo el señor O'Shea aterrorizado.

—Respira, papá, ninguno subirá a tu barco.

La sonrisa amplia de Liam se acercó al grupo de americanos de sangre irlandesa para darles una cálida e inesperada bienvenida.

Imogen estaba abrumada, pero inmensamente feliz.

—¿Por qué habéis venido? ¡Os dije que iría más adelante, en Navidad!

—Porque somos tu familia, te queremos y no podíamos esperar más, ¿tan extraño te resulta? —le respondió su madre que no podía quitarle los ojos de encima a Liam.

Imogen se abrazó a ella de nuevo y disfrutó del momento en el que le presentó de forma oficial a su pareja. Era feliz, porque la vida era salvaje, inesperada y sorprendente.

Liam los invitó a pasar dentro de la casa, aunque tuvieran que sentarse unos encima de otros, comentó en tono bromista.

Imogen se agarró de su mano y flotó, porque se sentía poderosa junto a él. Miró fugazmente hacia la luna, que coronaba el cielo, olió el aroma que ascendía desde las rocas y luego avanzó con el corazón lleno de alegría detrás de los demás.

No era la misma que había huido de Filadelfia y sabía que seguiría creciendo como persona cada día, porque era lo que quería de la vida: alcanzar la mejor versión de sí misma. Ya sabía que podía estar sola, acompañada solo del sonido del viento, respirando la fragancia del mar y ser feliz. Pero también sabía que su libertad tenía un hogar al que poder acudir, y que esta no terminaba al agarrar la mano de Liam.

Ambos se miraron antes de entrar en la casa, dispuestos a enfrentarse al reto de combinar sus dos familias. Se besaron, entrelazaron sus dedos y sonrieron sin temor.

Eran dos almas libres, dos corazones dispuestos a darse la mano para saltar las olas.

AGRADECIMIENTOS

A mis amigas Ruth y Yolanda, fuentes de inspiración, fuerza y admiración para crear a Imogen. Empezar de cero no es fácil, pero te permite volver a sumar en la vida. Y si hay que ir a Irlanda (o a cualquier otro lugar), pues se va...

Por vuestro entusiasmo y entrega nivel brainstorming, Ana y Lidia, os doy las gracias de corazón. Compartir este viaje con vosotras ha sido una de las mejores ideas que he tenido este año, juntas hasta el infinito y más allá (ferias, congresos y presentaciones, y tiro porque me toca).

Gracias Lorena Luna, por tu cariño y apoyo como bloggera durante estos años. Has sido una lectora cero maravillosa, fangirlear contigo ha sido muy divertido.

Gracias Vane, porque es una suerte contar siempre contigo, porque me conoces como pocos y hasta que no me das tu opinión «no me lo creo».

Gracias Victoria Rodríguez y Patricia García, por vuestros empujoncitos de ánimo en conversaciones llenas de risa.

Mis sueños se siguen cumpliendo gracias a ti, Esther Sanz. Gracias por querer esta historia desde el primer vistazo, por lanzarte desde el acantilado confiando en mí y por llenar mi corazón con tus palabras tras leerla.

Me siento muy agradecida a toda la familia Urano, la de España y la que está al otro lado del charco. En especial, por su trabajo, arte, apoyo, profesionalidad y fe: Inés, Luis Tinoco, Patricia, Laia, Soledad... (y a don Joaquín, jefe supremo). Y gracias a mis compañeras/ amigas escritoras en Titania, porque la unión hace la fuerza.

Los años pasan y ya entiendes lo que hago, gracias Celia, por sentirte orgullosa de mamá y proponerme ideas para futuras novelas (quizás, algún día escriba la de «El detective enamorado»). Te quiero. Gracias Elena, por llenarme de besos incluso cuando no juego contigo porque tengo que trabajar. Te quiero.

Gracias mamá, papá, María, por verme grande y ayudarme siempre a saltar las olas.

Desde el fondo de mi corazón, gracias a ti, por elegir esta novela entre tantas, espero que haya merecido la pena.

Elenacastillo.tintayacordes@gmail.com
Twitter: @tintayacordes
Instagram: @elenacastillo_tintayacordes

ECOSISTEMA DIGITAL

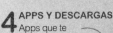